카지노 베이비

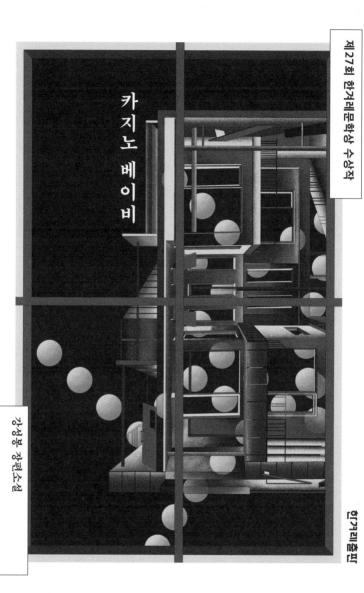

제27회 한겨레문학상 수상작

카지노 베이비

강성봉 장편소설

한겨레출판

차례

배경 소개

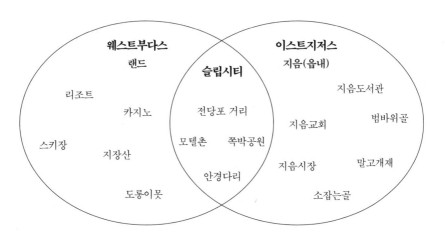

웨스트부다스
랜드

리조트

카지노

스키장   지장산

도롱이못

슬립시티

전당포 거리

모텔촌   쪽박공원

안경다리

이스트지저스
지음(읍내)

지음도서관

지음교회   범바위골

지음시장   말고개재

소잡는골

1부

전당포 가족

시장과 도서관

아빠는 나를 전당포에 맡기고 돈을 빌렸다.

돈을 얼마나 빌렸는지는 모르겠지만 갚지 않은 건 확실하다. 열 살이 넘어서도 난 전당포에 있었으니까. 보육원이 아니라 전당포에 아이를 맡긴 아빠나 덜컥 아이를 맡은 전당포나 흠, 긴말은 하지 않겠다. 하면 할수록 상상을 더하기 때문이다.

하지만 이것만은 알아두길. 버림받은 아이의 이야기라고 우울하게 시작하진 않는다는 것. 옛날에 한 아이가 살았어요, 아빠가 사라지고 혼자가 되었어요, 세상엔 어둠이 찾아왔어요, 이런 식으로.

전당포에 시계를 맡기면 값이 떨어지기 전에 팔고, 금을 맡기면 값이 오르길 기다린다. 그럼 아이를 맡겼을 땐? 새로운 가족이 생긴다. 전당포 주인이 할머니, 그 딸과 아들이 엄마와 삼촌이 된다. "애들은 억만금 주고도 못 사는 어른들의 희망이자 미래"이기 때문이다. 이 말은 할머니가 했다. 그리고 이것이 지금부터 내가 하려는 이야기의 시작이다.

*

하늘의 별처럼 땅속의 돌처럼 세상에는 수많은 이야기가 있다. 아무리 보잘것없는 사람도 자신만의 이야기가 있고, 그 이야기를 가슴속에 소중히 품고 살아가는 한 어떤 어려움도 견딜 수 있다. 난 그렇게 믿는다.

내가 이야기를 하려 할 때면 할머니의 목소리가 귓가에 울린다.

"니는 안 본 것도 아주 본 것처럼 얘길 하네."

뒤이어 엄마의 목소리가 비집고 들어온다.

"걱정 마. 넌 누가 뭐래도 내 아들이니까."

마지막으로 삼촌이 중얼대는 소리가 들려온다.

"내가 왜, 이씨, 그래가지고, 에이씨."

의미 없는 말처럼 들리겠지만 여기서 핵심은 '그래가지고'다. 그래가지고, 그래가지고! 삼촌은 배 아픈 표정으로 이 말만 되풀이한다.

몇 분 지나지 않아서 그 말은 바뀐다.

"아, 정말, 엿같아서, 그게 그런 거라니까."

여기서 핵심은 이제 알겠지만 '그게 그런 거라니까'다. 그게 그런 거라니까, 그게 그런 거라니까!

이쯤에서 난 궁금해진다. "그래가지고 그게 그런 거라니까"라고 할 때 삼촌 머릿속에선 무슨 일이 일어나는 걸까?

이 말을 하면서 삼촌은 가볍게 손뼉을 친다. 물개가 엉 하고 가슴 앞에서 두 발을 착 치듯이. 그러고는 한 손으로 뒤통수를 파바박 비비다가 갑자기 자기 뺨을 후려갈긴다.

착.

가볍게 친 줄 알았는데 제법 큰 소리가 난다. 그래가지고, 그게 그런 거라니까. 불쑥 떠올랐던 후회가, 과거의 어느 순간이, 제 뺨을 후려갈길 만큼 힘이 세다. 삼촌은 화들짝 놀란 표정을 짓는다. 이상한 사람이 된 것 같아서. 갑자기 머리가 돌아버린 것 같아서. 언젠가 길에서 본 무서운 아저씨 같아서. 그게 다른 사람도 아닌 자기 자신이라서.

일주일 전에는 할머니 심부름으로 삼촌과 함께 지음시장엘 갔다. 영동닭집에서 봉투를 받아 오라는 거였다. 가기 전에 할머니는 삼촌 몰래 나를 불렀다.

"니 삼촌이 뭔 짓을 하든 닌 봉투만 잘 받아 오면 돼. 내 연통은 다 돌려놨으니."

시장은 고요했다. 내 기억에 시장은 한 번도 붐빈 적이 없다. TV에 나오는 재래시장은 천장에서 알전구들이 반짝이던데, 통로엔 알록달록한 등산복 입고 배낭 멘 아줌마, 아저씨들이 줄지어 가던데 지음시장은 어둡고 휑하다 못해 울적하다. 그곳에서 바쁘게 돌아다니는 건 냄새뿐이다. 어디선가 풍겨 나와 섞였다가 흩어지는 방앗간 기름 냄새와 정육점 노린내 등등.

시장은 입구가 세 군데다. 내가 다니는 곳은 동쪽 입구. 전당포 거리에서 빠져나와 지음교 앞을 지나면(건너면 안 된다) 바로 보인다. 그리로 들어가 명품건어물과 미향란제리를 지날 때쯤 삼촌의 발작이 시작됐다. 백초농원 앞 좁고 경사진 통로에서 삼촌이 갑자기 앞으로 튀어 나가며 소리를 질렀다.

"억! 억! 억!"

시장 천장이 높아서 그 소리는 "왈! 왈! 왈!" 울렸다. 그건 마치…… 개 소리 같았다. 삼촌은 한 마리 짐승이 되어 시장 안을 휘젓고 있었다. 울퉁불퉁한 길을 따라 시장의 중앙 통로로 뛰어갔다. 동원마트를 지나 남쪽 입구 끝 기름방까지 내달려 가서는 휙 몸을 돌려 다시 내 쪽으로 돌아왔다. 여전히 왈, 왈, 왈 하면서.

삼촌이 날뛰는 동안 난 얼른 영동닭집으로 갔다. 종가떡집 아줌마가 파란색 플라스틱 떡 상자를 들고 나오다가 동작을 멈췄고, 시장국밥 할머니는 삼십 년은 되어 보이는 목도리를 두른 채 국자를 허공에 휘저었다.

시장 사람들이 놀라든 말든 삼촌은 힘껏 외쳤다.

"지음이 흔들린다! 랜드가 무너진다!"

시장 사람들은 "깜짝이야" "아휴, 놀라라" 입술을 달싹거리기만 할 뿐 나서서 삼촌을 말리려 하지는 않았다. 며칠 전 젊은 여자 손님 둘이 백초농원 앞에서 말싸움이 붙었을 때 "싸우려면 나가서 싸워!" 외치던 백 사장님도 삼촌의 개 소리는 시끄럽지 않나 보다. 흠흠 헛기침만 하며 못 본 척 못 들은 척 하는 걸 보니. 손님들과 눈이라도 한 번 더 마주치려고, 말이라도 한마디 더 걸어보려고 애쓰던 다른 사장님들도 눈과 입을 닫고 짐짓 모른 척한다.

인간이 왈왈왈 짖는다는 것 자체가 정상이 아니란 걸 나도 잘 안다. 괜히 끼어들었다간 소쿠리라도 차일까 봐 걱정도 됐을 거다. 이럴 땐 잠깐 참거나 모른 척하며 넘어가는 게 아무래도 속 편하겠지. 그런데 자꾸만 이런 생각이 드는 건 왜일까. 저 어른들 머릿속에는 삼촌 목소리보다 더 큰 목소리가 들어 있다고, 바깥의 소리들이 들리지 않게 더 크게 소리를 지르고 있다고 말이다. 아무도 말리지 않으니 삼촌은 신이 나서 만세 삼창이라도 부를 기세였다.

"지음이 흔들린다! 랜드가 무너진다!"

시장 안이 쩌렁쩌렁 울렸고, 삼촌은 정말 미친 사람 같아 보였다. 이젠 죽었다 깨어나도 말리는 사람이 나서지 않을 상황이 됐

15

다. 나는 얼른 봉투를 받아서 삼촌을 데리고 나가야 한다는 생각 뿐이었다. 시장 사람들이 임정식이, 하늘이네 삼촌, 상냥하게 부르다가도 뒤에선 저 개지랄 지나간다, 눈을 흘기며 수군댈까 겁이 났기 때문이다.

*

지음 사람들이 못 본 척하는 건 삼촌만이 아니다. 엄마를 봐도 못 본 척한다. 멀리서는 실실 웃다가도 엄마가 다가가면 표정이 싹 바뀐다. 멀리서 볼 때와 가까이서 볼 때 모습이 달라도 너무 달라서.

멀리서 보면 섀기커트 스타일, 가까이서 보면 집에서 가위로 삐뚤빼뚤 자른 머리칼. 멀리서 보면 날씬한 몸매, 가까이서 보면 뼈만 남은 앙상한 몸. 멀리서는 희고 조막만 한 얼굴, 가까이서는 허옇게 튼 살에 주근깨 가득한 얼굴. 그리고 꼭 다문 입 사이로 보이는 뻐드렁니까지. 무엇보다 엄마의 눈길에 움찔하지 않는 사람이 없다. 뭘 보고 뭘 생각하는지 도통 알 수 없는 엄마의 흐릿한 눈을 사람들은 마주치기 싫어한다.

누구보다 당황한 사람은 지음도서관의 반 주사님이었다. 반 주사님은 마흔이 훌쩍 넘은 여자로 엄마가 입을 열기만 하면 두 눈을 동그랗게 뜨곤 했다. 그 놀란 표정이 어찌나 겁먹은 올빼미 같

16

던지! 엄마는 첫 출근 날부터 말했다.

"전 뭘 해야 하죠? 여기서도 쫓겨날까 봐 무서워요."

엄마가 도서관에 와서 처음 한 말이자 일하는 동안 가장 많이 한 말이었다. 반 주사님은 눈을 동그랗게 떴다.

"무슨 소리세요? 오자마자."

"전에 일하던 곳에서는 저한테 하도 소리를 질러서요."

"어디서 일했는데요?"

"랜드 호텔에서요. 청소 일 했었거든요. 아까도 여기 오니까 갈색 옷 아저씨가 저한테 뭘 하라고 하긴 했는데……."

"아저씨? 누구? 관장님?"

"몰라요. 암튼 뭘 하라고 시키기만 했어요. 방법은 가르쳐주지도 않고."

그건 시작에 불과했다. 그날 엄마는 "전 뭘 해야 하죠? 여기서도 쫓겨날까 봐 무서워요"를 일곱 번이나 반복했다.

같은 말도 한두 번이지. 처음엔 그런가 보다 싶다가도 일곱 번이 넘어가자 반 주사님도 짜증이 날 수밖에.

"자기, 여기서 이러지 말고. 잠깐 뭔가 착오가 있었나 봐. 나, 관장님 좀 뵙고 올게."

그리고 십 분 뒤 반 주사님은 풀 죽은 모습으로 돌아왔다.

반 주사님이 풀이 죽든 말든 엄마는 신경도 안 썼다. 사서실 컴퓨터를 마음대로 켜고 인터넷 검색에만 열중했다. 게임을 하는 것

17

도 음악을 듣는 것도 아니다. 인터넷 창을 들여다보며 숨을 후욱 들이마셨다가 파악 뱉기만 한다. 일 분에 한 번꼴로. 탁자 구석에 앉아 가위로 종이를 오리던 나도 귀에 거슬릴 정도였다.

처음에 반 주사님은 못 들은 척하며 자리에서 전자계산기를 막 두들겼다. 그러나 엄마의 한숨이 계속 이어지자 참다못해 소리를 높였다.

"거참!"

"네?"

엄마가 눈을 크게 뜨고 두리번거렸다.

"한숨 말이야. 한숨!"

반 주사님은 목소리를 낮췄다.

"대체 뭘 하길래 그렇게 한숨을 쉬는 거야?"

엄마는 반 주사님보다 더 낮은 목소리로 말했다.

"화장실 가는 길을 몰라서요."

잠시 침묵. 반 주사님은 고개를 살짝 꺾었다.

"그래서 한숨을 쉰다고?"

"네."

"사무실 나가자마자 옆에 있잖아. 화장실 표지 몰라."

반 주사님이 미심쩍게 바라보니 엄마는 배시시 웃었다.

"여기가 아니고요. 우리 집 화장실이요. 문 앞에 화장실이라고 알려주는 표지판을 붙였으면 좋겠는데, 인터넷에서 그런 게 있나 찾아보고 있었어요."

"집 화장실에 표지판을 붙인다고?"

"네."

"집이 그렇게 넓어? 화장실이 몇 갠데?"

"두 개요."

"몇 평인데?"

"십육 평이요."

"근데 화장실이 두 개나 있다고?"

엄마는 생각해 보는 척하더니 확신하는 얼굴로,

"두 개예요. 맞아요."

"그럼 하나는 침실에 있고 하나는 거실에 있을 텐데. 왜 못 찾아?"

다시 침묵. 그 질문에도 엄마는 침착하게 답했다.

"저 말고, 손님들이요."

"손님들?"

"집에 오는 손님들이 화장실을 못 찾아요. 그래서 표지판을 붙여두려고요."

나는 당최 무슨 말인지 못 알아먹겠으니 네가 통역 좀 해줄래? 날 바라보는 반 주사님 표정이 딱 그랬다. 십육 평짜리 집에 화장실 두 개는 있을 수 있다 치자, 화장실 문 앞에 표지판을 붙여둔다는 건 또 무슨 소리래. 대체 어떤 손님들이 화장실도 못 찾는 거야. 아니, 내가 뭘 잘못 생각하고 있나. 괜히 찔리니까 말도 안 되는 변명이나 늘어놓는 거 아냐…….

"손님들한테 말로 알려주면 되지 표지판을 왜 붙여? 지금 그거 때문에 한숨을 쉬는 거라고?"

반 주사님의 말에 엄마는 뻐드렁니를 드러내며 "네"라고 대답했다. 이제 반 주사님은 됐다 됐어 하는 표정으로 고개를 저었다.

엄마가 막 둘러대는 것처럼 들리겠지만 잘 들어보면 그렇지 않다. 우리 집은 전당포 거리에 있다. 1층엔 전당포가, 2층엔 가정집이 있는 오래된 건물이다. 위아래로 화장실이 하나씩 있는데 그중에서 1층 전당포 화장실에 표지판을 붙인다는 얘기다. 이걸 설명하려면 전당포 이야기부터 꺼내야 하는데 엄마는 그러기가 너무나 싫은 거다. 그래서 대화가 이렇게 꼬이고 만다.

엄마와 얘기하던 사람들이 나에게 도와달라는 눈빛을 보낼 때 난 입을 다문다. 엄마가 싫어하는 걸 나도 말하기 싫어서다. 그러면 꼭 입 안에 물고기가 돌아다니는 기분이다. 가만히 놔두면 해초가 자라고 해파리까지 둥둥 떠다녀서 점점 더 입을 열 수가 없다.

엄마는 다시 컴퓨터 화면 쪽으로 고개를 돌리며 스물네 번째 한숨을 쉬었다. 그리고 스물다섯 번째로 숨을 후욱 들이마셨을 때 나는 사서 사무실을 조용히 빠져나왔다. 등 뒤로 파악, 엄마가 숨 내뱉는 소리가 들렸다.

*

　3월이 반쯤 지나자 반 주사님도 한숨을 쉬었다. 도서관 공사 마무리가 미뤄져 식목일에 개관하려는 계획이 틀어졌기 때문이다. 주차장에 대리석이 깔린 지 두 달이나 지났건만 도서관 안은 여전히 시끄러웠다. 1월엔 3층, 2월엔 2층, 3월엔 1층이 못질 소리와 전기톱 소리로 가득했다. 뼈대가 훤히 드러난 천장 아래 톱밥과 먼지가 머리를 뒤덮고 눈을 찔렀다. 아침부터 접이식 사다리와 무거운 공구를 들고 바쁘게 움직이던 아저씨들은 점심때만 되면 주차장 대리석 위에 모여 앉아 머리를 맞대고 수군거렸다.

　반 주사님도 사무실에서 비밀회의를 이어갔다. 인터넷 기사님, 책 배달 아저씨, 그리고 관장님과. 사람은 매번 달랐지만 회의가 끝난 뒤 반 주사님이 늘어놓는 불평은 변함없었다.

　"이건 처녀보고 애 낳으라는 거하고 똑같아!"

　반 주사님이 애를 낳든 말든 엄마는 신경 쓰지 않았다. 인터넷 검색을 실컷 하고 나서야 일하려고 탁자 앞에 앉았다.

　도서관에서 엄마는 새 책에 도장을 찍고 보안 태그를 붙이는 일을 한다. 작업은 두 팀으로 나뉘어 진행됐다. 반 주사님과 공공 근로자 한 명은 1층 사서 사무실에서. 동네 아주머니 두 명, 인턴 학생 한 명은 3층 일반 열람실에서. 도서관에 하나밖에 없는 공공근로자인 엄마는 반 주사님과 1층 사무실에서 작업을 했다.

일주일에 한 번씩 새 책들이 도서관으로 들어오면 작업실에선 책 표지에 바코드와 청구 기호를 붙인다. 책 안에도 바코드와 청구 기호 스티커를 붙이고 도서관 도장을 찍는다. 39쪽마다 바코드 번호 도장을 한 번 더 찍는 건 지음도서관만의 암호다. 이제 책 뒤표지 안쪽에 아기 손바닥만 한 보안 태그를 붙이고 다시 도서관 스티커로 가리면 작업 끝. 순서와 위치만 익히면 간단한 작업인데 엄마는 도장을 삐뚤게 찍을까 봐 손을 떨었고, 엉뚱한 태그를 붙일까 봐 살피고 또 살폈다. 엄마는 손놀림이 더딘 편이라 작업해야 할 책들은 날로 쌓여만 갔다.

4월이 코밑에 다가오자 도서관에는 이상한 소문 하나가 돌았다. 아저씨들이 공사를 마무리하지 않고서 떠날 거라는 소문이었다. 속이 타들어 간 반 주사님은 엄마에게 도서관 열쇠 꾸러미를 내어주면서 창문이 제대로 달렸는지, 열 때 뻑뻑하거나 혹시 어긋난 곳은 없는지 꼼꼼히 확인해 달라고 했다.

날마다 똑같은 작업에 엉덩이가 쑤셨던 엄마는 신이 나서 사무실 밖으로 달려 나갔다. 나도 엄마를 따라나섰다. 열쇠 꾸러미와 건물 설계도를 들고 떠나는 모험. 지하 1층부터 비밀의 문에 열쇠를 맞춰보는 게 우리의 첫 미션이었다.

지하에 있는 공부방은 빛이 들지 않아서 전등불을 켜지 않으면 낮에도 깜깜했다. 해가 비추는 앞쪽엔 창문이 없고 뒤쪽에만 두 개가 달렸는데 그나마 콘크리트 벽이 앞을 가로막아서 반만

22

열렸다.

 1층부터는 비밀의 문이 열릴 때마다 창문 수십 개를 열어보았다. 스윽, 쿵, 스윽, 쿵. 새 책에 태그를 붙이는 일과 다를 바 없는 반복 작업이지만 그래도 몸을 움직이니 신이 났다.

 공사 아저씨들은 창을 열었다 닫았다 하는 엄마와 나를 의심의 눈초리로 보다 한마디 했다.

 "뭐 하는 거요?"

 엄마가 대답했다.

 "창문 열어보고 있는데요."

 "그러니까 왜 열어보고 있냐고."

 "창문이 제대로 달렸나 해서요."

 아저씨들은 기분이 나빠 보였다.

 "이젠 별짓을 다 하네. 우리가 안 끝내고 싶어서 안 끝나. 돈이 안 들어와서 못 끝내지, 참 나. 이왕 하는 김에 창문이나 다 닫아주쇼. 내일 비 온다 하니."

 아저씨들이 우르르 밖으로 몰려 나가자 엄마가 투덜거렸다.

 "이상한 사람들이야."

 그날 얼마나 창문을 열고 닫았는지 꿈에서도 창문이 나왔다. 공사 아저씨들의 말대로 비가 쏟아졌고, 빗물이 전당포 이층집 창문 안으로 들이쳤다. 구정물 묻은 방바닥엔 새 발자국이 어지럽게 찍혀 있었는데 그걸 본 순간 나는 이게 다 엄마 때문이라고,

창문을 제대로 닫지 않아서 그런 거라고, 꿈속에서도 엄마를 탓했다.

　창문을 닫으면서 내다본 지음 읍내는 물이 발목까지 차올라 커다란 워터 파크 같았다. 도서관에 있어야 할 책들이 물 위에 둥둥 떠다니고 아이들은 엄마 아빠의 손을 잡고 나와 첨벙거렸다. 어른들도 즐거워서 비명을 질러댔다. 삼거리 끝에 보여야 할 도서관 자리에 커다란 호수가 있었다. 밖으로 달려 나가서 가까이 가봤더니 정말 그 자리에 별 모양의 검고 커다란 구멍이 뚫려 있었다. 지장산을 거꾸로 세워서 넣으면 쏙 들어갈 만큼 크고 깊은 구멍. 천천히 흘러가던 물이 그 앞에서 꺼지듯 아래로 쏟아져 내렸다. 다가갈수록 물살이 거세져 나는 두 발에 힘을 주고 서서 안을 들여다봤다. 끝이 보이지 않았고, 내 몸은 뻣뻣하게 굳어버려서 한마디도 할 수 없었다. 그런데 어른들은 구멍 주위에 둘러서서 안쪽을 들여다보며 외치는 게 아닌가.

　"지음이 흔들린다! 랜드가 무너진다!"

　그 소리는 깊은 구멍 안에서 메아리쳤다. 지음이 흔들리다니? 랜드가 무너지다니! 그때만 해도 삼촌이 외쳐댔던 말이라 꿈에 나오는 줄로만 알았지 진짜로 지음이 흔들리고 랜드가 무너질 줄은 꿈에도 생각 못 했다.

그림자 아이

아이들 마음속에 비밀이 한번 자리 잡으면 어른들은 알아낼 길이 없다. 어른들이 무뎌서도 아이들이 꼭꼭 숨겨서도 아니다. 애초에 아이들의 비밀이란 말할 수 없는 것들이기 때문이다. 옆 반 누구를 좋아한다느니 자위를 6학년 때부터 했다느니 하는 건 비밀이 아니다. 말할 수 없는 게 아니라 아직 말하지 않았거나 앞으로도 말하고 싶지 않은 것일 뿐이니까. 아이들의 비밀은 그보다 더 깊고 은밀한 곳에 숨겨져 있다.

그런 아이들의 비밀을 캐내려는 어른들의 질문은 뜻밖에도 단순하다.

"너 이름이 뭐니?"

무심코 던지는 질문에 내 심장은 쿵 내려앉는다. 이렇게 묻는 어른들은 대개 위험인물이다.

"……동하늘이요."

"동서남북 할 때 동? 금은동 할 때 동?"

이쯤 되면 끊어줘야 한다. 그래서 고개만 까딱인다. "동 씨도 있네" "예쁜 이름이네" 하고 넘어가면 다행이고 고개를 갸우뚱하면 마음이 조마조마해진다.

"어디 동 씨니?" 묻는 어른도 있다. 그때는 할머니가 가르쳐준 대로 "동해바다 동 씨"라고 말한다. 아무것도 모르는 척 해맑게 웃는 것이 포인트다. 그러면 더 묻질 않으니까.

더 위험한 질문도 있다.

"너 몇 학년이니?"

이런 질문을 하는 어른들은 경계 대상 1호다.

"열 살은 넘었어요."

내가 대답하면 어른들은 미소를 짓는다.

"3학년이구나."

나는 고개를 젓는다.

"그럼 4학년? 학교 일찍 갔나 보네."

이젠 고갯짓도 해줄 수 없다. 엄마는 '학교'라는 말을 꺼내는 사람들을 조심하라고 했다. 그들이 꼬치꼬치 캐묻는 건 엄마와 나를 떼어놓기 위해서라며.

왜 엄마와 나를 떼어놓으려 하느냐고 물으니 엄마는 딴말만 늘어놓다가 비장하게 한다는 소리가

"걱정 마. 넌 누가 뭐래도 내 아들이니까."

누가 뭐랬냐고 되묻고 싶지만 그럴 순 없었다. 조그마한 눈물 방울 하나가 엄마의 볼을 타고 또르르 굴러떨어졌기 때문이다. 가슴 깊은 곳에 꾹꾹 눌러 담았던 눈물이 엄마도 모르게 세상 밖으로 흘러나온 거다. 난 엄마가 나를, 아니 우리 둘 다를 보호하려 한다고 느꼈다. 그 가늠할 수 없는 눈물 한 방울의 무게를 느낀 순간 난 말할 수 없는 비밀을 처음으로 갖게 됐다.

나는 안다. 나처럼 비밀 많은 아이를 세상에서 뭐라고 부르는지. 바로 그림자 아이다. 이 세상에 살고 있지만 존재하진 않는단 뜻이다. 정말 나에겐 어릴 적 사진이 한 장도 없다. 나만 혼자 거울에 비친 내 얼굴을 쳐다볼 뿐 아무도 내 얼굴을 유심히 들여다보진 않는단 얘기다.

그림자 속에 앉아 세상을 내다보면 어른들 이마에 새겨진 작고 검은 흉터가 보인다. 흉터는 엄마도 있고, 삼촌도 있고, 할머니도 있다. 동네 사람들도 다 하나씩 갖고 있다. 그 흉터를 읽는 게 나의 일이다. 이상하단 생각은 감히 할 수도 없다. 내가 어른들이 이상하다고 하지 않는 건 어른들도 날 이상하다고 하지 않았으면 해서다. 어른들의 질문이 왜 위협적이냐면 내가 할머니와 같은 동씨고 학교에 다니지 않아서다. 그러니까 나는 아빠가 아니라 할머

27

니의 성을 따랐고 열 살은 넘었지만 3학년이나 4학년은 아니라는
거다.

엄마는 혹시 누가 학교는 안 가냐고 물어보면 몸이 아파서 쉬
는 거라고 말하라고 했다. 난 거짓말이 싫었지만 엄마와 떨어지는
건 더 싫었다. 그래서 동네 할머니들이 "학교 갔다 왔니?" 물을
때마다 대답했다.

"몸이 아파서 학교에 안 가요"는 크게.

"라고 엄마가 말하랬어요"는 작게.

*

내가 학교에 가지 못한 건 몸이 아파서가 아니다. 차라리 몸이
아프지 않아서, 병에 걸리지 않아서라면 모를까. 이 세상 한가운
데엔 전염병 나무가 자란다. 거기에 수백 마리 바이러스들이 박쥐
처럼 주렁주렁 매달려 있다. 그런데 바람이 불어 투두둑 떨어졌
고, 온 동네를 날아다니며 사람들을 아프게 했다. 스키장과 카지
노를 찾는 손님들이 끊기자 전당포 거리와 시장 사람들은 마스크
를 쓰고 가게 안에서 겨울잠에 들었다.

할머니도 엄마도 삼촌도 전염병에 걸려서 차례로 열이 펄펄 끓
었다. 할머니는 지음의료원에 입원해 죽다 살아났을 정도였다. 나
만 병에 걸리지 않았다. 겁에 질린 엄마는 전염병이 물러갈 때까

지 날 집 안에 꼭꼭 숨겨두고 밖에 내보내지 않았다. 난 아파도 병원에 갈 수 없고 주사도 맞지 못하기 때문이라나.

그때가 막 여덟 살이 됐을 때였다. 엄마는 한숨만 쉬며 인터넷으로 '초등학교 입학하는 법'을 검색했다. 뒤늦게 할머니가 여기저기 뛰어다니며 해결하려 했지만 전염병이 돌기 전엔 "방법이 있는지 알아보겠다"던 어른들이 말을 조금씩 바꿨다. 기다려라 → 곤란하다 → 어렵다 → 모른다 → 안 된다 → 제발, 귀찮게 하지 마라……. 결국 할머니는 분통을 터뜨렸다.

"거짓불쟁이들은 서류에 손꾸락 도장을 콱 찍어서 싹 조져야 돼!"

전염병이 물러가고 랜드는 다시 문을 열었다. 도박꾼들은 지음으로 몰려들었고 전당포 손님도 늘어났다. 하지만 할머니는 전당포를 삼촌에게 맡기거나 그냥 비워둔 채 지음을 돌아다녔다. 날 학교에 보낼 방법을 찾기 위해서였다. 후유증으로 가슴을 부여잡고 숨을 헐떡대는 할머니가 안쓰러워 나는 학교란 말을 입 밖에 꺼내지 못했다. 정말 내가 학교에 가고 싶었는지도 잘 모르겠다. 거긴 그냥 아이들이 시끄럽게 재잘대는 건물일 뿐이었으니까. 맡겨진 물건처럼 조용히 전당포에 있을 때가 마음이 편했다.

그런 내가 안쓰러웠는지 엄마는 일주일에 한두 번은 날 도서관에 데려갔다. 반 주사님도 내가 도서관에 오는 걸 싫어하지 않았다. 말썽도 피우지 않고 조용히 번호표를 오리며 모자란 일손을

29

보탰으니까.

그런데 매주 도서관에 오니 반 주사님도 신경이 쓰이긴 했나 보다. "세상 참 좋아졌네, 요즘 애들은 학교 빠지는 게 어렵지 않나봐" 지나가며 던진 말에 엄마는 제 발이 저린 게 분명했다. 그러지 않고서야 나랑 미리 말을 맞춰놓지도 않고 갑자기 그런 말을 할 리가 없다. 책에 태그를 붙이다 말고 느닷없이.

"하늘이는 3학년인데 참 어른스러워요. 내가 학교에 데려다주려고 같이 가자 하면 난 어린애가 아니야, 이러면서 혼자 가요, 그치?"

엄마는 눈을 찡긋하며 날 끌어들이려 했지만 난 모른 척하고 가위질에만 집중했다. 반 주사님이 무시하고 지나치길 바라면서. 하지만 내 기대와 달리 반 주사님은 엄마의 말을 받아줬다.

"그래, 차암 어른스럽네."

그러자 엄마는 기다렸다는 듯이

"집에서는 어떤 줄 아세요? 동그랑땡도 혼자 해 먹는대요, 나보고 신경 쓰지 말라고 해요. 혼자서도 한다고. 지금은 아파서 학교를 쉬지만 도서관 일은 충분히 도울 수 있을 거예요."

그러면서 배시시 웃었다. 진심으로 자기 말을 믿고 있는 표정이었다. 반 주사님이 아무런 생각 없이 다음 말을 툭 던지기 전까지는.

"결혼을 일찍 했나 보네. 애가 벌써 3학년이면."

그 말에 대화가 딱 끊겼다. 덩달아 나도 초조해졌다. 엄마는 겁에 질렸을 때 나오는 표정을 하고 있었다. 엄마가 머릿속으로 다음 말을 꾸며내는 소리가 내 귓가에 서걱서걱 들려오는 듯했다. 이윽고 엄마가 입을 열었다.

"근데 두 살 때 이혼했어요."

"잉? 왜?"

"돌도 안 지난 애한테 말해 보라고 자꾸만 못살게 구는 거예요. 애가 말을 못하는 게 저 때문이라고 아예 집을 나가 버렸다니까요."

갑작스러운 엄마의 고백에 반 주사님은 말을 잇지 못하고 옆에 있던 내 눈치를 살폈다. 내가 그 이야기를 들을까 봐 신경이라도 쓰였나. 이럴 땐 역시 공동의 적을 만드는 게 최고의 해결책이다. 반 주사님은 벌컥 화를 내며 엄마와 내 편을 들어줬다.

"아니, 지는 언제부터 말했다고?"

"한 살짜리한테 말하라고 했다니까요."

"아니, 내 말은, 애 아빠는 언제부터 말을 했는데 한 살도 안 먹은 애한테 말을 하라고 시키느냐고."

"마마보이라서 그래요. 좀 심한, 마마보이, 아시죠?"

갑작스러운 마마보이 폭로에 반 주사님은 다시 말을 멈췄다. 엄마가 할 수 있는 최고의 욕이 마마보이일 뿐인데, 게다가 한번 흥분해서 말을 하면 옆에 누가 있든 신경 쓰지 않고 마구 내뱉을 뿐인데. 주사님은 다시 엄마와 내 눈치를 살피더니 눈을 질끈 감고 물었다.

"중매로 만난 거야?"

"연애했어요. 고등학교 때부터."

"근데 왜 그랬대?"

"마마보이라서 그래요. 마마보이."

엄마가 같은 말을 되풀이하며 투덜거렸다. 이건 빨리 대화를 끝내고 싶은데 어떻게 해야 할지 모르겠다는 신호다. 다행히 반 주사님이 다른 데로 질문을 돌렸다.

"그래서 지금은 누구랑 사는데?"

"엄마랑 동생이랑 같이 살아요. 엄마는 장사하고요. 동생은 일 하다가 지금은 쉬고 있어요. 근데 다들 건강이 안 좋아서 걱정이에요. 제가 빨리 결혼을 해야 하는데."

다시 튀어나온 돌발 선언. 내가 학교에 다닌다는 거짓말은 갑작스러운 이혼 고백 → 마마보이 폭로 → 재혼 선언으로 걷잡을 수 없이 이어졌고 이 대목에서 반 주사님은 또 한번 놀랐다.

"아니, 결혼을 또 한다고? 재혼은 신중히 결정해야 하지 않나."

"안 그래요. 아는 교회 오빠가 있는데 그 집도 혼자 살아요. 애 가 셋이라 형편도 어렵고요. 돈은 많이 버는데 나가는 구멍이 많다는 거예요. 차암, 애라도 덜 낳지."

반 주사님은 거의 포기한 채로 이젠 울상이 되었다.

"그게 살다 보면 마음대로 되나?"

"근데 참 성실하고 그래요."

"글쎄, 신중히 결정하라니까."

반 주사님은 열 살이나 어린 엄마가 두 번째 결혼을 하려는 것이 전혀 부럽지 않은 투였다. 자기는 마흔이 넘도록 결혼을 못 했는데 그런 대화를 주고받는 상황이 좀 어이가 없는지 잠자코 있었다.

난 학교도 안 다니고 동그랑땡보단 달걀프라이를 좋아하지만. 내가 말을 못해서 아빠가 집을 나갔는지, 그런 아빠가 정말 마마보이인지, 엄마가 애 셋 딸린 교회 오빠에게 관심이 있는지 알 순 없지만. 뭐, 그 뒤로 반 주사님이 나에 관해 묻지 않은 걸 보면 엄마의 작전은 꽤 성공적이라고 하겠다.

*

4월이 되자 도서관 개가실 책장에 ㄱ부터 ㅎ까지, ㅏ부터 ㅣ까지 책들이 차례로 꽂혔다. 엄마는 책등에 붙은 번호를 보고 스스, 자자, 즈즈, 말을 배우는 아이처럼 따라 읽었다. 나도 스스, 자자, 즈즈 하며 책장 사이를 오갔다.

반 주사님은 그런 내가 기특했는지 아니면 안쓰러워 보였는지 어린이 국어사전을 선물해 줬다. 두 손에 들어오는 도톰한 크기,

딱딱한 표지에 분홍색 진달래가 그려진 사전이었다. 틈날 때마다 나는 사전을 펼쳐 단어를 찾아봤다.

사전에서 내가 제일 좋아하는 단어는 '아름다움'이다. '마음에 들어 만족스럽고 좋은 느낌'이란 뜻이다. 그 아래 그림엔 남자아이와 남자 어른이 각각 두 팔을 앞으로 둥글게 하여 손깍지를 끼고 있다. 아이는 아이대로, 어른은 어른대로. 그림 옆에는 이런 말이 쓰여 있다. 한 아름이란 두 팔을 둥글게 모아서 만든 만큼의 크기이고 어른과 아이가 팔 길이가 다르듯이 그 아름다움도 사람마다 다르다. 아름다움이란 곧 나다움이다.

나는 그 부분을 몇 번이고 읽었다.

사전에서 '아빠'란 단어는 딱 한 번 찾아봤다. '아빠'에는 별 뜻이 없어서 '아버지'로 넘어가야 했고 '아버지'엔 뜻이 너무도 많았다. 자기를 낳아준 남자를 이르는 말, 자녀를 둔 남자를 자식에 대한 관계로 이르는 말, 자기를 낳아준 남자처럼 삼은 이를 이르는 말, 자기 아버지와 나이가 비슷한 남자를 친근하게 이르는 말, 어떤 일을 처음 이루거나 완성한 사람을 비유적으로 이르는 말, 하나님을 친근하게 이르는 말…… 읽을수록 헷갈렸지만 사전이라도 찾아볼 수밖에 없었다. 집에서도 동네에서도 아빠는 입 밖으로 내선 안 될 단어였으니까. "아빠"까지만 꺼내도 다들 꺼림칙해하는 눈빛을 짓는데 거기엔 한결같은 뭔가가 들어 있다. 내 눈을 피해 먼 곳을 보는 척하며 순식간에 두 눈썹과 코 사이의 주름이 잡혔다가 펴진다. 마치 그래서는 안 되는 뭔가를 떠올렸다가 재빨리 지워내는 것처럼.

그런 동네 사람들과 다르게, 박수 할아버지는 날 대해주었다. 박수 할아버지는 범바위골에 사는 무당이다. 늘 입는 눈부신 파란 치마가 색이 어쩌나 고운지 한번 보면 눈을 뗄 수가 없다. 할머니와 비슷한 나이지만 얼굴은 주름 하나 없이 희고 매끈하다. 노란색 긴 머리를 뒤로 당겨 묶어서 창백해 보이기까지 한데 눈썹까지 노란색이라 더 그렇다. 갸름한 눈에 길쭉한 코, 입술도 붉고 몸도 호리호리해서 멀리서 보면 정말 여자 같다. 입을 열어 괴상한 말만 내뱉지 않는다면 말이다.

"넌 바퀴 조심해야 해. 니 다리에 큰 바퀴가 붙었거든. 그게 언젠가 사고를 낼 거야. 죽지는 않아. 목숨은 건지겠지만 크게 다칠 거야. 피할 수 없어. 알고 있어."

남자도 여자도 아닌 목소리로, 마치 쇳조각으로 유리를 긁는 듯한 목소리로 이런 말을 해대니 지음 사람들이 좋아할 리가 없지(박수 할아버지는 "너와 난 지음 2대 왕따야. 뭔 말인 줄 알지?"라고 했는데 아직 난 그게 뭔 말인지 모르겠다).

처음 봤을 때 박수 할아버지는 한쪽 눈에 안대를 하고 있었다. 뒤로 묶은 노란 머리와 하얀 안대가 묘하게 잘 어울렸다.

"눈 있어요, 없어요?"

하얀 안대에 눈길을 빼앗겨 나도 모르게 물었더니 박수 할아버지는 한쪽 눈으로 나를 뚫어져라 쳐다보았다.

"왜, 궁금해?"

박수 할아버지는 당장이라도 안대를 열어 보여주려고 하면서 야릇한 미소를 지었다.

"사실은 없어."

무덤덤하게 말하다가

"있을 수가 없지."

목소리를 높이더니

"아니, 그냥 확 없애버릴까 봐."

기다란 집게손가락으로 안대 한가운데를 막 쑤시는 시늉을 했다. 기다란 손가락이 눈을 찌를 것만 같았다.

"그러지 마세요. 다쳐요."

"왜? 나 걱정해 주는 거니, 지금?"

박수 할아버지는 손을 내밀어 내 머리를 쓰다듬었다.

"으흥, 듣던 대로 착한 아이네."

내 머리를 쓰다듬는 할아버지의 손은 다른 어른들 손보다 두 배는 크고 굵은 힘줄이 툭툭 불거져 있었다. 아무리 머리를 기르고 화장을 하고 치마를 입어도 큰 손만은 숨길 수가 없다. 평소엔 넓은 소매 속에 숨겨져 있다가도 내가 봉투를 전해줄 때면 불쑥 밖으로 튀어나왔다.

계절마다 내가 범바위골을 찾는 건 할머니의 봉투를 박수 할아버지에게 전해주기 위해서다. 노란 개나리가 흐드러진 봄에도, 전나무가 푸르게 우거진 여름에도, 울긋불긋 숲이 물드는 가을에도, 눈길에 푹푹 발이 빠지는 겨울에도 나는 범바위골을 올랐다.

할머니는 나에게 봉투를 주면서 당부했다.

"할아버이 말씀 잘 들었다가 고대로 전해야 돼."

시장에서 봉투를 받아 오라고 할 때와는 다른 표정이었다.

나는 할머니의 봉투에 뭐가 들었는지 안다. 바로 돈이다. 시장에선 돈을 받아 오고 범바위골에선 돈을 주고 온다. 그런데 박수 할아버지 봉투 안에는 돈 말고 뭐가 하나 더 들어 있다. 복잡한 주소들과 지도가 그려진 정체불명의 종이였다.

그 종이를 들여다본 박수 할아버지는 인색하게도 딱 한마디씩만 해줬다. 지난여름엔 "여긴 별로다. 딴 데 알아보라고 해." 가을엔 "어찌 이런 흉지, 맹지만 골라 오니?" 겨울이 돼서야 고개를 끄덕였다. "그나마 남쪽이 낫네. 여기 땅 주인 아니까 진짜로 맘 있으면 내가 말해주겠다고 해." 집으로 돌아와 박수 할아버지 목소리까지 흉내 내어 그 말을 전해주면 잔뜩 긴장했던 할머니의 얼굴이 비로소 활짝 폈다.

*

박수 할아버지가 사는 범바위골은 유령 마을이다. 사람은 없고 이름만 있다. 큰길에 범바위골 매운탕집, 범바위골 염소탕집은 있는데 정작 범바위골 마을은 없다. 엄마가 태어나기 전부터 산에 불을 질러 농사를 짓는 사람들이 거기 살았다는데 탄광이 들어서면서 하나둘 떠나 랜드가 들어올 때쯤엔 박수 할아버지 댁만 남게 됐단다.

범바위골이 그 이름으로 불리는 것은 호랑이를 닮은 바위가 있기 때문이다. 봉고차보다 크고 잿빛 털이 난 바위다. 이끼로 얼룩덜룩한 부분은 호랑이 줄무늬, 평평한 바위 위쪽에 자란 잡초들은 호랑이 털, 앞쪽에 비죽비죽 튀어나온 갈색 강아지풀은 호랑이 수염이란다. 어둑할 무렵 바람이라도 살랑 불라치면 사람들은 진짜 호랑이가 나타난 줄 알고 줄행랑쳤다는데 과연 두려움 속에서 바위는 점점 몸을 부풀리고 털빛도 진해져 한 마리 호랑이가 됐다.

범바위는 오색 천 달린 새끼줄로 묶여 있다. 할머니 말에 따르자면 호랑이가 마을을 덮치지 못하게 박수 할아버지가 묶어둔 거란다. 바위 아래쪽 틈새, 그러니까 호랑이 배 부분에 놓인 반쯤 타버린 초와 금동 향로도 박수 할아버지가 갖다 놓았다.

그 앞에 두 손 모아 꾸벅 인사하고 십 분만 걸어 올라가면 빨갛고 흰 깃발이 보인다. 깃발만 아니라면 박수 할아버지의 집은 여느 지음 토박이들의 집과 다르지 않다. 뾰족하게 각진 주홍색 철판 지붕. 잡초가 군데군데 자라는 마당. 창문이 주르륵 달린 1층

짜리 옛날 블록 집. 앞쪽을 뺀 나머지 벽엔 바람과 습기를 막으려고 파란 투명 비닐을 꼼꼼히 둘렀다.

마당을 지나 기다란 마루 앞에서 법당 안을 보니 박수 할아버지가 병풍 앞에 앉아 몇 미터쯤 떨어진 바구니에 구슬을 던져 넣고 있었다. 잿빛 주머니 안엔 붉은 구슬도 있고 초록 구슬도 있고 파란 구슬도 들어 있다. 기다란 손가락으로 그 색색 구슬들을 어루만지다가 바구니에 짤랑 던져 넣는 거다. 구슬 던지기에 정신이 팔린 할아버지는 내 쪽을 돌아보지도 않고 말했다.

"왔네? 들어와."

신발을 벗고 법당으로 올라가 장군신에게 절하고선 무릎 꿇고 앉았다. 법당 안은 알록달록한 물건들로 가득했다. 금빛 한자가 휘갈겨진 남색 병풍, 요괴들이 다닥다닥 붙어 있는 울긋불긋한 그림, 벽에 비스듬히 세워진 파란 술이 달린 삼지창. 그중에서 박수 할아버지가 가장 아끼는 물건은 진홍검이다. 이름과 달리 검집도 손잡이도 검은색인 진홍검은 칼날이 꽝꽝 얼린 아이스바처럼 우윳빛이었다.

"넌 왜 그렇게 웃니?"

박수 할아버지는 파란 구슬을 바구니에 던져 넣고 내 눈을 똑바로 바라보았다.

"제가 이상하게 웃나요?"

"아니."

"가짜로 웃나요?

"아니."

"그럼 어떻게 웃는데요?"

박수 할아버지는 잠깐만 하더니 이번엔 빨간 구슬을 바구니에 던졌다. 구슬은 바구니 옆에 떨어져 또르르 바닥을 굴러갔다.

"어, 그 안에 뭔가 얄궂은 게 있어."

도무지 알 수 없는 박수 할아버지의 말에 홀리기 전에 나는 할머니에게서 받은 봉투를 작은 상 위에 올려놓았다. 할아버지는 봉투를 슥 보더니 또 알 수 없는 말을 했다.

"아무래도 넌 가물인가 보구나."

"가물가물하다고요?"

"아니, 가물가물 말고 가물."

"그게 뭔데요?"

"모를 것 같으면서도 알고, 몰라야 할 것까지도 아는 애들이지. 이상한 게 눈에 뵌다고 우기기도 하고. 그래서 막 헛소리도 하고. 나처럼 정식으로 신령님 모시는 건 아닌데 그런 애들이 있다. 특별하다면 특별한 능력이고, 아니라면 그보다 인생 괴로운 게 없지. 요즘 좀 이상한 꿈을 꾸고 헛것도 보이고 그러지? 아직 나이도 어린데 쯧쯧, 답답한 거 있으면 딱 하나만 물어봐라. 잘하면 성불을 볼지도?"

그러면서 박수 할아버지는 봉투 안에서 종이를 빼내 살펴보았다. 손가락을 하나둘 꼽아보다가 "참 이상하네" 머리를 흔들며 매서운 눈빛으로 말했다.

"모양이 희한하긴 해도 여기가 제일 낫네. 난 더 모르겠으니 그냥 하라고 그래. 이 짓도 정말 못 해먹겠다니까."

*

봉투를 전하는 것 말고도 내가 범바위골을 찾는 이유가 하나 더 있다. 바로 머리를 깎기 위해서다. 할머니가 박수 할아버지에게 봉투를 전해주고 머리를 깎고 오라고 했을 때 엄마는 무슨 범바위골 미용실이냐며 펄쩍 뛰었는데 일단 한번 깎고 내려오니 반응이 나쁘지 않았다. 내 머리 모양을 이리저리 살피다가 마지못해 합격, 그랬다.

"왕년에 내가 강남에 미용실 차리는 게 꿈이었지 않니?"

박수 할아버지는 마룻바닥을 손가락으로 톡톡 치며 들뜬 표정으로 날 바라본다. 이미 옆에는 분홍색 보따리가 놓였는데 그 안에는 크고 작은 은색 가위들, 전동 바리캉, 분홍 칠이 벗겨진 플라스틱 분무기가 들어 있다. 그걸 뒷방에서 꺼내 올 때면 진홍검을 휘두를 때보다 더 신나 보였다.

내가 마루에 걸터앉으면 박수 할아버지는 콧노래를 부르며 분홍색 보자기를 내 목에 두른다. 플라스틱 분무기로 찌걱찌걱 물을 뿌리니 물 먼지들이 눈앞으로 천천히 가라앉는다. 곧이어 귀밑에서 들려오는 작작삭삭 가위 소리. 스르륵 잠이 올 것만 같다.

"뭐 하나 물어봐도 돼요?"

"뭔데?"

"우리 아빠는 마마보이였나요?"

작작삭삭, 박수 할아버지는 아무 대꾸도 없이 가위질만 했다.

"우리 아빠는 왕따였나요? 아니면 고아였나요?"

위이이잉, 박수 할아버지는 전동 바리캉으로 내 옆머리를 밀었다.

"아빠가 나를 전당포에 맡기고 돈을 빌렸다는데 그 얘기가 맞나요?"

찌걱찌걱, 박수 할아버지는 내 머리에 분무기만 쏴댔다.

"아니면 정말 동네 사람들 말대로 삼촌이 우리 아빠예요?"

그제야 박수 할아버지는 척, 가위를 마루에 내려놓았다.

"아니다. 갑자기 그런 걸 왜 묻냐?"

"지음에는 아빠를 아는 사람이 없어서요."

박수 할아버지는 보자기에 묻은 머리칼을 털었다.

"니 할머니나 엄마가 뭐라고 말해주지 않던?"

"제가 아빠란 말만 꺼내도 다들 그런 표정을 지어요."

"그런 표정?"

"말로 하긴 힘든데."

"근데 나한테 이야기해 달라는 거지?"

"할아버지는 그런 표정을 짓지 않으니까요."

"웃기는 사람들이네."

"누가요?"

"아니다. 그러니까 넌 나한테 니 아빠 얘기를 듣고 싶은 거구나? 그럼 내가 니 아빠는 아주 부자에, 멋쟁이에, 정말 정말 괜찮은 놈이다라고 하면 너는 아 그렇구나 할 거냐?"

"……아뇨."

"내가 니 아빠는 도박 중독자에, 술주정뱅이에, 바람둥이 말썽꾼이다라고 하면 너는 아 그렇구나 할 거냐?"

"……아뇨."

"왜지?"

"……."

"내가 말해줄까? 이미 넌 니 아빠가 누군지 알고 있기 때문이다. 그리고 뭐 내가 어떤 사람이라고 말한다고 해서 니 아빠가 진짜 그런 사람은 아니지 않니?"

박수 할아버지는 내 목에서 푼 보자기를 마당으로 들고 가더니 탁탁 털었다.

"너도 마찬가지야. 이미 넌 네가 누군지 알고 있어. 다른 사람들이 네가 어떤 사람이라고 말한다고 네가 진짜 그렇지는 않다는 거다."

보자기를 터는 박수 할아버지 너머로 범바위골 갈색 나무들이 천천히 흔들렸다. 바람을 타고 박수 할아버지의 목소리가 나에게 밀려왔다.

"요즘엔 중이 제 머리만 잘 깎고 선무당도 사람 제법 살리거든. 죽이 되든 밥이 되든 자기 운명은 스스로 찾아가는 거다. 무엇보다 이미 넌 스스로 그럴 수 있다고 굳게 믿고 있다니까. 내가 넌 가물이라고 하지 않았니. 그러니 이제 그런 얄궂은 웃음일랑 집어치우고 네 안에 뭐가 들었는지 좀 잘 들여다봐라. 암, 그건 다른 누구도 해줄 수 없지."

부다스 지저스

여름인지 가을인지 모를 선선한 저녁 무렵 그곳은 건물 안으로 들어가려는 사람들, 밖으로 나가는 차들로 붐빈다. 나는 자주색 재킷 소매 아래로 나온 커다란 손을 잡고 걸어가는 중이다. 기타와 키보드를 치고 노래를 부르는 작은 공연장이 나온다. 거기엔 사람들의 그림자가 북적이고 있다. 남자는 나를 작고 푸르스름한 향나무 공원을 지나 넓은 잔디밭으로 데려간다. 잔디밭에 막 도착했을 때 어디선가 음악 소리가 들려온다. 따따따라라라라라라. 그때는 몰랐다. 그게 내가 태어나기 전에 나온 아이돌 그룹의 노래라는 걸.

노래는 잔디밭 옆 음악 분수대에서 흘러나오고 있다. 남자는 내 손을 끌고 분수대 쪽으로 향한다. 흥겨운 음악에 물줄기를 뿜는 분수대, 가운데에는 LAND 글자가 반짝이고 있다. 붉고 노랗고 파란 조명이 돌아가고 물줄기는 어느 땐 높게 어느 땐 낮게 어느 땐 멀리 어느 땐 가까이 그리고 어느 땐 그 모든 것을 동시에 하며 춤을 춘다.

어느덧 빠른 댄스곡이 느린 노래로 바뀐다. 이제 물줄기는 발레리나가 춤추듯이 우아하게 뿜어져 나온다. 물줄기와 불빛과 노래에 홀린 나는 남자의 손을 놓고 혼자서 걸어간다. 분수대 쪽으로 점점 다가가 그 앞에 있는 울타리마저 넘어가려고 하자 누군가 나를 꼭 붙든다. 조금씩 높아지고 멀리 뻗어 나가는 물줄기. 뒤에서 나를 안아 물줄기를 막아주는 건 단 한 사람밖에 없다.

아빠?

남자는 내 귀에 대고 뭐라고 속삭였다. 그중에서 기억나는 건 이 말뿐이다.

"이제 혼자 걸을 줄 알아야지."

그런 기억은 얼음으로 만든 못과 같다. 녹아서 손바닥 안으로 사라져 버리니까 너무 꼭 쥐고 있으면 안 된다.

*

내 안을 잘 들여다보라는 박수 할아버지의 말을 듣고, 낯선 기억이 불쑥 떠올랐다. 난 아빠의 얼굴도 모르고 랜드에는 가본 적도 없는데. 둘이 같이 나오는 이유를 알 수 없었다.

난 랜드는 모르지만 지음은 잘 안다. 할머니의 말투를 따라 해보자면 내 "한펭상"을 지음에서 살아왔기 때문이다. 그러면 할머니는 "한펭상? 야야, 니가 아는 건 지음의 아주 한 쪼가리다" 하며 웃는다. 지음처럼 확확 바뀐 동네도 없다면서. 정말 그 확확 바뀐 흔적들이 지명에도 남아 있다. 농사를 지을 때만 해도 순우리말 이름이 더 많았는데 탄광이 들어서자 한자 이름이 더 많아졌고, 랜드가 들어서고 나서는 영어 이름으로 불렸다. 지금도 그 이름들은 뒤섞여서 같이 쓰인다. 지음 사람들은 똑같은 곳을 다르게 부른다.

지음은 이스트지저스와 웨스트부다스로 나뉜다. 이스트지저스에는 지음 읍내가 있고 웨스트부다스에는 랜드와 카지노가 있다. 둘 사이에 슬립시티가 껴 있다. 슬립시티라고 불리는 건 모텔과 펜션이 많아서다. 웨스트부다스 호텔의 반의반도 안 되는 값이라 돈 잃은 도박꾼들이 잠만 자고 랜드로 올라간다. 웨스트부다스에서는 슬립시티를 지음 읍내와 하나로 묶어 이스트지저스라고 부르지만 이스트지저스에서는 반대로 랜드와 하나로 묶어 웨스트부다스라고 부른다. 결국 슬립시티는 웨스트부다스와 이스트지저스 사이에 껴서 이도저도 아닌 곳이 됐다.

말고개 중계탑에 올라가면 웨스트부다스와 이스트지저스가

한눈에 보인다. 슬립시티에서 삼거리 방향으로 지음교를 건너면 두 갈래 길이 나오는데 다리 건너 오른쪽은 소잡는골, 왼쪽은 말고개재로 가는 길이다. 범바위골은 호랑이와 닮은 바위가 있어 그런다지만 말고개재는 왜 그렇게 불릴까? 말 모양을 닮은 것도 아닌데. 말고개재 아랫동네인 소잡는골의 이름도 마찬가지다. 할머니도 영문을 모르겠다고 한다.

"우리는 소잡골, 소잡동, 부루기만 했지 여태껏 소잡는골에서 소 잡는 꼴을 못 봤다. 아니, 뭔 소가 있어야 잡을 거 아니나!"

중계탑에 올라가면 저 멀리 지장산 중턱에 있는 웨스트부다스가 한눈에 들어온다. 웨스트부다스는 스키장, 골프장, 워터 파크, 리조트 단지와 카지노 센터를 아울러 부르는 말이다. 진한 녹색 골프장, 파란색과 흰색 줄무늬 물뱀처럼 똬리를 튼 워터 슬라이드. 그 한가운데에 카지노 센터가 있다. 앞뒤로 뾰족 튀어나온 건물 가운데엔 삼각형 타워가 솟아 아이들이 접는 종이배와 비슷한 생김새다. 산속에 배라니 이보다 더 안 어울리는 게 있을까. 반들반들 빛나는 은색은 도무지 이 세상 색 같지가 않다.

거기에 비하면 이스트지저스는 온통 잿빛, 뭐 그런 건 아니다. 흐릿하긴 해도 잘 보면 나름의 빛깔이 있다. 지음시장 지붕은 흰색, 지음초등학교 옥상은 녹색, 지음교회의 벽돌은 빨강…… 이스트지저스의 끝, 건물들이 쉴 새 없이 올라가는 곳이 슬립시티다. 웨스트부다스만큼 높지는 않지만 잿빛 낮은 건물 위로 빌딩이 쑥쑥 자라는 중이다. 빌딩 위층엔 모텔이, 아래층엔 술집이, 그 사이사이엔 전당포가 있다. 모텔, 전당포, 식당, 가요주점, 찜질방, PC방, 마사지숍, 다시 모텔, 전당포, 가요주점, 마사지숍. 멀리서 보면 신문지 위에 쌓아 놓은 레고 블록처럼 알록달록하다.

서로 다른 색들도 해가 지장산을 넘어갈 때면 황금빛 먼지가 내려앉아 모두 노랗게 보인다. 어디서부터 웨스트부다스이고 어디까지가 이스트지저스인지, 그리고 슬럽시티는 어느 사이에 끼었는지 가르고 나눌 수 없다. 이곳은 모두 저 높은 지장산이 오랫동안 품어온 동네, 바로 나의 이야기가 시작되고 끝나는 곳이기 때문이다.

*

"지장산은 왜 지장산이에요?"

"땅 지, 감출 장. 땅 밑에 뭘 마이 감추고 있다는 뜻 아니겠나. 조상님들은 마카 다 알고 계셨던 거지."

"땅 아래 뭘 감추고 있는데요?"

"돌맹이다, 불이 붙으면 밤낮을 타오르는 돌맹이."

지장산 아래 절에 갔다가 집에 돌아오는 길, 4월인데 날씨는 아직 쌀쌀하고 굴다리 안쪽 그늘진 곳엔 까뭇한 눈이 쌓여 있었다. 지장산에서 읍내로 돌아오는 길목에 있는 쌍굴다리를 지음 사람들은 안경다리라 부른다. 다리 밑의 구멍 두 개가 안경처럼 생겨서다. 안경다리 위로는 기찻길이 있고 다리 아래 왼쪽 구멍은 사람, 오른쪽 구멍은 차가 다니는 길이다. 예전엔 지음으로 들어오는 관문이자 탄광과 읍내를 가르는 경계였단다. 그때는 아침에 광부들이 안경다리를 지나 지장산 광업소로 올라갔는데 지금은 랜드로 올라가는 입구가 됐다. 안경다리 위쪽엔 웰컴 투 랜드 LED 등이 설치되었고, 구멍 안쪽엔 대형 디지털 화면 여러 개가 죽 이어져 붙어 있다. 랜드가 생길 때 설치한 광고판이다. 화면에는 지음 역사를 담은 3D 애니메이션이 밤낮으로 되풀이된다. 할머니와 나는 그 움직이는 벽화를 들여다보며 얘기하는 중이었다.

"그땐 그 돌멩이가 우릴 멕여 살릴 거라 믿지 않았겠나. 식구들을, 이 나라를 살릴 거라고. 그래 부지런이 산에 굴 파고, 땅 깎고, 집 짓고, 배알 끝에 길을 낸 거다."

할머니의 목소리는 잠겨 있고, 굴다리 안에는 푸른 숲이 펼쳐진다. 녹색과 형광 중간쯤 되는 푸른빛. 숲엔 새 떼도, 토끼와 사슴, 아이들도 숨어 있다. 나무 뒤에서 삐죽 얼굴을 내밀거나 이쪽에서 튀어나와 저쪽으로 사라진다.

"옛날에 지장산에다가 금탑하고, 은탑하고, 돌탑을 세웠다는 얘기가 있다. 근데 돌탑 자리만 사람들한테 갈켜준 거라."

"금탑과 은탑은 어디 있는데요?"

"모르지, 욕심 많은 늠들이 훔치 갈까 봐 말 안 했다는데 내가 어찌 알겠나?"

"할머닌 욕심이 많나요?"

"그제."

"그럼 돌탑은 어디 있어요?"

"저걸 봐라."

할머니는 디지털 벽화를 가리켰다. 애니메이션은 처음부터 다시 시작됐다. 까만 화면이 천천히 밝아지고 오른쪽 끝에 바다가 나타난다. 바다에서 덩굴이 꿈틀꿈틀 땅으로 기어와 나무로 변한다. 새로운 나무들이 자라고 바다는 빽빽한 숲이 된다. 커다란 잠자리와 지네들이 나타나고 이제 나무와 벌레의 세상이다. 그들은 천천히 아래로 떨어져 바다 위에 쌓인다. 바다에 잠겼다가 솟아오르고, 다시 솟아오르고. 그러는 동안 땅은 단단해졌다.

"이 땅 밑에 깔린 게 마카 돌멩이다. 돌탄인가 석탄인가, 그런 걸 파내려고 개무 떼처럼 일루 몰려든 거지."

디지털 벽화에선 두 번째 이야기가 시작된다. 작은 빛, 그 빛 속에서 시작된 실타래들, 그 실들이 엉켜서 생기는 어지러운 무늬, 작은 나비들의 날갯짓. 이런 것들이 하나의 마을을 이룬다. 애벌레가 고치를 짓고 나비가 되듯이 마을은 북적거리는 탄광촌으로 탈바꿈한다. 수갱 타워가 공룡처럼 걸어와 주저앉고 노란 들꽃을 실은 탄차가 지나가고 검은 나비 한 마리가 마을 위로 날아다닌다.

검은 나비에게 눈길을 주던 할머니가 말했다.

"금탑이니 은탑이니 마카 옛날얘기지. 지장보살님 이름 따서 지은 거라믄 모를까."

"지장보살님이 누군데요?"

"에에? 아까 절에서 보지 않았나?"

"파마머리 한 부처님이요?"

"아야, 고 옆에."

"녹색 대머리 부처님이요?"

"고렇지."

절 안에 걸린 그림엔 파마머리 부처님과 녹색 대머리 부처님이 있었다. 파마머리 부처님은 표정이 인자했는데 녹색 대머리 부처님은 무서웠다. 긴 창을 들고 두 눈을 부릅뜬 녹색 대머리 부처님이 지장보살님이라고 할머니는 말해주었다.

"지옥문 앞을 지키는 보살님이라니."

"왜 지옥 앞에 있어요?"

"세상 사람들을 구하려고, 한 눔도 놓치지 않고. 그럴라믄 지옥문 앞에서 지키고 서 있는 게 젤 좋지 않겠나? 지옥이 텅 비기 전까진 먼저 성불 않기로 서원을 세운 거다."

나중에 서원이라는 말의 뜻을 사전에서 찾아보았더니 첫째는 부처님에게 맹세하는 일, 둘째는 하나님에게 맹세하는 일, 셋째는 자기 마음속으로 맹세하는 일이라고 했다. 이렇게 간절하게 뭔가를 위해 맹세를 하다니. 지장보살님이 부러웠다.

이제 디지털 벽화 속에선 마지막 이야기가 시작된다. 검은 나비는 날개와 더듬이와 다리가 떨어지고 몸통만 남는다. 다시 애벌레가 되어 땅바닥에 떨어져 고치를 두른다. 봄, 여름, 가을, 겨울, 봄, 여름, 가을, 겨울. 사계절이 두 번 지나자 황금빛 나비가 고치 밖으로 나온다. 천천히 펼친 젖은 날개가 햇빛 아래 눈부시게 빛난다. 나비는 아름다운 날개를 펄럭이며 탄광촌 위를 한 바퀴 돌더니 화면 위쪽으로 날아간다. 지금껏 뒤에서 배경으로만 보이던 산이 커지고 나비는 산 중턱 커다란 종이배에 앉을 듯 말 듯 다시 화면 가운데로 날아온다. 황금빛 나비가 날개를 펄럭일 때마다 주변 꽃과 나무들이 소용돌이치며 나비를 향해 빨려든다.

"그니까 저 욕심 많은 인간들이 지장보살님 머리 위에다 기어이 지옥을 맨든 거지."

그 말을 하면서 할머니가 웃었는지 얼굴을 찌푸렸는지 기억나지 않는다.

화면 속 모든 것이 사라지고 어둠만 남았을 때 AND라는 글자가 떠올랐다. 그리고 L이라는 글자가 AND 앞에 새롭게 쓰이면서 LAND가 됐다. 그 완성된 글자 위에 작은 황금 나비가 날아와 앉으면서 디지털 벽화는 끝이 났다.

지장산 때문에 랜드를 웨스트부다스라고 부른다면 지음을 이스트지저스라고 부르는 이유는 무얼까. 엄마는 지음교회, 그것도 염 목사님 때문이라고 한다.

지음교회는 말고개재 아래, 밥남은소 건너편에 있다. 지장천이 느려지며 고이는 밥남은소는 말이 먹다 남은 여물통이란 뜻이다. 앞에는 물, 뒤에는 절벽 사이로 외길이 나 있는데 예배당 안으로 들어가려면 건물을 한 바퀴 돌아 앞쪽 계단으로 가야 한다. 계단 층층이 놓인 노랑, 하양, 자주, 파랑 가짜 야생화 화분들. 교회는 지음에서 가장 먼저 봄이 찾아오는 곳이다.

불 꺼진 교회 안은 어둡고 아늑하다. 오래된 커튼 냄새와 나무 의자 냄새. 봄에도 연탄난로를 피워 의자에 누우면 잠이 솔솔 온다. 전도사님들에게 들키지만 않는다면 십자가 아래서 잠깐 눈을 붙일 수도 있다. 지음에서 갈 곳 없는 아이를 반기는 곳은 교회뿐이고, 그래서 난 평일에도 혼자 교회에 갔다.

그날도 누워서 예배당 앞 벽에 걸린 십자가를 보는데 이런 생각이 들었다.

예수님은 열 살 때 뭘 했을까.

진짜 아빠가 누군지 알았을 때 기분이 어땠을까.

머릿속에 맴도는 목소리를 멈추려고 눈을 감으니 예배당 앞쪽에서 수군거리는 소리가 들렸다.

"꽃꽂이를 해놔도 제대로 보이질 않네, 뒤에 그림 때문에."

교회 나무 의자의 기다란 틈새로 자주색 재킷을 입은 남자와 베이지색 점퍼를 입은 남자가 보였다. 베이지색 점퍼 팔뚝 부분에는 랜드의 마크가 달려 있었다. 파랑 동그라미 안에 노랑 네모, 또 그 안에 녹색 세모. 파랑 동그라미가 둥근 하늘, 노랑 네모가 각이 진 땅, 녹색 세모가 우뚝 선 사람이라나. 하늘 안에 땅이 있고, 땅 안에 사람이 들었다는 뜻이란다.

"뭔가 좀 엉성하다. 보라색 몇 개만 더 꽂아 달라 할까?"

랜드 점퍼 남자가 말하자 자주색 재킷 남자가 장난스럽게 받았다.

"괜찮아. 언발란스라고 알랑가 몰라."

그는 바닥에 떨어진 꽃잎을 치우며 말했다.

"이 정도면 됐어. 한 주는 쌩쌩할 거야."

발소리가 점점 가까워진다 싶어서 고개를 드니 그들이 예배당 뒷문 쪽으로 걸어오고 있었다. 순간 나는 의자에 몸을 붙였다. 일부러 숨으려던 건 아닌데 그냥 일어날 타이밍을 놓쳐 그렇게 됐다.

두 남자의 대화는 텅 빈 예배당 안에 낮게 울렸다.

"와인은 챙겼지?"

"케이스 튼튼한 놈으로 골랐지."

"얼마나 들어가디?"

55

"한 장."

"5만 원권이 좋네."

"박스 안 날라 좋지. 사택에 잘 배달하고 왔으니 걱정 마시고."

"아무리 봐도 언발란스한데."

두 남자는 수수께끼 같은 말을 주고받으며 시시덕댔다. 내가 듣는 줄도 모르고.

목소리가 완전히 사라진 뒤 나는 의자에서 일어나 예배당 앞쪽으로 가봤다. 단 아래에 화분 하나가 놓여 있었다. 가짜 꽃이 아니라 진짜 꽃이었다. 샛노란 튤립 일곱 송이가 가운데에 있고 작은 노란색 꽃과 흰색 꽃들이 받치고 있다. 그 양옆으로 연보라색 꽃이 가지를 뻗었는데 오른쪽이 왼쪽보다 꽃송이가 더 많고 가지가 길었다.

보라색 리본엔 "부활을 축하합니다"라고 쓰여 있었다.

교회는 평소에 가짜 꽃만 두다가도 부활절에는 진짜 꽃을 놓는다. 그 꽃들을 랜드에서 갖다 놓는다는 건 처음 알았다. 게다가 예배당 앞 탁자 위에 리본 달린 달걀 바구니까지 놓고 갔다.

부활절 주일, 교회 가는 길에 이 얘길 했더니 엄마는 고개를 끄덕이며 말했다.

"랜드가 염 목사님한테 빚을 지고 있어서 그럴걸?"

염 목사님은 지음교회의 담임 목사님이다. 지음에서 처음으로 교회를 세운 전설적인 인물이다. 탄광 회사와 싸우던 광부들을 숨겨준 것도 염 목사님, 어린이 도서관을 세워달라고 랜드에 요구한 것도 염 목사님. 엄마의 존경 대상 1호다. 엄마는 멀리서 목사님의 낡은 양복만 봐도 안절부절 고개를 조아렸다.

"우린 다 염 목사님한테 빚을 졌어. 염 목사님 없었으면 지금 지음도 없거든. 탄광 있을 때부터 광부들 편이었고, 또 서울에 아는 사람이 얼마나 많은데. 엄청 높으신 분들도 염 목사님한텐 껌뻑 죽는다구."

엄마는 염 목사님이 죽은 지음을 되살렸다고도 했다.

"나 어릴 땐 장암이 얼마나 잘나갔는데. 술집도 많고. 지음엔 없는 영화관도 있었어. 근데 지금 거기 사람이 살긴 사나? 늙은이들만 있을걸? 랜드가 장암으로 갔으면 지음이 그런 꼴 났을 거야. 랜드가 지음으로 오게 하려고 염 목사님이 얼마나 힘을 쓰셨는지 몰라. 그러니까 지음이 이만큼 먹고사는 건 다 염 목사님 덕분인 거지."

그때 나는 엄마가 하는 말을 다 이해할 수 없었다. 아마 엄마도 자기가 한 말을 다 이해하진 못했을 거다. 내가 그 이야기를 완전히 이해하게 된 것은 시간이 흐른 뒤였다.

＊

교회 벽에는 구역마다 세 가지 다른 색으로 칠한 지음 지도 한

장이 붙어 있다. 파란색은 믿음 구역, 녹색은 소망 구역, 빨간색은 사랑 구역이다. 믿음 구역은 교회 주변, 교인들이 사는 곳이다. 열심히 믿는 신자들이 사니 믿음 구역이란다. 소망 구역은 교회와 떨어진 곳, 지금은 잘 안 나오는 교인들이 산다. 다시 나오길 소망해서 소망 구역이란다. 그럼 사랑 구역은? 할머니처럼 교인이 아닌 사람들이 사는 곳이다. 그럼 사랑으로 보살펴야 한다는 뜻인가?

우리 집에서 엄마는 믿음 구역, 삼촌은 소망 구역, 할머니는 사랑 구역이다. 엄마는 교회에 한 주라도 빠지면 큰일 난 줄 안다. 기도도 헌금도 열심히 하는데 전도에는 영 소질이 없다. 도서관에서도 엄마는 반 주사님 눈을 똑바로 쳐다보며 말했다.

"반 주사님은 신앙이 있어요?"

반 주사님은 깜짝 놀랐다.

"갑자기 무슨 신앙? 그런 거 없어, 난."

"제가 전도할까요?"

"아냐, 절대 하지 마."

반 주사님은 손사래를 쳤다.

"교회 가면 좋은 사람도 많은데."

"됐어. 전도는 무슨 전도야. 하려면 다른 사람한테 해. 난 내버려 두고."

둘은 한동안 말이 없었다. 반 주사님은 앞에 놓인 책을 만지작

거리며 물었다.

"교회에 가면 뭐가 좋은데?"

"기도하면 행복해지죠. 보세요, 매일 기도했더니 하나님이 저한테 훌륭한 일자리도 주셨잖아요."

"정말 그렇게 생각해? 하나님이 준 게 아니라 나라에서 준 거잖아. 공공근로잔데."

"나라에서요? 절대 아니에요. 하나님이 준 거 맞아요."

엄마가 우기자 반 주사님은 교회에는 절대 나가지 않을 거라고 못을 박았다. 그 당당한 기세에 엄마는 두 눈을 동그랗게 떴다.

"와, 주사님도 두 주먹만 믿고 이 세상을 사세요?"

"그래. 나한텐 두 주먹 말곤 아무것도 없어. 왜 그런 사람이 또 있어?"

"……우리 엄마요."

엄마는 할머니도 젊을 적엔 믿음 구역이었다고 했다. 엄마가 처음 교회에 간 것도 할머니의 손을 잡고서라고 한다. 광부들이 교회로 모이던 시절 할머니가 두 팔을 걷어붙이고 달란트 시장에서 떡볶이도 팔고 어묵도 팔고 그랬다는데 지금으로서는 도무지 믿을 수 없는 얘기다.

엄마가 밥상 앞에서 기도하려고 손을 모으면 할머니는 타박하기 일쑤다.

"그눔의 기도를 하믄 쌀이 나와 밥이 나와?"

59

그러면 엄마는 억울해하며 소리를 지른다.

"쌀과 밥은 같은 말이거든요!"

할머니는 밥 먹기 전에 기도하는 것조차 질색하는데 엄마는 왜 자꾸 할머니를 전도하려는지 모르겠다. 엄마가 교회에 다시 나가라고 하면 할머니가 핀잔을 주는 상황이 한 달에 한 번쯤은 되풀이된다.

"왜서 내 돈을 염 목사한테 갖다 바치겠니!"

할머니가 염 목사님을 걸고넘어지면 엄마도 순순히 물러서지 않는다.

"그게 왜 염 목사님께 갖다 바치는 거예요? 하나님께 헌금하는 거지. 엄마는 십일조도 몰라요?"

"헌금이든 쌔금이든, 십일쪼든 십이조든, 마카 염 목사 주머이로 들어가는 거 아니겠나."

"범바위골 박수랑 지장사 땡중한텐 잘도 갖다 바치잖아요!"

이쯤 되면 할머니는 한심하단 표정을, 엄마는 억울하단 표정을 짓는다. 결국 이 말다툼을 끝내는 말은 이거다.

"내가 이 돈을 다 싸 들고 랜드에 올라가고 말지, 땅이 뒤잡혀도 염 목사한텐 절대루 못 갖다 바친다."

할머니가 말은 그렇게 해도 엄마가 교회에 헌금하는 돈은 할머니 주머니에서 나온다. 할머니에겐 헌금할 돈을 모아두는 비밀 통장이 따로 있다고 엄마는 말했다. 그래서 차라리 교회에 나오라고 전도하는 거란다. 하나님은 믿는데 염 목사님을 믿지 않을 이유가 무어냐면서.

나는 하나님을 믿는다기보다 엄마가 슬퍼할까 봐 교회에 간다. 믿음과 소망과 사랑 사이 어디쯤 되는 거다. 엄마 옆에서 빠끔빠끔 찬송가를 따라 부르고, 기도하는 교인들을 몰래 눈을 뜨고 훔쳐보는 게 재밌다. 눈이 마주치는 어른들도 더러 있지만 다들 열심히 기도했다. 교회의 오래된 냄새, 성경 읽어주는 목사님의 목소리, 다 좋았다.

"믿음, 소망, 사랑, 그중에 으뜸은 사랑. 오늘은 〈고린도전서〉 13장 말씀 봉독하겠습니다. 내가 사람의 방언과 천사의 말을 할지라도 사랑이 없으면 소리 나는 구리와 울리는 꽹과리가 됩니다. 내가 예언하는 능력이 있어 모든 비밀과 모든 지식을 알고 또 산을 옮길 만한 모든 믿음이 있을지라도 사랑이 없으면 나는 아무것도 아닙니다. 내게 있는 모든 것으로 구제하고 또 내 몸을 불사르게 내줄지라도 사랑이 없으면 내게는 아무것도 유익하지 않습니다. 어렸을 때는 어린아이와 같이 말하고, 어린아이와 같이 깨닫고, 어린아이와 같이 생각하다가 어른이 되어서는 어린아이의 일을 그만둡니다. 우리가 지금은 거울로 보는 것처럼 희미하나 그때에는 얼굴과 얼굴을 대하여 볼 것입니다. 지금은 내가 부분적으로 알지만 그때에는 주께서 나를 아신 것같이 내가 온전히 알게 될 것입니다. 그런즉 믿음, 소망, 사랑, 이 세 가지는 항상 계속되고, 그중의 제일은 사랑입니다."

염 목사님이 설교할 때 엄마는 염 목사님을 아련하게 쳐다본다. 나는 염 목사님 말씀 중에서 잘 알아듣지 못했던 부분을 엄마에게 묻는다.

"하늘나라에는 산이 없나요?"

목사님은 어떤 때는 천국이 겨자씨 한 알과 같고 어떤 때는 물고기 잡는 그물과 같다고 했는데 겨자씨든 그물이든 머릿속에 잘 그려지지 않았다.

"하늘나라는 평평해."

"왜요?"

"그래야 우리 신자들이 많이 가지. 저번에 그림에서 봤거든."

어떤 그림인지 나도 안다. 삼거리 열매식당 메뉴판 옆에 붙어 있던 그림이다. 흰옷에 빛이 나는 콩알만 한 예수님, 그 주위에 모인 깨알 같은 사람들. 그들은 산도 없는 평평한 땅에 바글바글 모여 있다. 화가 맘대로 상상해서 그린 그림이 뻔한데 엄마는 그게 진짜 하늘나라라고 믿는다. 어른들에겐 하늘나라에 산이 있는지 없는지가 중요치 않을지 몰라도 난 산이 없는 하늘나라가 머릿속에 그려지지 않았다. 그건 지장산이 없는 지음과도 같으니까.

엄마에게 또 물었다.

"하나님이 왜 아버지예요?"

"아버지처럼 우릴 사랑으로 보살펴 주시니까."

"우릴 보살펴 주는 건 아버지가 아니라 할머니잖아요."

틀린 말도 아닌데 엄마는 눈살을 찌푸린다. 삼촌은 백수. 엄마는 공공근로자. 둘이 합쳐 한 달에 100만 원도 못 번다. 결국 우리가 먹는 밥, 입는 옷, 사는 집, 교회에서 헌금하는 돈까지 모두 할머니의 전당포에서 나온다. 엄마는 그걸 인정하기 싫어서 인간은 빵만으로 살 수 없다느니 하는 거다. 말문이 막힐 때마다 엄마가 하는 말이 있다.

"기도하자."

목사님 말씀과 마지막 찬송까지 끝나면 단체 기도 시간이 이어진다. 그때 엄마의 기도는 꽤 시끄럽다. 정말 엄마의 입에서 나오는 소리가 맞는지 보려고 난 감았던 눈을 살짝 뜬다.

"아불랄라 아불시불랄라."

아불랄라라는 나라에서 쓰는 시불랄라의 말들이 엄마의 입을 통해 이 세상으로 흘러나온다. 주문이나 흐느낌 같기도 하고 무언가를 토해내는 것 같기도 하다.

엄마 혼자서만 그러는 게 아니다. 다들 마지막 기도를 올릴 때면 아불랄라 시불랄라 자기 이야기를 뱉어낸다. 저마다 괴성을 지른다. 지음시장의 백 사장님도 주먹으로 자기 가슴을 치고 손바닥으로 자기 뺨을 때린다. 손뼉 치고 발 구르고 야유와 탄성을 동시에 내면서 소용돌이친다.

하나님, 부처님, 나를 보호해 주세요.

나의 기도는 자꾸 떠오르는 그 장면에 휩쓸리지 않으려는 기도다. 그게 뭔지 정확히 말할 순 없다. 말하지 않거나 말하기 싫은 게 아니다. 말로 하려 해도 도무지 표현할 수가 없는 거다. 그래도 머릿속에 떠오르는 장면들을 조금이라도 설명해 보자면 알록달록한 얼굴로 동시에 비명 지르는 사람들, 튀어 오르는 동그란 그림자들, 넘어지는 숫자들, 갸우뚱거리는 바닥, 사라져 가는 문, 벽 안에 있던 쓰레기들이 밖으로 펑! 포개진 몸, 발목과 발목, 다리와 다리, 그리고 암흑. 이게 뭐야? 이 정도밖에 표현이 안 되지만 그건 지음이 워터 파크가 되고 도서관 자리에 별 모양 구멍이 뚫리는 꿈보다 더 무시무시한 장면이었다.

할머니 전당포

"아무리 시간이 금이래도 전당국에 맡길 순 없지, 로렉쓰라면 몰라도."

할머니의 말과는 다르게 나의 시간은 전당포에 맡겨져 있었다. 한번 내린 눈이 검게 질척일 때까지 녹지 않는 거리. 빛이 무릎 밑으로 내려앉아 여름에도 서늘한 거리. 인도에 빽빽한 차들 위로 먼지가 반짝이는 거리. 그 전당포 거리 한 모퉁이에서 나는 세상을 내다보았다.

전당포 거리는 지음에 탄광이 있던 시절부터 있었다. 그때는 전당포가 아니라 포장마차 거리였지만. 그 얼큰한 냄새에 붙들리지 않고 골목을 잰걸음으로 빠져나가면 산비탈 층층이 시멘트 블록을 쌓아 만든 사택들이 있었다고, 눈이 오면 눈 속에 잠기고 비가 오면 빗속에 잠기는 조그마한 집들이었다고 한다.

"세멘트 블록이 그땐 젤 쌌다. 보온이 매련없어 겨울내기에 춥기는 했어도 삭풍 막아주는 게 어디냐."

슬립시티가 생기기 전에 지음 사람들은 옆집에 숟가락이 몇 개인지도 알고 있었다고 할머니는 말했다. 근데 탄광이 문을 닫고 외지인들이 몰려들자 서로 이름마저 잊고 말았단다. 언제부터인가 부르지도 않고 또 궁금해하지도 않는다. 형제상회는 '짱구네'라고 불리는데 이제 다 자라 서울로 올라간 아들 넷 중 누가 짱구인지는 잊어버렸다. 스쿠터를 몰고 전당포 거리를 휘젓는 쉰 넘은 지원이 삼촌은 그 이름이 지원인지 아니면 지원이란 아이의 삼촌인지 모르겠단다. 지음시장 앞도 네 갈래 길로 바뀌었는데 여전히 삼거리라고 불리는 이유는 또 무얼까.

지금은 탄광촌이 사라지고 포장마차 거리는 전당포 거리로 바뀌었다. 2차선 도로를 따라 낡고 낮은 전당포 건물들과 LED 전광판이 줄지어 있다. 지음전당포, 백억전당포, 천억전당포, 대박전당포, 제일전당포, 금광전당포, 잭팟전당포, 스피드전당포, 오케이전당포, 보물섬전당포, 랜드전당포, 골든전당포. 그 이름도 다양한 전당포 간판들이 가게 위로 올라갔다가 내려오는 동안 사람들의 기억은 더 빨리 지워졌다. 전당포가 다른 전당포로 한번 바뀌면 꼭 그 자리는 오래가지 못하고 또 다른 전당포로 바뀌었다. 안 되던 자리가 갑자기 잘되는 일은 없다고 했다. 일 년 만에 바뀌는 자리는 또 일 년 만에 바뀌고 삼사 년 만에 바뀌는 자리는 또 삼사 년 만에 바뀐다. 마치 그 자리에 머무를 시간이 정해진 것처럼.

할머니는 전당포 거리에 가게들이 들어왔다가 나갈 때마다 한숨을 쉬었다.

"야야, 안되는 데는 계속 안돼, 망하는 데는 계속 망해."

아쉬움과 자부심이 섞인 말이었다. 그 말을 뒤집으면 할머니의 전당포처럼 잘되는 전당포는 계속 잘된다는 뜻이었으니까.

할머니의 전당포는 요란한 간판을 내건 다른 전당포들과 달랐다. 여느 시계방이나 옷 가게와 다름없는 작은 점포에, 빙글빙글 돌아가며 손님을 유혹하는 LED 전광판도 없이 달랑 빨간색 간판 하나만 달렸다. 월드컵전당포라고 적혀 있지만 그곳은 오래전부터 나에겐 할머니 전당포였다. 1층 전당포 문을 열면 자그맣고 단단한 몸집에 뻐드렁니를 꼭 다문 할머니가 보였다. 할머니가 언제부터 할머니였는지 몰라도 할머니는 늘 내가 기억하는 그대로, 조금도 젊지도 늙지도 않은 모습 그대로 거기에서 날 기다리고 있었다.

*

할머니 전당포 안 책상 뒤쪽 벽에는 갈색 알루미늄 문 하나가 달려 있다. 문을 열고 들어가면 베이지색 합판 문이 또 나오는데 바깥 문고리에 굵은 자물쇠를 걸쳐 놓고 낮에는 잠그지 않는다. 들락날락할 때마다 풀었다 잠그기가 번거로워서다. 아침에 자물쇠를 풀어놓으면 저녁에 전당포를 닫기 전에 그 문을 잠그는 것이 할머니의 습관이었다.

합판 문 건너편 작은 시멘트 방이 전당포의 금고다. 여름이든 겨울이든 시멘트 벽이 먹은 냉기로 서늘한 방. 안에는 망가진 TV, 도자기, 그림 액자, 심지어 뱀술병도 있다. 구석에 세워진 찌그러진 캐비닛에는 금붙이, 보석 목걸이, 명품 시계, 가방 등 전당포에서 제일 값나가는 물건들, 그리고 할머니가 매일 쓰는 장부를 넣어둔다.

고동색 가죽 표지에 두툼한 장부책은 전당포에서 할머니에게 가장 소중한 물건이었다. 전당포 장부는 아니었다. 엄마가 "돈놀이"라고 부르는 시장 일수를 적는 장부였다. 전당포를 차리기 전부터, 그러니까 지음에 탄광이 있던 때부터 써온 장부라고 한다.

일수 장부를 쓰는 일은 할머니에게 즐거운 놀이였다. 볼펜에 침을 묻혀 숫자를 써넣으며 싱글벙글하는 모습만 봐도 얼마나 즐거운지 안다. 어제도 할머니는 장부에 숫자를 적어 넣었다. 600,000. 1,000,000. 3,000,000. 휘갈긴 글씨로 1부터 31까지 쓰여 있고 위에서 아래로 붉은 도장이 주르륵 찍혔다. 그 숫자가 뭐냐고 묻자 할머니는 답을 해주는 대신 간단한 산수 문제를 냈다.

"형제상회 200만 원, 이래 적힌 건 선이자 20만 원 먼저 떼고 180만 원을 하루 3만 원씩 받는다는 거다. 그럼 얼매 동안 도장을 찍나?"

"60일이요."

"그럼 90일 주면 하루에 얼매?"

"2만 원이요. 이번엔 제가 낼래요. 하루에 만 원 갚으면 며칠이게요?"

"그딴 건 없다."

"왜요? 180일 아니에요?"

"60일, 90일, 100일만 줘야지. 안 그르믄 갚지도 못하고 받지도 못해요."

무슨 소린지 몰라도 일단 아아, 고개를 끄덕이며 알아듣는 척 했다.

"20만 원은 왜 줬다 뺏어요?"

"그건 이자라고 하는 거다."

"이자가 뭔데요?"

"돈이 새끼를 치는 거."

그러고 나서 할머니는 덧붙였다.

"지금은 뭔 말인지 모르더래도 나중에라도 알아두면 펭상 도움이 될 거다."

이자, 돈놀이, 도박꾼…… 사실 전당포만큼 아이들과 어울리지 않는 장소도 없을 것이다. 아침 9시만 되면 도박꾼들이 돈을 빌리려고 전당포 앞에서 벌건 눈으로 서 있다. 그들은 내가 전당포에 있든 말든 할머니만 보고 이야기했다. 문을 열고 들어와선 흠칫 놀라는 손님도 있고 어색한 척하지 않으려고 손바닥을 내보이며 "안녕" 짧게 인사하는 손님도 있다. 그러고 나서는 다들 어쩔 줄 몰라 한다. 나눠야 할 대화도 없으니 이럴 땐 그냥 서로 못 본 척하는 게 좋지!

찾아오는 손님만 해도 하루에 열댓 명이다. 서울말 쓰는 젊은 형들이 우르르 왔다가 사라지면 험상궂게 생긴 짧은 머리의 덩치들이 찾아온다. 등산복 차림의 늙은 부부도 있고 노란 원피스에 선글라스를 낀 예쁜 누나도 있다. 전당포 거리 사람들이 하도 연예인이 왔다고 수군거려서 처음엔 그 누나가 연예인인 줄 알았다. 알고 보니 같이 온 통통하고 늙은 남자가 연예인이란다. 은빛 양복을 입고 얼굴에는 허옇게 분을 바른, 눈썹 짙고 눈이 동그란 아저씨. TV에서 몇십 년이나 같은 예능을 진행했다는데 어른들만 보는 프로라 알아보질 못했다.

손님들이 전당포를 찾아와 늘어놓는 이야기는 하나같이 흥미진진했다. 개장하자마자 슬롯머신 잭팟을 터트린 은발 할매 이야기(랜드에서 손님을 끌려고 손써 놓은 거라고 했다). 도박꾼에게 돈놀이하는 꽁지 두 패거리가 랜드 호텔 입구에서 웃통 벗고 으르렁거린 이야기(영역 싸움을 하는 거라고 했다). 가진 것을 다

털어먹고 오른쪽 새끼손가락을 자르고 나서야 집으로 돌아간 도박 중독자 이야기(십 년 만에 슬립시티를 떠났다고 했다). 거들먹거리던 목소리들은 점점 떨리면서 빨라졌다. 몸은 슬립시티에 있지만 마음만은 어느새 저 산 위의 랜드에 올라가 있었다.

전당포에 앉아서 그런 이야기를 주워듣고 있을 때면 엄마가 들어와 할머니에게 말했다.

"애들이 전당포에 있으면 어떤 손님이 오겠어요?"

엄마가 뭐라든 할머니는 아랑곳하지 않았다.

"아 있다고 안 들어오거나 돌아가는 노름꾼은 여태 못 봤다. 그럴 거라면 아시당초 여길 오질 않았지."

엄마는 입술을 삐죽 내민다.

"내 말은, 애들은 전당포가 아니라 도서관에서 공부해야 한다는 거예요."

"그렇게 갈키듯 말하지 마라. 책에서만 뭘 배우는 건 아니니. 책만 보면 지 혼자만 아는 놈이 되고, 혼자만 되면 절대루 돈을 벌 수 없어. 하늘이를 그런 멍텅구리로 키울 거나? 돈이 어찌 생겨서 흘러가고 써지는지 알믄 그게 시상을 배우는 거 아니겠나. 그니까 그냥 놔두라."

할머니의 단호한 말에 엄마는 아무런 대꾸를 하지 못했다.

71

*

　전당포에 가장 많이 들어오는 물건은 자동차다. 지읍까지 차를 몰고 왔다가 그대로 돈으로 바꾸어 랜드로 올라간다. 얼마나 다급한지 전당포 밖에 차를 세우고 키만 던져놓고 가는 손님도 있다. 여기가 무슨 주차장도 아닌데.

　할머니가 자동차보다 좋아하는 건 금과 다이아몬드다. 금송아지나 금 열쇠만 보면 얼굴이 활짝 핀다. 돌 반지나 결혼식 패물도 마찬가지다. 가격 매기기 쉽고 팔기도 쉬워서다.

　하루에 한 번은 명품 가방이나 시계, 한 달에 한 번은 노트북과 스마트폰, 일 년에 한 번은 산삼주나 유명 화가의 그림도 들어온다. 지난주에는 서울에서 손님을 태우고 온 택시 기사가 개인택시 면허증을 맡기러 왔고, 엊그제는 근처 도로에서 확장 공사를 하던 중장비 기사가 포클레인을 끌고 와 문 앞에 세워두었다. 랜드에 한번 올라갔던 사람들은 돈 되는 것은 무엇이든 맡기러 왔다.

　도박꾼들이 전당포로 들어와 온갖 이야기를 떠들다가 고개를 푹 숙인 채 떠나면 할머니는 말했다.

　"노름꾼은 저래 믿는 게 아니다. 광부가 광부처럼 생각하고 광부처럼 밥을 먹고 광부처럼 말하는 거같이 노름꾼은 노름꾼처럼 생각하고 노름꾼처럼 밥을 먹고 노름꾼처럼 말하는 거이니."

　"노름꾼처럼 말한다는 게 무슨 말이에요?"

"노름꾼은 당장의 판돈만 생각하고, 그걸 마련하려고 왼갖 이야기를 지어낸다는 거다. 거기에 맴을 뺏기다 보면 결국 돈을 띠이게 돼. 돈의 가장 큰 적은 감정이거든. 전당국에선 물건으로 이야기를 해야지 감정이 섞이면 돈만 새 나간다."

"근데 물건이 혼자서 전당포로 걸어 들어오는 건 아니잖아요. 그걸 갖고 오는 건 결국 사람이지 않나요?"

"제법 똑똑하네? 니 말이 맞다. 사람도 물건이랑 똑같다. 패디 기치듯이 함부로 대하라는 얘기가 아니고. 물건에도 맨근 날이 있고 지 할 일이 있지 않나. 사람도 어데서 왔는지, 뭐 하며 밥을 버는지, 쟈가 힘장사인지 멋장사인지, 식구는 배 안 골리고 잘 멕이고 있는지, 그런 게 있지. 적어도 게임은 얼매나 하는지, 지금 돈은 없더래도 슬롯머신 땡길 심은 남았는지 대충이라도 파악하고 있어야지. 그래야 돈을 얼매나 내줘야 할지, 얼매 있다가 돈을 갚을지 마카 따져보지 않겠나."

할머니의 생각은 뚜렷했다. 도박꾼이 게임비를 얼마나 받을지만 생각하듯이 전당포 주인도 딱 하나만 생각해야 한다는 것. 내가 지금 돈을 떼먹히는 건가 아닌가! 그래서 할머니가 주인인 전당포라 인심이 후하다고 착각하여 찾아온 도박꾼들은 봉변을 당하기가 일쑤다. 전당포 거리에서 할머니는 가장 까탈스러운 '동해 짠물 동 여사'니까. 명품 시계가 들어오면 다른 전당포들은 서울에서 일주일마다 내려오는 시계방 할아버지한테 감정을 맡긴다.

하지만 할머니는 그 방법을 배워서 직접 감정한다. 로고가 잘 새겨져 있는지, 모델 번호가 맞는지, 테두리가 닳진 않았는지, 시곗줄에 흠은 없는지, 소리도 들어보고 빛에도 비춰보고 손바닥에 놓고 무게도 느껴본다. 그래도 모르겠으면 뚜껑을 따서 안을 들여다본다. 진짜라고 해도 유행이 지나서 안 팔리는 모델은 잘 받지 않는다. 전당포 물건은 그냥 놔두면 돈이 안 되고 다시 팔려야 돈이 되기 때문이다. 아무리 좋은 물건을 들여와 봐야 빌려준 돈과 이자를 돌려받지 못했는데 내다 팔지도 못하면 손해가 난다는 거다.

할머니가 빌려줄 수 있는 돈의 액수를 부르면 손님들은 표정이 굳는다. 자기가 생각하고 온 액수와 차이가 나서다. 더 쳐달라고 버텨 봤자 할머니는 물러서지 않는다. 금은 원래 가격에서 한 돈당 2만 원씩 빼고 준다. 빌린 돈은 열흘에 10퍼센트씩 이자가 붙는다. 가격은 이미 정해졌다.

"퍼 담아줄 필요도 없고 후려칠 필요도 없지. 그냥 물건값을 지대루 보면 되지 않겠나. 그게 전당국 주인이 할 일이지, 뭐 딴게 있을라구."

할머니 전당포의 첫 번째 원칙이다. 편의점에서처럼 바코드를 찍어 나오는 금액을 내주는 건 아니지만 전당포에서도 각자 할 일만 잘하면 서로 마음 상할 일도 없다는 것. 손님은 물건을 가져오고 주인은 가격을 매긴다. 딱히 얼굴을 붉힐 일도, 목소리를 높일 일도 없다. 의견이 다를 수는 있지만 도박꾼들은 얼른 가봐야 할

74

곳이 있지 않나. 그 조급한 마음을 악용해 값을 후려치지만 않는다면 모든 게 순조롭다. 전당포 거리에 스스로 발을 들인 이상 결국 물건을 맡길 수밖에 없고, 돈을 더 받으려고 다른 전당포로 가봤자 사장님들 눈은 거기서 거기일 테니 손님들이 생떼를 쓰든 하소연을 하든 할머니는 신경 쓰지 않았다.

다만 전당포에서 받지 말아야 할 물건은 있다고 했다. 누구 것인지 알기 힘든 물건들이 그렇다. 훔쳐 온 물건이나 빚을 내어 산 자동차는 절대 받지 않는다. 맞은편 스피드전당포처럼 카드 리더기로 1000만 원 긁고 800만 원만 내주는 카드깡도 하지 않는다. 지난주에 들어온 개인택시 등록증도, 엊그제 들어온 포클레인도 할머니는 받지 않고 돌려보냈다.

"맡을 물건은 맡고, 못 맡을 물건은 안 맡는다, 이게 맞지."

당연한 말처럼 들리지만 진짜로 어려운 일이라고 할머니는 말했다. 이것이 할머니의 두 번째 원칙이다.

*

마지막으로 세 번째 원칙을 말하려면 벙거지 아저씨 이야기부터 해야 한다. 보통 키에 쉰 살쯤 된 아저씨인데 잿빛으로 색이 바랜 벙거지만 아니면 슬립시티 어디서나 보는 흔한 얼굴이었다.

벙거지 아저씨는 전당포 문이 무슨 무쇠라도 되는 양 겨우 열

75

고 들어와서는 할머니와 눈도 한 번 마주치지 않고 소파에 앉는
다. 그리고 기도하듯이 손깍지를 끼고 탁자에 놓인 고사리 화석
만 노려본다. 한 시간이고 두 시간이고 그렇게 앉아만 있지 고개
를 들어 말을 거는 법이 없다. 할머니도 벙거지 아저씨가 전당포
에 들어와 앉든 말든 하던 일을 계속한다. 한 시간쯤 앉아 있던
아저씨가 다시 문을 열고 밖으로 나가고 나서야 나는 할머니한테
물었다.

"왜 저 아저씨는 왔다가 그냥 가요?"

"맡길 게 없어서 그러지."

"그럼 여기는 왜 오는데요?"

"난들 아나. 앞으로 절대 그래 안 살겠다 만날천날 다짐해도
귀신같이 여길 또 돌아오니 뭐."

전당포에 일주일만 있어 보면 이 말이 무슨 뜻인지 안다. 물건
을 맡긴 지 며칠 지나지 않아서 도박꾼들은 좀비가 되어 다시 전
당포로 돌아온다는 걸. 너덜너덜한 옷을 입고 발을 질질 끌며 걸
어와서는 쿵쿵 냄새를 맡고 피딱지가 앉은 얼굴을 들이댄다. 콧
물이 눈으로 차올라 눈앞은 뿌옇고 뭔가를 깨물려는 송곳니가 입
속에서 호시탐탐 기회를 노리고 있다. 때론 혼자서, 때론 떼를 지
어서. 제발 이번이 마지막이라고 벌벌 떨면서 내일 꼭 물건을 찾
아가겠다고 약속하지만 며칠이 지나면 팔 하나가 잘리거나 다리
하나가 잘리거나 아니면 심장이 뻥 뚫린 채 돌아와 말한다.

"제가 맡길 물건을 좀 더 찾아봤는데요."

그들은 자식 대학 등록금으로 모으던 적금 통장도 맡기고 부모를 묻은 땅문서도 맡긴다. 받아주지도 않는데 신체 포기각서를 내미는 손님도 있다. 완벽한 좀비가 되었다는 증거다.

벙거지 아저씨도 그런 손님이라고 했다. 처음 돌 팔찌를 맡길 때만 해도 이틀 만에 찾아갔다. 그리고 사흘 뒤에 또 팔찌를 맡기러 와서는 일주일이 지나서야 다시 찾아갔다. 그렇게 맡겼다가 찾아가는 날짜가 점점 길어졌지만 시간이 얼마나 걸리든 팔찌만큼은 꼭 다시 가져갔다고 한다.

"모르긴 몰라도 팔찌 가격보다 그걸 맡기고 낸 이자가 더 많을 걸?"

할머니의 말대로 한동안 같은 일이 되풀이됐다. 벙거지 아저씨는 덜덜 떨리는 손으로 금팔찌를 꺼낸다. 몇 번이고 주저하며 건네줄 때까지 할머니는 침착하게 기다린다. 그러다가 손에 넘어오면 재빨리 가져가 시약을 뿌린다. 하도 맡겼다 찾아가서 이젠 따로 확인하지 않아도 되는데도 할머니는 어김없다. 언제 가짜로 바꿔서 가져올지 모르기 때문이란다. 그동안 벙거지 아저씨는 소파에 앉아서 검은 고사리 화석만 멍하니 들여다보았다.

그러다 지금은 이자 갚고 팔찌를 찾아갈 형편도 못 되어 전당포에 그냥 앉아 있다만 가는 거라고 했다. 그런 지 벌써 일 년이 넘었는데 할머니는 아저씨를 내쫓지 않았다.

"차라리 반대보단 낫지 않겠어? 다신 오지 않겠다고 하믄서 진 뗑이로 오지 않는 눔들 말이다. 집으로 돌아간 게 아니라 머인가 잘못된 거지. 쥔 잃은 물건이 전당국에 남아 있다고 좋을 게 머겠 어?"

손님들이 돈을 다 잃고 전당포로 오지 못하는 것보다는 돈을 따서 이자를 갚고 물건을 찾아가는 게 차라리 낫다는 얘기다. 처음 오는 손님일수록 다시 물건을 찾아갈 가능성이 높지만 문제는 그들이 같은 물건을 맡기려고 또 전당포에 찾아온다는 것이다. 그렇게 두 번, 세 번 횟수가 늘어나다가 결국 물건을 찾아가지 못하게 된다. 그래서 다섯 번 이상 오는 손님을 보면 할머니는 잘 받아주려고 하지 않는다. 그 정도면 결국 가진 걸 다 팔아넘길 때까지 찾아오기 때문이다. 혹시라도 그들이 목숨을 끊거나 훔친 물건을 맡기거나 다른 사건 사고에 휘말려 경찰들이 전당포에 들이닥치면 그야말로 최악. 영업정지를 당하거나 소문이 나서 전당포에 손님이 끊기게 된다. 그래서 할머니의 세 번째 원칙은 이랬다.

"도워주지는 못할망정 맘 쓰리게 해서 해코지당할 일은 만들지 말아야 돼. 상처 주지 않으면 상처 받을 일도 없더래니. 니도 꼭 이 말을 똑떡이 맘에 새기래."

도롱이못

전당포 거리는 손님이 없는 이른 아침에도 시끄럽다. 낡은 건물에 "철거 예정" 붉은 팻말이 붙어 있고 무지개색 천 안쪽에서는 탱탱 꽝꽝 툼툼 소리가 난다. 탱탱은 망치로 창문틀을 두들기는 소리고, 꽝꽝은 포클레인이 바닥을 때리는 소리고, 툼툼은 벽이 허물어지는 소리다.

우당탕창 깨부수는 소리는 내게 익숙하다. 따따따따 기계로 바닥을 뚫는 소리도. 땡그렁 땡그렁 금속이 부딪치는 소리, 날카로운 드릴 소리, 둔탁한 망치질 소리, 드르륵 트럭 시동 거는 소리, 쿵 무언가 떨어지는 소리. 그런데 쏼쏼쏼? 이건 그날 아침에 처음 들은 소리였다.

어디선가 물이 흐르는 소리인데 2층에서 물을 쓸 때 1층 천장에서 나는 소리는 아니었다. 엄마는 도서관에 갔고, 할머니도 일 보러 나가서 집에는 아무도 없었으니까. 그때 나는 삼촌과 둘이서 전당포를 지키는 중이었다. 내가 쳐다보자 삼촌도 고개를 끄덕이며 그 소리를 들었다는 표정을 지었다. 동시에 우리는 전당포 문 쪽을 보았다. 쏼쏼쏼, 수상한 물소리는 전당포 문밖에서 들려왔다.

전당포 통창을 내다보니 금광전당포 정 사장님과 다른 전당포 사장님 서넛이 거리에 나와 서 있었다. 고개를 도로 쪽으로 빼고 삼거리 반대편, 그러니까 전당포 거리 끄트머리를 보면서. 맞은편 스피드전당포 용 사장님도 2층 창문에서 손차양으로 햇빛을 가리고 그쪽을 보는 중이었다. 비가 내리는 건 아닌데? 궁금해서 문을 열고 나가 보니 전당포 앞에는 물이 출렁대며 차오르고 있었다. 2차선 도로는 강이 되어버리고 흙탕물이 인도를 넘어 전당포 안으로 들이닥치려고 했다. 물살을 따라 꽃잎과 나뭇가지가 어지럽게 흘러갔다.

"이게 뭔 물이래?"

금광전당포 정 사장님이 말했다.

"어디서 이렇게 많은 물이 나오는 건데?"

다른 전당포 사장님들도 걱정스럽긴 마찬가지였다. 2층에서 내다보던 용 사장님이 손가락으로 도로 끝을 가리켰다.

"도로 한가운데 구멍이 났어. 거기서 물이 나오고 있다구!"

전당포 사장님들이 그쪽으로 우르르 몰려가서 나도 얼떨결에 따라갔다. 그곳 도로 한가운데는 노란색 가림막이 둘러져 있었다. 안쪽에선 드르르릉 오토바이 소리가 들려오고 아래로는 물이 콸콸 뿜어져 나왔다.

"양수기로 물을 퍼내나?"

정 사장님이 가림막 안쪽을 들여다보려고 다가가자 안에서 랜드 점퍼를 입은 아저씨가 나왔다.

"안 돼요. 이쪽으로 오면 위험합니다."

"남 장사하는 데서 아침부터 뭐 하는 거유?"

"우리도 몰라요. 어허, 여기로 오면 안 된다니까요."

그 말에 정 사장님은 뒤로 살짝 물러섰다.

사장님들은 키가 커서 보이지 않겠지만 나는 고개만 살짝 숙이면 가림막 아래 틈으로 안쪽이 보였다. 용 사장님 말대로 도로가 꺼져 구멍이 움푹 파여 있었다. 그 안에 들어간 아저씨 셋의 머리만 겨우 보일 만큼 크고 깊은 구멍이었다. 주변이 소란스러워지자 구멍 안의 아저씨 하나가 허리를 쭉 펴더니 이게 무슨 일이냐는 표정을 짓고 다시 일을 이어갔다.

그때 반대편 삼거리 쪽이 소란스러워지더니 지붕 위에 붉은 스피커를 단 흰색 승합차가 나타났다. 파랑 동그라미 안에 노랑 네모, 또 그 안에 녹색 세모. 랜드의 마크가 문짝에 붙은 차였다.

베이지색 점퍼에 완장을 찬 여자와 남자들이 차에서 내렸다. 마지막으로 내린 사람은 자주색 재킷을 입은 남자였다. 어디서 봤나 싶더니 부활절에 꽃바구니를 교회 예배단 앞에 두고 "언발란스라고 알랑가 몰라" 시시덕대던 남자였다. 그가 손가락질하자 여자들은 깃발, 남자들은 경광봉을 휘두르며 전당포 거리를 막았다. 그 뒤에 경찰차 한 대가 따라와 섰다. 경찰차에서 제복 입은 경찰 아저씨가 내리자 자주색 재킷 남자는 손바닥을 보이며 장난스럽게 경례를 붙였다.

이번엔 차들이 몰린 쪽으로 전당포 사장님들이 다시 우르르 몰려갔다. 나도 따라갔다. 정 사장님이 랜드 사람들에게 따져 물으려는데 자주색 재킷 남자가 먼저 사납게 소리를 질러댔다.

"전쟁이라도 났나, 앙! 왜 다 몰려들고 그래!"

전당포 사장님들이 움찔하며 뒤로 물러서자 자주색 재킷 남자는 표정을 싹 바꿔 실실 웃었다.

"하긴 진짜 전쟁이라도 나면 이러겠어? 이미 싹 다 튀었겠지."

자주색 재킷 남자와 랜드 사람들이 도로를 막는 바람에 삼거리에는 차들이 길게 늘어섰다. 이미 2차선 도로로 들어온 차들은 앞으로 나아갈 수도 뒤로 돌아갈 수도 없었다. 맨 앞의 승용차가 도로 중앙선을 슬금슬금 넘으려다 경광봉을 든 남자가 가로막자 제자리로 돌아갔다. 운전자들은 창문을 열고 고개를 내밀어 우리 쪽을 바라봤다. 도로에 흐르는 물이 차들의 바퀴 중간쯤까지 차올랐다. 랜드 사람들과 경찰들은 맨 뒤에서부터 한 대씩 차를 뺐다.

이런 광경을 어디서 봤더라? 다시 전당포로 돌아와 "삼촌, 거리가 워터 파크가 됐어" 하고 나서야 알았다. 엄마와 함께 도서관 창문을 닫던 그날 꿈에서 보았다는 것을. 지음이 워터 파크로 변하고 도서관 자리에 별 모양 구멍이 생겼던 그 꿈.

전당포에는 삼촌이 보이지 않았다. 밖에 나간 것은 아니었다. 삼촌은 책상 아래에 숨어 있었다. 귀를 막고 얼굴을 무릎에 파묻은 채. 삼촌은 입을 조금씩 움직여 "내가 왜, 이씨, 그래가지고, 에이씨" 중얼거리다가 시장에서 외치던 그 말을 다시 내뱉었다.

"지, 지음이 흔들린다. 래, 랜드가 무너진다."

*

지음이 흔들린다, 랜드가 무너진다. 삼촌은 왜 자꾸 이 말을 하는 걸까? 시장에서 소란을 피웠던 그날 할머니에게 봉투를 갖다주며 물었더니 이런 답이 돌아왔다.

"그 속을 내가 어찌 알겠나? 빨갱이처럼 데모한다고 몰려다닐 때부터 고러더만."

"데모가 뭔데요?"

"빨간 띠 매고 우체국 앞에 모여서 안 그렇습니까, 여러분, 이

러믄서 사람들 막 홀리는 거다. 내가 딴 건 다 해드라도 역적모의
는 절대 말라고 그리 말했는데 지 애비를 닮아서 어째 하는 짓거
리가 똑같다니."

여기서 지 애비는 엄마와 삼촌의 아빠, 그러니까 지음의 광부
였던 할아버지를 가리킨다. 나는 한 번도 본 적이 없고, 할머니
도 거의 이야기한 적이 없었다. 이때다 싶어 더 물으려 했더니 할
머니는 얼른 딴 얘기로 말을 돌렸다. 지음 탄광이 막 문을 닫았을
때의 얘기였다. 그때 삼촌은 고등학교를 마치고 광업소에 들어갔
는데 일한 지 석 달 만에 광업소가 문을 닫아 늙은 광부들과 함
께 빨간 띠를 머리에 두르게 되었다고 한다.

"근데 지 애비 못 따라가지, 안 따라가지. 지가 뭔 짱돌을 들어
봤나 자갈이라도 들어봤나. 데모도 하는 둥 마는 둥 맨 꼬바리에
붙어서는 다들 데모 마치고 지음 젤 비싼 고깃집엘 가는데 거기
끼지도 못하더라."

데모한 사람들이 고깃집에서 배불리 먹고 이를 쑤시며 나올 때
삼촌은 뭘 하고 있었냐고? 동네 담벼락마다 벽보를 붙이고 있었
단다. 밥도 못 얻어먹으면서 누구보다 열심히! 빤들빤들한 벽보
종이에는 빨간 글씨로 이렇게 쓰여 있었다. 카지노가 들어서면 지
음이 도박판이 된다, 주민들이 도박 중독자가 된다, 졸속 안전 검
사는 무효다, 지역 발전이란 말에 속지 마라, 기타 등등. 근데 그
벽보 맨 위에 있던 말이 "지음이 흔들린다! 랜드가 무너진다!"였

다는 거다.

할머니는 콧방귀를 뀌었다.

"시시한 눔들이 시시한 소리나 하구 자빠진 거지. 저 밑에 탄이 없어서 그러는 게 아니래. 퍼내도 이제는 돈이 안 되는 걸 어쩌란 말이냐. 사업도 합리적으로 해야 사업인 기지. 석탄으로 공장 돌리고 나라 발전시킨다고? 그게 은제 얘긴데? 암퇘지처럼 돈이 새끼를 쳐서 돈 버는 시대가 온 것도 모르구. 가슴에 손을 얹구 말해봐라. 명분이구 뭐고 모냥 좋은 말 싸악 빼면 사업은 마카 돈 놓고 돈을 먹는 것이니."

할머니 말은 맞았다. 석탄을 캐봤자 돈이 되질 않으니 탄광 회사는 문을 닫을 수밖에 없었다. 탄광이 멈추자 광부들은 지음을 빠져나갔고 지음은 죽은 도시가 됐다. 남은 광부들도, 지음에서 식당을 하고 물건을 파는 사장님들도 먹고살 길이 막막했다. 그때 지음에서는 지음을 살려내라는 데모가 매일같이 열렸다고 한다.

"어찌 죽기 살기로 데모를 해댔는지 나라에서 특별법을 맨글어 줬더라니. 공공사업 레저타운 특별법? 공공이니 레저니 다 헛짓이고, 중요한 기 뭐이겠나. 카지노 아니나? 노름질을 하든 지랄병을 하든 잽혀가지 않게 해주는 거, 그것두 지음에서만!"

이 대목에서 할머니가 목소리를 높이는 이유는 따로 있다. 카지노 때문이 아니라 땅 때문이다. 그 법을 만들기 전부터 외지인들이 땅을 사려고 지음으로 몰려들었다는 것이다.

"고때만 해도 지음 땅값이 얼매나 하는지 몰랐거든. 아야, 땅에 집 짓고 살 줄만 아는 촌눔들이 시세가 머인 말이니. 돈 가진 눔들 부르는 게 값이지. 뉘기 땅인지도 모르는 땅이 태반이구."

용케도 외지인들은 주인들을 찾아내 지음의 땅을 사들이기 시작했다. 운동장만 한 땅이 1000만 원도 안 됐다는데 지음 토박이들은 너도나도 집과 밭과 산을 외지인에게 팔았다. 아들과 딸이 어머니와 아버지의 땅을, 손자와 손녀가 할머니와 할아버지의 땅을 팔아넘겼다. 지음 땅이 외지인들 손아귀에 들어간 뒤에야 법이 만들어졌고 그때부터 땅값이 삼십 배나 뛰어서 땅을 판 주민들은 안타까움에 땅을 쳤다. 그때 땅을 친 사람 중에는 할머니도 있었는데 말투로 봐선 꽤 많이 팔아버린 모양이다. 자기 땅만 판 게 아니라 이웃들 땅까지 팔라고 부추기는 바보짓을 했다며 할머니는 한숨을 쉬었다.

"그땐 내가 눈에 뭐가 씌어도 단다이 씌었다. 이 땅뗑이를 지키지는 못할망정 다 팔아버리자고 앞장섰으니, 이래가지고선 내가 냉중에 느그 할아바이 얼굴을 어찌 본대니, 지음 사람들 얼구리를 어찌 본대니. 인간이 추해지기가 정말 한순간이래, 한순간!"

지음의 땅이 외지인들에게 하나둘 넘어가는 와중에도 지음에선 두 종류의 데모가 벌어졌다. 하나는 카지노를 반대하는 데모, 다른 하나는 카지노를 찬성하는 데모였다. 재밌는 건 반대 데모를 하는 사람들이 찬성 데모도 했다는 거다. 대부분이 광부인 그들은 오전에는 우체국 앞에서 반대 데모를, 오후에는 읍사무소 앞에서 찬성 데모를 벌였다. 그러나 지음에 랜드가 들어오기로 결정된 뒤로는 두 데모에 모이는 광부들도 차츰 줄어들었다. 광업소는 문을 닫고 광부들은 카지노며 리조트며 공사장으로 뿔뿔이 흩어졌다. 앞장서서 마이크를 잡고 "안 그렇습니까, 여러분"을 외치던 광부는 딜러 기숙사 공사장에 함바집을 차렸다. 그러는 사이 '지음이 흔들린다' 벽보는 떼어지고 동네 전봇대마다 '랜드 개장 경축' 플래카드가 붙었다.

"진똉이로 반대해서 들고일난 게 아니래니. 시늉만 내다가 보상금이나 챙길라는 수작이지. 봐라, 지음이 흔들렸나, 랜드가 뭉거졌나. 뭉거질라믄 내 속이 진작에 뭉거졌지."

할머니는 가슴을 쳤다.

그렇게 광업소가 있던 지장산 중턱에는 카지노가 들어섰다. 산을 깎아 골프장을, 인공 눈을 뿌려 스키장을 만들었다. 아이들은 리조트에서, 어른들은 카지노에서 각자의 게임을 즐겼다. 하루에도 수만 명이 몰려들어 랜드의 호텔과 리조트는 미어터졌고, 기회를 놓칠세라 지음에 땅을 사뒀던 외지인들은 랜드로 올라가는 길목에 아파트와 모텔, 싸구려 리조트를 지었다. 광부 사택과 포장마차 거리는 슬럼시티와 전당포 거리로 바뀌었으며 그곳에 꿈을 저당 잡힌 사람들은 지음을 이스트지저스로, 지장산을 웨스트부다스로 부르기 시작했다. 그렇게 지음 땅의 이름은 천천히

지워지고 "지음이 흔들린다! 랜드가 무너진다!"라는 외침만 남게
되었다.

*

하지만 엄마는 할머니가 잘못 알고 있다고 했다. 벽보에서 그런
말은 못 봤다는 거다.

"지음이 흔들린다, 랜드가 무너진다? 그거 용달차 팔고 나서부
터 그러는 건데? 한 대도 아니고 두 대 다 팔았잖아. 근데도 지음
잘된다, 랜드 화이팅, 이러고 다니면 이상한 거지."

엄마의 말을 이해하려면 삼촌의 용달차 이야기부터 해야 한다.
탄광이 문 닫고 랜드가 문을 열기 전까지 몇 년간 삼촌은 용달차
를 몰고 다녔다고 한다.

"니 할머니가 사줬거든. 다른 사람들은 랜드다 어디다 다 한자
리씩 하는데 공사장이라도 안 나갈 거면 배달이나 하라고."

용달차를 사준 이유를 할머니한테 직접 물어보니 그 답이 역
시 할머니다웠다.

"집 지을 땐 밥장사, 김장 땐 배차 무꾸 장사하는 거지. 고때 나
라 행사로 월드컵이니, 그 뭐이냐 큰 선거도 하나 하지 않았드랬
나. 축구도 운동이고 선거도 운동인데 운동할 땐 뭐이 젤루 필요
하겠나? 바로 물 아니겠나. 물만 잘 돌려도 돈 싹 쓸어 모쿠는 거

지."

"물을 돌려요?"

"술 배달 말이다. 다른 거 마실 것도 있고. 고때만 해도 여긴 편의점이란 게 없었거든. 장터거리 일마트랑 동네 슈퍼가 다였다. 산동네 구멍까게까지 하믄 돌릴 곳이 꽤 돼. 공사장 함바집 들어가는 쏘주 맥쭈도 있고. 노조 위원장 하던 오종식이가 딜러들 기숙사 짓는다 했었나? 암튼 그중 몇 군데만 뚫어도 지 밥상은 채릴 수 있었다."

과연 할머니의 말대로 물을 날라주니 돈이 들어왔다고 한다. 온 동네 사람들이 축구와 선거에 빠져 얼마나 고래고래 소리를 질러대던지. 그리고 나서 물이든 콜라든 맥주든 마구 들이켜는 바람에 물건은 들여놓자마자 동이 났단다. 식당에서 거리에서 크고 작은 술자리가 이어졌고 삼촌은 들르는 곳마다 맥주를 몇 박스씩 내려놓았다. 선거 사무실에서 갖다달라는 박카스나 동충하초액도 쏠쏠했다. 박스째 들여오면 박스째 나갔다.

그렇게 모은 돈으로 삼촌은 용달차를 한 대 더 샀단다. 이번엔 짐칸에 냉장차가 올라간 하얀 용달차였다. 월드컵과 선거가 끝난 뒤를 대비해야 한다는 할머니의 충고 때문이었다.

"대목 잡는 것도 중요하지만 비가 오나 눈이 오나 꼬박꼬박 들어오는 돈줄 맨그는 것도 중요하거든."

할머니 말을 듣고 삼촌은 아침에 하얀 용달차를 타고 슈퍼나

산비탈 구멍가게로 우유와 빵을 배달하고, 점심을 먹고 나서는 파란 용달차로 갈아타고 술과 음료와 잡다한 물건들을 배달했다. 장사가 얼마나 잘됐는지 창고를 따로 빌려 물건을 쟁여둬야 할 판이었다. 기찻길 건너편 버려진 광부 사택의 공중목욕탕 안에 물건을 쌓아놓고 자물쇠만 잠그면 자기 창고가 되었다고 한다.

얘기를 듣다가 문득 궁금해졌다. 삼촌이 어떻게 돈을 번다는 거지? 빵과 우유, 음료수나 술을 날라주고 배달료도 따로 받지 않는다는데?

"제가 보기엔 삼촌이 사기를 치고 다닌 거 같아요. 우유 열 개를 가져와서 슈퍼에 갖다주고 우유 열 개 값을 받는 거잖아요. 그럼 돈은 어떻게 벌죠? 열 개를 가져와서는 아홉 개만 받았다고 거짓말해서 한 개를 더 가져오거나 슈퍼에 열 개 값 받고 아홉 개만 주는 거 아니에요? 그러면 이쪽에서 우유 하나 받고 저쪽에서 돈 받아서 결국 두 개가 공짜로 생기는 거죠."

할머니는 내 말을 듣고 웃었다.

"열 개 가져오믄서 한 개 못 받았다고 쇡이거나 아홉 개 팔믄서 열 개 값 받는 건 아니래. 뭐이, 거짓불쟁이도 아니고. 싸게 사서 비싸게 팔아 넘기는 돈, 고게 바로 이문이라는 거 아니겠나. 우윳값 안에 하매 들어가 있는 돈. 여기서 저기로 물건 돌리고 받는 돈. 남들 구찮아하는 걸 해결해 주믄 내 뭐이가 생긴다 그랬지?"

"돈이요."

"그제, 그리구 다른 것도 생겨. 자부심. 고땐 삼촌 눈이 반짝반짝했어. 점빵에서 우유 두 개만 달래도 잽싸게 달게가고. 맥주 세 박스 한 번에 나르다 허릴 삐끗해도 허허 웃고 그랬다."

할머니 이야기 속의 삼촌은 내가 아는 삼촌의 모습과는 전혀 달랐다. 그럼 지금은 왜 저렇게 되었을까? 할머니한테 물었더니 언짢은 표정으로 자리를 피해버렸다. 엄마에게 물었더니 "랜드가 문을 열고 거기로 배달 가면서부터"라고 했다.

"지금은 지음 주민들이 한 달에 한 번만 카지노에 들어가게 되어 있지만 그때는 하루에 몇 번이고 오갈 수 있었거든."

처음에 삼촌은 배달하러 호텔만 드나드는가 싶더니 점점 카지노에 들러 간단한 게임을 하는 횟수가 늘어났다. 그러다 10만 원으로 80만 원을 딴 어느 날부터 완전히 맛을 들여버렸다고 한다. 그때만 해도 삼촌은 멈추고 싶을 때면 언제든 멈출 수 있다고 믿었다. 10만 원만 가져가서 놀겠다고 마음먹고 카드는 집에 두고 갈 정도였으니까. 그렇게 삼십 분 만에 100만 원을 따고 두 시간 만에 다시 500만 원을 땄다. 그리고 세 시간 만에…… 몽땅 잃었다. 그러니 결국 삼촌 머릿속에서 잃은 돈은 10만 원이 아니라 500만 원이었다. 진작 일어나는 건데, 거기서 관뒀으면 따는 건데, 500이면 한 달을 꼬박 일해야 버는 돈인데, 하루에 500이면 한 달에 1억 5000, 일 년에 18억인데……. 삼촌 발아래로는 끊임

없이 숫자와 그림들, 지난밤의 장면들이 흘러갔다. 집에 돌아온 삼촌은 이불을 깔고 방바닥에 등을 붙인 지 삼 초 만에 다시 벌떡 일어났다. 그리고 그동안 모은 돈을 싹 다 챙겨서 랜드로 올라갔다.

"거기서 끝났다면 니 삼촌이 이 지경까지 되진 않았을 거야. 정말로 머리가 회까닥 돌았는지 엄마 몰래 용달차도 팔아버렸다니까. 그것두 요 앞 스피드전당포에. 그게 다겠니? 엄마 금거북이랑 전당포에 있던 물건들까지 싹 다 팔고 올라갔어. 어쩜 용 사장님은 말리지 않는데냐, 모르는 사이도 아니면서. 엄마한테 미리 얘기만 해줬어도 그 사달이 나진 않았을 텐데. 암튼 그때부터 니 삼촌이 랜드가 무너진다고 외치고 다닌 거야."

가끔 나는 상상한다. 삼촌이 마지막으로 랜드에 올라갔던 그날을. 폭풍우가 몰아쳤는지 안 몰아쳤는지는 모르지만 랜드가 무너지든 아니면 삼촌이 돈을 다 잃든 끝장을 봐야 하는 날이었다. 랜드는 조금도 흔들리지 않았고, 결국 와르르 무너진 건 삼촌이었지만.

그때 이야기를 하면서 엄마는 파산이라는 말을 썼다. 파산이 뭐냐고 물었더니 무시무시한 대답이 돌아왔다.

"니 할머니가 그랬어. 남들이 나한테 돈을 세 개씩, 두 개씩, 한 개씩 가져가서 이젠 아무것도 가져갈 수 없는 거라고."

마지막 돈을 날리고 파산한 순간, 어떤 희망도 남아 있지 않다는 걸 깨달은 그 순간 삼촌의 심정이 어땠을지는 상상하지 않겠다. 다른 사람은 몰라도 나마저 그럴 순 없다.

*

정말 엄마의 말대로 삼촌이 카지노에서 돈을 잃어서 그런 말을 떠들고 다니는 걸까. 엄마의 생각이 할머니와 다르듯이 내 생각도 엄마와 다르다. 내 기억으로 그 말을 처음 들은 건 삼촌이 도롱이 못에서 돌아온 그날이었다.

랜드에서 내려온 삼촌은 방 안에 틀어박혀 이불을 말고 종일 잠만 잤다. 한 달이 넘게 밥도 먹는 둥 마는 둥 하길래 엄마는 저러다 죽겠지 싶었단다. 할머니도 속이 터졌지만 뭐라고 하면 더 엇나갈까 봐 꾹 참았다.

잠자고 밥 먹고, 또 잠자고 밥 먹고. 그러다 가끔 노트에 뭔가를 끼적였다. 뭘 그리 쓰는 걸까 싶어 삼촌이 잠들었을 때 몰래 노트를 훔쳐봤다.

"……딜러들은 하수인이고 확률이 범죄를 사주한다. 룰렛에서 숫자를 맞힐 확률은 38분의 1, 배당은 서른다섯 배. 다이사이에서 대소(大小)를 맞힐 확률은 2분의 1이 아니다. 같은 숫자가 세 개 나오는 트리플, 즉 여섯 가지 경우를 제외한 100분의 49의 확률이다. 확률은 인간의 관찰과 감정에 지배되지 않는다. 그럼 대박

93

을 터뜨리는 이들의 운은 어떻게 설명하나. 운은 선택받은 사람에게만 닿는가, 선택받은 시기에만 닿는가. 운은 확률 위에 존재하나, 확률 밑에 존재하나. 다른 사람도 다 따는데 나라고 못 따라! 10배당 다이아몬드가 나올 것 같다는 예감이 머릿속에 번뜩인다고, 실버, 실버, 골드, 실버, 에메랄드, 열 판 연속 다이아몬드가 나오지 않았다고, 이번에 나올 확률이 높다고 판단하면 착각이다. 이 착각은 중독이다. 예지력 및 초능력은 발휘 불가!……"

이런 식으로 스무 쪽이 넘게 이어지는데 난 맨 마지막에 있는 것만 알아들을 수 있었다. 삼촌이 자주 하는 말이었으니까. "※결론: 지음이 흔들린다, 랜드가 무너진다 → 도롱이못을 관찰하라!" 그리고 도롱이못 글자 위에 동그라미와 별표가 여러 개 쳐져 있었다. 마치 이 동그라미와 별표를 하려고 글들을 늘어놓은 것처럼.

몇 달 지나자 삼촌은 자리에서 일어났고, 아침해 뜨기 전에 나가서 어둑해질 무렵에야 집에 돌아왔다. 집에 돌아온 삼촌은 무척 지쳐 있었는데 몸에서는 흙냄새인지 쇠 냄새인지 모를 냄새가 났다.

"워디 공사판에 가서 못이라도 박고 오는 모냥이다."

할머니는 좋아하는 티를 감추면서 은근히 말했다.

"아닌데? 지장산에 올라가서 주먹으로 나무를 때리고 오는 것 같던데?"

엄마가 토를 달자 할머니는 눈을 흘겼다.

할머니와 엄마 둘 다 틀렸다. 삼촌은 못을 박고 오는 것도, 나무를 주먹으로 때리고 오는 것도 아니었다. 삼촌은 일기장에 쓴 그곳, 그러니까 지장산 중턱에 있는 도롱이못에 올라가서 멍하니 앉아 있다가 왔다.

삼촌은 매일 아침 안경다리를 지나 지장사 쪽으로 올라갔다. 할머니와 몇 번 다녀봐서 나도 아는 길이었다. 할머니랑 손잡고 갈 때는 몰랐는데 그날은 들키지 않게 삼촌의 걸음을 따라잡으려니 아주 죽을 맛이었다. 삼촌은 지장사 뒤편 샛길로 올라갔고, 거기부터는 나도 처음 가보는 길이었다. 차가 다닐 만큼 널찍한 길, 한쪽은 노랬고 한쪽은 검었다. 나중에 알고 보니 탄광이 있을 때 석탄을 나르던 길이었다. 이런 산골짜기에 길을 내고 석탄을 옮길 생각을 하다니! 길은 점점 좁아져 어른 둘이 다닐 만한 숲길이 되었다. 길옆에선 물소리가 들려왔다. 산 위에 있는 도롱이못에서 흘러 내려오는 물은 아니었다. 내가 알기로 도롱이못은 물이 안으로 흘러들지도 밖으로 흘러나가지도 않는다. 농사에 쓰려고 물을 가둬놓은 못도 아니다. 물고기가 없어서 낚시도 못 하는 깊은 산속의 못이다. 크기도 어마어마해서 지음 사람들은 하늘에서 얼음덩어리가 떨어져 도롱이못이 생겼다고 믿었단다. 그게 아니라면 깊은 산속에 학교 운동장만 한 못이 있을 이유가 없다며. 하지만 할머니는 그냥 땅이 아래로 꺼지면서 생긴 못이라고, 탄광

갱도를 뚫을 때 땅이 가라앉은 자리에 지하수가 조금씩 솟다가 막혀버린 거라고 했다.

숲길을 따라 올라가 처음 못을 보았던 기억이 아직도 생생하다. 못은 아주 오래전부터 거기에 있었던 듯했다. 못 주위엔 유난히 키 큰 낙엽송들이 둘러싸고 있었고, 그 아래는 각시붓꽃, 애기똥풀들로 가득했다. 햇빛이 떨어지는 물 위로 흰 나비가 팔랑팔랑 날아다니고 반듯하게 잘린 나무 밑동이 못 속에 머리를 내밀고 있었다. 못가는 발이 푹푹 빠지는 진창인데 맑은 물 위로 파란 하늘과 하얀 구름이 그대로 비쳤다. 그 안을 잘 들여다보면 기다랗고 말캉말캉한 도롱뇽알들이 물풀에 붙어 있었다. 사실 도롱이못이라는 이름도 이 도롱뇽들 때문에 생긴 거란다. 천적 물고기와 산개구리를 피해 숲길을 헤치고 도망 온 진흙색 도롱뇽들이 못의 주인이었다.

할머니는 딱 한 번, 도롱이못에 대해서 얘기한 적이 있다.

"거기 미친년, 아니 미친 간나가 산다. 못 가생이에 앉아 있다가 물뱀이 나오면 그걸 어떻게든 작살내서 주딩이에 쑤셔 넣는대. 허구한 날 뱀 구멍 옆에 앉아 지다리는 거지. 그러다 뱀이 대가리를 쑥 내밀면 손으로 확 낚아채서 주딩이에 쑤셔 넣고는……."

"할머니가 봤어요?"

"아니다."

"근데 본 것처럼 얘길 하네요."

"잘 들어봐라. 얼매나 귀신같이 빠른지 주딩이에 처넣는 건 못 보고 고 주둥아리에서 버둥대는 뱀 꽁댕이만 봤다는 거다, 생키기 전에 딱!"

입에서 버둥거리는 뱀 꽁댕이, 난 그만 상상을 하고 말았다.

"뱀 꽁댕이까지 다 생키고 나면 시치미 뚝 떼고 못 가생이에 앉아서 저쪽을 쳐다보는 거지. 담 뱀이 나올 때까지. 괜히 미친년, 아니 미친 간나가 아니래니."

"근데 왜 거기서 그러는데요?"

"지 딴엔 도롱뇽을 지키려고 그러는걸. 뱀들이 도롱뇽을 잡아먹지 못하게. 깽 사고로 즈그 서방 죽은 다음에 정신이 싹 나가버렸거든."

"도롱뇽을 왜 그 여자가 지켜요?"

"그땐 깽이 무너져 광부들이 마이 죽었다. 그래서 광부 여편네들이 도롱이못까지 올라와 빌고 그러지 않았겠나. 즈그 서방 무사히 돌아오게 해달라고. 못 속에 도롱뇽들이 잘 있으믄 땅속의 광부들도 잘 있을 거라고, 그래 믿은 거지. 깽이 무너질 만치 땅이 흔들리면 거기 도롱뇽들이 젤 먼저 줄행랑치지 않겠나?"

탄광이 문을 닫으면서 다 옛이야기가 되었지만 미친 여자의 영혼이 삼촌에게 옮겨갔나 보다. 그 여자처럼 삼촌도 도롱이못가에 멍하니 앉아 있고, 입에서 뱀 꽁댕이 같은 어떤 말이 자꾸 비집고 나오려 했으니까.

그날 저녁 삼촌은 헐레벌떡 지음으로 달려 내려와 동네방네 다 들리도록 이렇게 외쳤던 것이다.

"도롱뇽이 다 사라졌다! 지음이 흔들린다! 랜드가 무너진다!"

2부

카지노 베이비

스피드전당포

스피드전당포는 할머니 전당포 건너편에 있다. 도로 하나를 사이에 두고 두 전당포의 분위기는 영 딴판이다. 할머니 전당포는 옛날 포장마차 술집에 색을 칠하고 간판만 바꿨지만 스피드전당포는 있던 건물을 싹 밀어내고 새로 지었다. 할머니 전당포가 삼십 년 된 고물 차라면 스피드전당포는 새로 나온 외제 차, 할머니 전당포가 여느 부동산 사무실과 다를 게 없다면 스피드전당포는 백화점 같다.

스피드전당포 1층에는 프라다 가방, 롤렉스 시계, 가짜 보석 목걸이가 든 유리 진열장 여섯 개가 놓여 있다. 진열장 뒤편 벽에는 5만 원짜리 대형 지폐가 든 액자가 걸렸는데 잘 보면 한국은행 글자가 있어야 할 자리에 스피드전당포라고 새겨져 있다. 2층으로 올라가면 한쪽 벽면을 차지한 검은색 금고가 눈에 들어온다. 철문 가운데에는 배를 조종하는 키 같은 은색 바퀴가 달려 있다. 열쇠를 넣고 바퀴를 돌린 다음 비밀번호를 맞춰 한 번 더 드르륵 돌리면 문이 열린다. 안에 들어가 보진 못했지만 현금, 명품 가방과 시계, 황금 송아지와 금괴, 심지어 기관단총까지 있다는 소문이 돈다. 그 정도면 금고가 아니라 무기고인 셈인데, 돈이든 총이든 사람을 살리고 죽이기는 마찬가지니 아주 틀린 말은 아닌 듯하다.

스피드전당포의 용 사장님은 매일 금고 앞 책상에 앉아서 스마트폰을 들여다본다. 넙데데한 얼굴에 길쭉한 귀. 눈이 시릴 만큼 알록달록한 셔츠. 코에 반쯤 걸친 금테 안경과 웃을 때마다 보이는 입 속의 금니는 또 어찌나 잘 어울리는지. 랜드에 놀러 온 외지인 같은 행색이지만 실은 지읍에서 나고 자란 토박이란다. 엄마와 같은 초등학교, 중고등학교를 나왔는데 나이는 두어 살 더 많고 탄광에서 일한 적도 있다. 막장이 아니라 광업소 사무실에서, 곡괭이가 아니라 계산기를 가지고. 그러다 탄광이 문을 닫자 어디서 돈이 났는지 슬립시티에 전당포를 차렸다고 한다.

할머니는 용 사장님을 두고 말했다.

"용 사장, 개가 가짜 노조 위원장 자슥이여."

"가짜 노조 위원장이 뭔데요?"

"사람을 우습게 보는 눔들이지. 지읍에 난리가 난 것도 그 집

안 때문이다. 지가 먼 능력이 있어? 즈그 애비 빽으로 탄광에 추
직했다가 회삿돈 해 처먹고 횡령으로 짤린 늄인데."

"횡령은 또 뭔데요?"

"돈을 우습게 보는 거, 남의 걸 지 꺼 마냥 구는 거다. 피는 못
속이지, 못 속여."

할머니는 말하면서 두 눈을 시퍼렇게 떴다. 용 사장님이 가짜
노조 위원장의 아들이기 때문인지 아니면 엄마 말대로 삼촌의
용달차를 맡고 몰래 돈을 빌려줬기 때문인지는 모르겠다.

용 사장님은 할머니를 피해 다니긴 해도 싫어하는 티는 내지
않았다. 내가 스피드전당포에 드나들어도 신경조차 쓰지 않았다.
'꼬맹이 또 왔냐' 하는 표정으로 슥 보고는 스마트폰에 다시 코를
박고 낄낄댄다. 뭘 하나 봤더니 화투를 치는 중이다. 게임하다가
지루해지면 여자들이 춤추는 유튜브도 본다. 그마저 지루해지면
그제야 고개를 들어 나를 본다. 실은 내가 아니라 내 뒤에 있는
다른 사람을 보는 거다. 바로 엄마였다.

"정희는 잘 있고?"

"요즘 도서관 다니느라 바쁜데요."

"정희는 뭘 좋아하나?"

"왜요?"

"그냥, 궁금해서."

"엄마는 인터넷 검색하는 거 좋아해요."

"그런 거 말고. 혹시 꽃 같은 거 좋아하냐?"

"인터넷으로 꽃 검색해 보는 건 좋아할걸요?"

그러면 용 사장님은 고개를 갸웃거리며 더 묻지 않는다.

용 사장님은 기분이 별로인 날에는 날 쳐다보지도 않지만 기분이 괜찮다 싶은 날에는 물어보지도 않은 옛날얘기를 꺼내어 신나게 떠든다. 지난주에는 용 사장님이 어릴 때 온 동네 전화번호를 죄다 적어놓은 두꺼운 책이 있었다고 하더니만 이번 주에는 어릴 때 지음에서 금덩이를 찾으며 놀았었다고 말한다. 그것도 말고개 재 중계탑에서.

"거긴 지금 쇠 울타리가 있어서 못 들어가는데요?"

"지금은 최신식으로 바뀐 거야. 내가 어릴 때는 울타리가 없었거든. 주변에 석탄 더미들만 쌓여 있었고."

"거기서 뭘 하고 노는데요?"

"금덩어릴 찾으면서 노는 거지."

그 말을 듣고 조금 놀랐다.

"진짜 금덩이는 아니고 석탄 속에 자잘하게 박혀 있는 건데, 그게 어느 정도냐면……."

용 사장님은 엄지와 검지를 붙였다 떼며 크기를 가늠해 보였다. 손과 볼이 까매지는 것도 모르고 석탄 더미를 뒤지는 넙데데한 꼬마 용 사장님이라니…….

"어른들은 버리는 거였지만 애들한테는 보물이었지. 꽤 모았었는데 지금은 다 어디로 갔는지 모르겠네."

누가 전당포 사장님 아니랄까 봐 금 얘기를 할 때마다 용 사장님은 신이 난다. 그보다 더 신이 나서 떠드는 건 딱 하나, 똥 얘기밖에 없다. '그땐 그랬지 금 시리즈'가 끝나면 '그땐 그랬지 똥 시리즈'가 이어진다.

"그땐 다 공동변소였다. 변소 하나를 여러 집이 같이 쓰는 거. 마당 기둥에 변소 열쇠가 걸려 있고, 건너편 언덕에 판자로 만든 변소가 있었다. 문을 열면 아휴, 구린내가 장난이 아니었어. 지금 생각하니까 좀 어이가 없는데 아무튼 널빤지 아래 똥 무더기며, 구더기들이며, 거기 쭈그려 있으면 빠질까 봐 얼마나 무서웠는지. 그래서 산에 올라가 똥을 싸거나 참고 참다가 변비 걸리면……."

웬만하면 실패할 수 없는 똥 얘기를 이렇게 지루하게 늘어놓다니. 난 이야기를 듣는 척하며 딴생각을 했다. 손가락을 만지작거리거나 창밖을 내다보거나 아니면 벽에 걸린 시계를 흘끔거리면서. 지루해도 참고 들어주는 데는 다 이유가 있다. 조금만 버티면 용 사장님의 친구들이 전당포로 우르르 몰려와 열 배는 더 재밌는 이야기를 들려주기 때문이다.

*

전당포에 찾아오는 용 사장님 친구들은 지음라이온스클럽청년

회 회원들이다. 청년회라고 하지만 엄마보다 나이가 많다. 황 주방
장님, 양 관장님, 이 부장님, 김 사장님까지. 탄광에서 함께 일했
고, 탄광이 문 닫은 뒤에는 랜드에서 함께 일한 친구들이란다. 지
금은 카지노 보안 요원을 관두고 지음초등학교 옆에 태권도장을
차린 양 관장님을 빼면 나머지는 여전히 랜드와 관련된 일을 한
다. 황 주방장님은 호텔 요리사, 이 부장님은 카지노 핏보스(딜러
를 감독하는 딜러라고 한다), 김 사장님은 카지노 VIP실에서 돈
을 빌려주는 꽁지다. 하긴 엄마도 랜드 호텔에서 일한 적이 있으
니 지음에선 랜드에서 일해 보지 않은 사람을 찾기가 더 어렵다.

용 사장님 친구들은 수요일 오후에 스피드전당포에 모여 카드
를 친다. 용 사장님이 딜러를 보고 접대용 테이블 주위에 둘러앉
는다. 거기엔 검정색 자동 셔플기도 있다. 카드 두 벌을 넣고 콩알
만 한 버튼을 누르면 카드가 차르륵 섞이는 기계다. 용 사장님과
친구들이 웃고 떠드는 사이 천장 아래로 담배 연기가 가득 차고
테이블 위에는 칩과 카드가 바쁘게 오고 간다.

아저씨들이 주로 하는 게임은 블랙잭이다. 어깨너머로 구경만
하다가 얼떨결에 한 판 낀 적이 있다. 이 부장님이 랜드에서 걸려
온 전화를 받으러 가면서 나보고 대신 카드를 받아달라고 했다.
받은 카드의 숫자가 딜러인 용 사장님 카드의 숫자보다 많으면 이
기는데 어느 쪽이든 그 합이 21을 넘으면 무조건 지는 거라고 꽁
지 김 사장님이 귀띔해 줬다. 더하기만 잘하면 되는 간단한 룰이

었다. 카드의 숫자는 숫자 그대로 쓰지만 J, Q, K는 10으로, 에이스는 1이나 11 둘 중 하나로 친다는 것만 알면 된다. 근데 나는 게임보다 아저씨들이 게임하며 떠드는 이야기가 더 재밌었다.

카드를 천천히 까보며 양 관장님이 말한다.

"VIP가 따로 없구먼. 마바리에선 못 쪼는데, 여기선 쪼는 맛 제대로다잉."

여기서 마바리란 카지노 1층 일반실을 말한다. 쫀다는 건 뒤집힌 카드를 조금씩 까본다는 뜻이다. 카지노 1층에서는 멀찍이 카드를 보이게 내려놓아 숫자를 확인한다. 하지만 2층 VIP실에서는 카드를 뒤집은 채 코앞에 내주어 제 손으로 숫자를 까볼 수 있다. 그러니까 양 관장님의 말은 스피드전당포에서 카지노 VIP실에서와 같은 재미를 맛볼 수 있다는 얘기다.

VIP실 이야기가 나오자 꽁지 김 사장님도 아는 척을 한다.

"암 그렇지. 마바리에서 용써 봤자 본전도 못 건지지. 돈 좀 만지려면 역시 VIP로 가야 돼. 큰물에서 놀아야지. 접때 거기서 나한테 돈 빌린 노인네가 누군지 알아? 대륙건설 노 회장이더라고. 작년인가, 탈세 걸려서 벌금 왕창 나왔는데 그냥 노역으로 때운 지독한 짠돌이 양반."

김 사장님이 노 회장님을 잘 아는 투로 말하자 핏보스 이 부장님은 한술 더 떠 노 회장님과 친한 척을 한다.

"야, 말도 마라. 재산이 몇천억이나 되는 양반이 100원이라도 따면 어찌나 즐거워하는지."

그 말을 시작으로 김 사장님과 이 부장님은 경쟁하며 VIP실을 드나드는 회장님, 선생님, 변호사님, 교수님, 목사님, 스님, 님 자가 붙은 사람들을 줄줄이 꺼냈다.

"에르메스 꺾어 신고 손목에 파텍필립 찬 젊은 애. 걘 중국 놈이지?"

"또 아는 척한다. 걘 태국계 화교거든. 그 새끼 돈이 졸라 많은 건지, 개념이 없는 건지, 아니면 돈이 졸라 많아서 개념이 없는 건지, 하루에 몇억씩 꼬라박고도 하오하오 이러면서 나가더라."

황 주방장님도 못 참고 끼어든다.

"거기 무슨 교주도 있더만. 월요일 아침부터 주구장창 앉아 있던 늙은이, 알지?"

이 부장님이 얼른 답한다.

"아, 그 양반. 알지, 알지. 거느리는 신도들만 몇만 명이래. 아주 전통 있는 사이비라나 뭐라나."

김 사장님도 지지 않고 보탠다.

"주일엔 신도들한테 약 팔고, 평일엔 이리로 건너와 지 혼자 천국과 지옥을 왔다 갔다 하는 거지. 꼴에 교주라고 속은 썩어 문드러지면서 겉으론 괜찮은 척하던데?"

아저씨들의 얘기가 길어지자 용 사장님이 한마디 한다.

"카드 치러 와서 야부리만 털면 돈은 언제 따 가나. 회장님이든

108

교주님이든 중국인이든 한국인이든 돈 앞에서는 임자 없는 거라. 잘난 놈이든 못난 놈이든 게임 앞에서는 평등하다, 이 말씀이야. 일단 테이블에 앉으면 다 같은 인간이라는 거지."

그 말에 멈췄던 게임이 다시 시작되고 용 사장님은 셔플기에서 카드를 꺼내다가 나를 본다.

"마 넌 왜 아직 여기 있냐. 얼른 가라. 집에서 걱정 안 하냐?"

아저씨들이 일제히 나를 본다. 그리고 한마디씩 한다. "왜 애를 내쫓냐. 애도 평등하게 게임할 수 있는 거 아니냐." 이건 양 관장님의 말. "지 돈 잃는다고 애한테 성질은." 이건 이 부장님의 말. "걱정? 왜에? 전당포 할망구 때문에? 아니면 정희 때문에?" 이건 황 주방장님의 말. "쟤 귀 빨개진 것 좀 봐라." 이건 김 사장님의 말. 친구들이 낄낄대자 용 사장님은 "쟤는 그냥 놔두라고" 하며 투덜거린다. 그 말을 하는 용 사장님의 넙데데한 얼굴은 붉게 물들어 있었다.

엄마의 연애

용 사장님은 할머니 전당포 앞을 지날 때마다 안쪽을 쓱 들여다보곤 한다. 대놓고 보는 건 아니다. 다른 곳을 보는 척하다가 재빨리 이쪽으로 한 번 고개를 돌리고, 어느 때는 목이 아픈 척하다가 슬쩍 이쪽을 본다. 무슨 생각에 빠졌는지 전당포 문을 벌컥 연 적도 있다. 용 사장님은 문고리를 쥐고 나와 할머니를 보고 멍하니 서 있다가 어색하게 연기하며 꽁무니를 뺀다.

"어! 우리 전당포인 줄 알았네."

문에 달린 작은 종이 시끄럽게 울리는 동안 할머니가 끌끌댔다.

"잘됐다. 저눔이 인제는 미쳤나 보다."

나는 용 사장님의 고개가 할머니 전당포 쪽으로 돌아가는 이유를 안다. 엄마가 있나 보려는 거다. 무슨 말인지 알려면 비가 내리던 일요일의 이야기부터 해야 한다.

엄마와 함께 교회에 가는 길이었다. 맑은 하늘에서 갑자기 비가 쏟아졌다. 엄마와 나는 우산을 갖고 나오지 않아서 급히 피할 곳을 찾아야 했다. 급한 대로 우리는 시아마사지숍으로 뛰어갔다. 셔터 바깥 좁은 공간에 몸을 피하고 비가 그치길 기다렸다. 하늘은 새까맸고 잠깐 퍼붓다가 멈추는 비인지 이대로 계속 내리는 비인지 알 수가 없었다. 하늘에서 쏟아지는 빗줄기에 엄마의 샌들과 내 바지 밑단이 순식간에 젖어버렸다.

그때 우산을 쓰고 지나가던 용 사장님이 우리를 발견했다. 용 사장님도 교회에 가던 길이었다. 엄마는 얼른 고개를 돌려 용 사장님과 눈을 마주치지 않으려고 했다.

"둘이 거기서 뭐 해?"

용 사장님이 먼저 아는 척했다.

"비를 피하고 있어요."

엄마는 반가운지 난감한지 알 수 없는 표정이었다.

"교회 가는 거면 같이 쓰고 가든가."

용 사장님은 우리에게 보여주려는 듯 검고 커다란 우산을 빙글 돌렸다.

엄마는 한숨을 쉬었다.

"아녜요. 그러면 다 젖어요. 비가 많이 내려서. 셋이서 쓰기엔 우산도 작고요. 먼저 가세요."

엄마가 거절하자 용 사장님은 주춤했다.

"그, 그래."

그러고 나서 우리를 지나쳐 몇 걸음 걸어가다가 다시 뒷걸음질
쳐 돌아왔다. 용 사장님은 그래도 내가 빗속에 여자와 아이를 두
고 가는 몹쓸 놈은 아니지 하는 자상한 눈빛을 지었다.

"괜찮아. 우산이 아주 크거든. 같이 쓰고 가지."

이번엔 엄마가 주춤했다.

"소나기라 곧 그칠 것 같아요."

"예배 시간까지는 안 그칠 것 같은데? 아, 나도 빨리 가야 하는
데……."

말은 그렇게 하면서도 용 사장님은 우리가 안 가면 한 발자국
도 움직이지 않겠다는 듯 그 자리에 계속 서 있었다. 엄마는 "이
러면 엄마한테 혼나는데" 중얼거리더니 날 보며 "괜찮겠어?" 물
었다. 난 고개를 끄덕였다. 마음을 굳힌 엄마는 내 손을 잡고 용
사장님 우산 속으로 뛰어들었다.

제법 큰 우산이어도 셋이서 쓰고 가기엔 작았다. 내가 가운데
에 서고 엄마와 용 사장님이 양옆에 서서 걸어갔다. 삼인사각 경
기를 하듯 우산이 이끄는 대로 여섯 개의 발들이 우우 따라갔다.
웅크린 엄마의 팔은 우산을 든 용 사장님 팔에 닿을 때마다 움찔
거렸다. 어떻게든 닿지 않으려고 팔을 이리저리 꺾다가 엄마는 체

넘하고 말했다.

"저기 모퉁이를 돌면 편의점이 있을 텐데 그 앞에 우릴 두고 가세요. 이러다 다 젖겠어요."

골목을 돌았을 때 그 자리에 편의점은 사라지고 없었다.

"편의점이 없네."

엄마는 목소리에 힘이 빠졌다.

"그럼 저기 길 끝에 열매식당이 있어요. 랜드 손님들이 아침 먹으러 오는 데 있잖아요. 저는 거기 두고 하늘이만 먼저 데려가세요. 이러다 정말 다 젖겠어요."

열매식당 문 앞에는 임시 휴업이라고 쓰인 종이가 붙어 있었다.

"식당도 망했네."

엄마가 얘기하는 가게마다 족족 문이 닫혔거나 비어 있었다. 용 사장님이 허허 웃었다.

"왜 자꾸 두고 가래? 편의점도 없고 식당도 문 닫았는데."

엄마는 수줍은 목소리로 말했다.

"그래도 비가 점점 그치고 있어요."

"그러네."

언제 그칠지 모르게 쏟아붓던 빗줄기가 가늘어지고 있었다.

이제 엄마와 용 사장님, 둘은 땅바닥만 보고 걸었다. 엄마는 끈이 풀린 용 사장님 운동화를 내려다보고 있었다. 걸음을 옮길 때마다 흰 운동화 끈이 나풀거리며 빗물 웅덩이에 젖었다. 용 사장님도 샌들 밖으로 튀어나온 엄마의 검은 매니큐어 칠한 발톱을 보고 있었다. 나는 나란히 가는 엄마와 용 사장님의 발을 내려다보았다. 엄마와 용 사장님은 보슬비를 함께 맞으며 물웅덩이를 건넜다. 빗소리가 잠잠해지자 둘은 평소와 달리 상냥한 말투로 이야길 나눴다.

교회에 도착해 하나의 우산 안에서 풀려났을 때 엄마와 용 사장님에게 걸렸던 마법 역시 풀려버렸다. 예배당 입구는 갑작스러운 비에 머리와 옷이 젖은 교인들로 붐볐다. 비가 또 한차례 화드득 쏟아졌고 교인들은 우산을 털면서 어떻게 왔냐, 비 안 맞았냐, 호들갑스럽게 아는 체를 했다.

용 사장님의 한쪽 어깨는 흠뻑 젖어 있었다. 엄마는 나쁜 짓을 하다가 들킨 사람처럼 고개를 푹 숙인 채 그 자리에 가만히 서 있었다. 용 사장님이 우산을 털고 들어가려 하자 엄마가 작은 목소리로 고맙다고 속삭이며 고개를 꾸벅했다. 그러곤 얼른 내 손을 잡아끌고 예배당으로 들어갔다.

우린 매번 앉던 자리에 앉아서 성경책을 펴고 예배를 준비했다. 염 목사님이 예배단에 올라 성경 말씀을 힘차게 이어갔다.

"〈요한복음〉 봉독하겠습니다. 새 계명을 너희에게 주노니 서로 사랑하라. 내가 너희를 사랑한 것같이 너희도 서로 사랑하라. 너희가 서로 사랑하면 이로써 모든 사람이 너희가 내 제자인 줄 알리라."

염 목사님의 말씀이 이어지는 동안 나는 몇 번 엄마의 얼굴을 쳐다봤다. 알쏭달쏭한 표정이었다. 엄마는 찬송할 때는 찬송에, 기도할 때는 기도에 열중했다.

숨 가빴던 예배가 끝나고 다시 예배당을 나설 때 엄마는 두리번대며 누군가를 찾았다. 비가 그쳐 하늘은 개어 있었고 엄마가 찾는 사람은 보이지 않았다. 엄마는 실망한 듯 보였는데 그도 잠시, 비가 그친 구름 사이로 햇살이 슬며시 비치듯 입가에 희미한 웃음이 떠올랐다.

*

그날 뒤로 엄마는 고개를 꼿꼿이 들고 전당포 거리를 다녔다. 용 사장님이 할머니 전당포 쪽을 돌아보듯 엄마도 두리번거리며 용 사장님을 찾았다. 도서관에서도 가만히 움츠려 있지 않았다. 처음 갔을 때만 해도 한숨만 쉬더니 이젠 당당하게 반 주사님에게 말했다.

"아는 교회 오빠가 있는데 그 집도 혼자 살아요. 애가 셋이라 형편이 어렵죠. 돈은 많이 벌지만 나가는 구멍이 많다는 거예요. 차암, 애라도 덜 낳지."

그렇다. 학교에 가지 않는 나 때문에 괜히 찔려서 이런저런 변명을 늘어놓다가 나온 말이었다. 그때는 그 말을 흘려들어 교회

115

오빠가 누군지 몰랐고 알고 싶지도 않았는데 알고 보니 용 사장님이었던 거다.

엄마 말대로 그 집엔 애가 셋이 있었다. 중학생 첫째 누나 용지현, 6학년 둘째 누나 용지원, 내 또래인 막내 용지성까지. 할머니 말로는 아들을 보려고 계속 애를 낳다가 마침내 아들인 용지성이를 낳았단다. 그런데 그 애 엄마가 너무 힘들어서 집을 나갔다 했나. 아니다, 무슨 빚을 지는 바람에 가짜로 이혼했는데 나중엔 진짜 이혼이 됐다던가. 아무튼 지금은 애들 셋을 용 사장님 혼자서 기른다고 했다.

왜 하필 용 사장님일까. 애가 셋이나 딸렸다는데. 할머니가 그렇게나 싫어하는데. 염 목사님으론 모자라 용 사장님까지 끌어들여 할머니 속을 뒤집어 놓으려고 작정이라도 한 걸까. 언젠가 삼촌이 빨간 띠 매고 "안 그렇습니까, 여러분!" 외치며 데모했던 것처럼?

알고 보면 엄마는 할머니 말을 순순히 들은 적이 없다. 할머니가 날 전당포에 두거나 박수 할아버지한테 보낼 때 엄마는 날 도서관이나 교회에 데려갔다. 할머니가 하는 돈놀이도 싫어했다. 할머니가 한숨 좀 쉬지 마라 타박하면 엄마는 "이게 다 누구 때문인데" 하며 더 크게 한숨을 쉰다.

"언제 엄마가 정식이랑 나를 신경이나 썼나. 아버지 돌아가시고 돈놀이, 무당놀이에만 미쳤지. 자기 맘에 안 들면 성질부터 내서,

116

사람 눈치나 보게 만들고. 어릴 때부터 지금까지 변한 게 없어!"

그리고 꼭 되풀이하는 말이 있다. "난 절대 엄마처럼 안 살 거야" "이 집구석을 빨리 떠날 거야" 기어이 그 뻔한 말을, 그것도 할머니가 들을까 봐 속삭이듯 내뱉고 나서야 야릇한 웃음을 지었다.

용 사장님과 함께 우산을 쓰고 교회에 갔던 그날 뒤로 엄마는 어디서 났는지 집에 꽃다발을 들고 왔다. 손톱만 한 흰 꽃송이들, 가지 밑동이 철사로 묶여 있는 꽃다발이었다. 흰 꽃을 꽃병에 꽂고 향기를 맡으며 황홀한 표정을 짓는 엄마의 모습이 꼭 꽃 속에서 태어난 요정 같았다.

할머니는 딱 한마디 했다.

"미친년처럼 꽃 가지고 그러는 거 아니다."

예전 같으면 당장 꽃다발을 휘두르며 한판 붙으려 했을 텐데 할머니가 뭐라든 엄마는 말랑해진 얼굴로 흥흥 콧노래만 불렀다.

엄마가 집에서 거울을 들여다보는 시간이 점점 늘어났다. 거울 속 엄마는 무엇이든 될 수 있는 사람처럼 자신만만해 보였다. 엄마는 점점 젊어지고 있었다. 코가 뾰족해지고 눈썹이 진해지고 눈매가 올라가고 피부는 밝아졌다. 붉어진 입술 옆에 작은 점이라도 하나 찍었다면 연예인을 닮았다고 생각했을 것이다. 눈앞의 내가 아니라 멀리 있는 뭔가를 꿈꾸듯 바라볼 때 엄마의 눈동자는 더 이상 흔들리지 않았다. 찌푸린 눈은 점점 커졌고, 이마 주름은 팽팽해졌으며, 얼굴 윤곽이 또렷해졌다. 머리칼은 최신 유행 스타일로 보였고, 허리가 서고 팔다리에 살이 붙어 몸매가 매끈해졌다. 웃을 때마다 드러나는 뻐드렁니가 귀여워 보이기까지 했으니 말 다 했다.

집에서 할머니 몰래 통화하는 날도 늘었다. 핸드폰이 울리면 수줍게 네에 하면서 전화를 받고는 잰걸음으로 부엌으로 달려갔다.

무슨 말을 하나 엿들으니

"전 고양이 키워 보고 싶었어요. 노르웨이 같은 종으로. …… 맞다, 노르웨이 아니고 페르시안……. 근데 집에 돌아왔을 때 누가 반겨주는 게 좋아요. 그래서 강아지도 좋아해요."

이런 말도 하고

"도서관 일은 할 만해요. 생각 없이 같은 일 반복하는 거 좋아하거든요, 잘하고요. ……자면서 노래를 듣는다든지. ……전 콜센터에서도 일해보고 싶어요. 상대가 화를 내면 좀 싫긴 하겠지만. 땡땡 씨 맞으시죠. 뭐뭐 때문에 연락드렸어요. 상대가 들으면 설명해 주고, 관심 없다고 그러면 끊고. 얼마나 단순하고 멋있어요?"

이런 말도 하고

"전 대만 가보고 싶어요. ……대만이랑 일본도 가보셨어요? ……전 해외여행은 한 번도 못 해봐가지고. 사실 지음을 떠난 적이 별로 없어요. ……국내 여행도 거의 안 해 봐가지고. 수학여행 때 제주도 한 번 가봤고요. 제주도 가기 전에 부산 한 번 가봤어

요. 네, 그게 다예요. ……말 많아요? 말 많긴 하죠. ……근데 재
밌다. ……네? 외박이요?"

이런 말도 했다.

엄마가 반 주사님 말고 가족이 아닌 누군가와 길게 얘길 주
고받는 건 처음 봤다. 엄마는 밤마다 몰래 용 사장님과 통화했
고, 그러다가 그날 밤 내가 그 통화를 엿듣게 됐다.

*

그날 밤 자다가 깨어나 볼일을 보고 방으로 돌아오는데 부엌에
서 소곤거리는 소리가 들렸다. 엄마가 용 사장님과 통화하는 중
이었다. 나는 방으로 들어가려다가 문득 발을 붙들렸다.

"재빠른 팀은 안 된대서 밤늦게 팀을 했어요. 나중엔 숨어 다
니는 팀을 했지만요."

난 엄마가 무슨 이야기를 하려는지 단박에 알았다. 이미 나도
몇 번 들었던 이야기니까. 엄마가 랜드에서 청소 일을 하던 때 말
이다.

랜드 청소는 세 팀으로 나뉜다. 1팀은 정해진 시간에 카지노
안을 청소해야 하는 카지노 클리너, 그러니까 재빨리 청소하는
팀이다. 2팀은 호텔 로비와 화장실, 명품 숍 등을 청소하는 호텔
클리너, 손님이 줄어든 밤늦게야 청소를 시작하는 팀이다. 동작

이 굼뜬 엄마는 처음에 2팀에서 일했는데 담당 구역은 열일곱 개의 에스컬레이터였다고 한다.

그날도 엄마는 말했다.

"두 손에 이렇게 걸레를 쥐고, 그담에 허릴 숙이고, 팔을 양쪽으로 쫙 펼쳐요. 에스컬레이터에 탄 채로. 그러면 올라가면서 자동으로 양옆이 닦이는 거예요. 웃기죠?"

저 너머 부엌에서 엄마가 엉덩이를 뒤로 쑥 뺀 채 그 동작을 흉내 내고 있을 것만 같았다.

"근데 12시부터 일을 해야 돼서 되게 졸렸어요. 밤에 셔틀버스로 막 태워 가고 그랬다니까요."

여기까지는 나도 아는 이야기였다. 그런데 뒤이어 나온 이야기가 내 발을 붙잡았다. 재빠른 팀이나 밤늦게 팀이 아니라 3팀, 그러니까 숨어 다니는 팀에서 일했던 이야기. 평소에 숨어 다니는 팀 이야기가 나올 때면 할머니가 헛기침을 해서 말을 끊거나 엄마가 한숨을 쉬며 주저했는데 그날은 머뭇거렸지만 계속 이야기를 이어갔다.

"호텔 방을 청소하는 룸메이드 말이에요. 손님과 마주치지 않아야 하는데 그건 제가 최고로 잘하는 일이거든요. 오후에 일하고, 맡은 방만 다 끝내면 곧바로 퇴근할 수 있었어요. 그래서 당장 팀을 옮겨달라고 졸랐던 거예요. 호텔 방문 앞에 작은 등이 달린 거 아시죠? 녹색은 청소해 달라는 거고, 빨간색은 청소하지 말아 달라는 거거든요. 빨간 등이 많은 날엔 집에 빨리 오고, 녹색 등이 많은 날엔 집에 늦게 오는 거죠. 그래서 청소 돌기 전에 하나님, 빨간 등 좀 많이 켜주세요, 하고 기도했다니까요."

엄마는 키득거렸다. 그러다 순간 웃음소리가 뚝 끊겼다.

"정말요? 그 얘길 알고 싶으세요?"

핸드폰 저편에서 뭐라고 하는지 엄마는 "네, 네"만 되풀이했다.

"근데 그 사람들 이야기는…… 전당포 거리에선 다 알지 않나요? 랜드에서 쫓겨나 슬립시티로 내려왔으니까…… 네, 네."

망설이던 엄마는 천천히 이야기를 풀어놓았다. 불빛이 새어 나오는 어둑한 부엌 앞에서 난 홀린 듯 이야기를 들었다. 이제 와 돌이켜 보니 정말로 그 이야기를 엄마가 했는지 아니면 내가 이 말과 저 말을 이어 붙여 제멋대로 상상한 것인지 알 수가 없다. 아직도 이야기의 어두운 그림자들만이 내 눈앞에서 일렁일 뿐이다.

*

네, 그 녹색 등 방문 앞에서 얼마나 왔다 갔다 했는지 몰라요. 일주일 내내 빨간 등만 켜놓던 방이었거든요. 근데 웬일로 그날은 녹색을 켜놨더라니까요. 그래서 얼른 카드로 문을 열려고 하는데 웬 초췌한 여자가 얼굴을 쑥 내미는 거예요. "좀 있다가요" 그러면서 문을 쾅 닫아버리더라고요. 그렇게 세 번이나 물을 먹으니까 짜증이 났죠. 청소하라는 거야 말라는 거야. 차라리 빨간 등을 켜놓지! 제 말이 무슨 뜻인지 아시죠?

그날 네 번짼가 방에 갔어요. 여자가 이번엔 불쌍한 표정으로 말하더라고요. 지금 애 아빠가 카지노에 가서 안 돌아온다고. 전화해도 안 받는다고. 그러면서 찾으러 내려가야 하니까 저보고 잠시만 애를 맡아 달라는 거예요. 이십 분이면 된다면서. 팁으로 10만 원을 주겠다고도 했어요. 전 당황해서 잘 모르겠다고 그랬죠. 근데 생각해 보니 잘 모를 건 없었어요. 이십 분이면 청소하기에 충분한 시간이고 10만 원은 제법 큰돈이었으니까요. 그동안 방 청소를 좀 해도 되겠냐고 물었더니 그러라는 거예요. 희미하게 웃었던 것 같은데 지금은 잘 생각나지 않지만 그 얼굴이 화장실에 며칠은 못 간 사람처럼 너무도 안돼 보였거든요. 침대 위에 새근새근 잠든 아기 얼굴과는 완전 반대였죠. 그럼 잠시만이에요, 정말 이십 분 안에 오시는 거예요. 그러곤 방으로 들어갔어요. 여자는 헐레벌떡 방을 나갔고요. 고맙다는 말도 없이, 5만 원짜리 두 장을 제 손에 쥐여주고서요. 전 아기가 깨지 않게 조용히 청소를 시작했죠.

방은 아휴, 말도 마세요. 엉망이었어요. 수건이 쓰레기통에 들어가 있고, 먹다 남은 사발면이며, 찌그러진 맥주 캔이 테이블 위에도, 침대 위에도, 옷장 안에도, 서랍 안에도 있었거든요. 화장실 바닥에는 시커먼 것들이 말라붙어 있고 검정 비닐 안은 둘둘

말린 기저귀로 가득했는데, 어찌나 더러운지 그동안 배운 청소 순서를 다 까먹을 뻔했다니까요. 이러다 이십 분 안에 다 못 끝내지 싶어서, 그래서 은근히 방 주인이 좀 늦게 오길 바랐던 것도 같아요.

시트까지 다 갈고 잠든 아기를 침대로 다시 옮기는데 조그마한 몸에서 좋은 냄새가 났어요. 방은 그렇게나 더러웠지만 지금 생각해도 정말 좋은 냄새, 아니 향기예요. 후련해서 그랬는지도 몰라요. 더러운 방을 다 청소했으니까 이젠 집에 갈 수 있겠다 싶었거든요. 근데 이게 무슨 일인지…… 삼십 분이 지나도록 여자가 안 돌아오는 거예요. 뭔 일이 있나, 남편을 못 찾았나. 기다리는 수밖에 없었죠. 멍하니 통창을 내다보면서. 방이 산 쪽에 있어서 지장산이 잘 보였거든요. 아직도 생생히 기억나요. 햇살이 푸른 숲 위를 비추고 있었어요. 나무가 바람에 천천히 흔들렸고요. 바깥을 보다가 잠든 아기를 보다가 그러니까 마음이 평온해지더라고요. 앞으로 뭔 일이 생길지도 전혀 모르고…….

네, 맞아요. 아기가 깨어난 거예요. 조그만 몸으로 빽빽 울어대기 시작하는데 정신이 쏙 빠질 지경이었죠. 폰 번호를 받아두지 않았다는 걸 그제야 알았고요. 일단 울음소리가 들릴까 봐 방문을 꼭 닫긴 했어요. 그런데 그다음에 뭘 해야 할지 모르겠는 거예요. 아기는 얼굴이 빨개져서 악을 쓰지, 분유통은 텅 비고 냉장고엔 맥주뿐이지. 로비로 데리고 내려가야 하나, 지배인을 불러야 하나, 경찰에 신고해야 하나, 별별 생각을 다 했다니까요.

돈을 받았다고 하면 야단맞을까 봐 걱정도 조금 됐어요. 그래서 아기를 달래며 좀 더 기다려 보기로 한 거예요. 여자가 아기 아빠를 못 찾았을지도 모르니까. 근데 정말이지 나쁜 선택이었어요. 한 시간이 지나도 여자가 안 왔거든요. 아기는 숨이 넘어갈 듯 꺽꺽거렸고, 뭘 먹인 것도 없는데 막 토하는 아기를 보니 너무 겁이 났어요. 그래서 아기를 안고 방을 나왔어요. 이쪽으로 갈까 저쪽으로 갈까 왔다 갔다 하다가 1층으로 내려가 보기로 했죠. 먹을 것을 구해서 아기에게 먹이든가, 아니면 카지노 앞에서 기다리든가. 울음만 멈출 수 있다면 뭐든 할 생각이었어요.

아기를 안고 1층에 도착했을 때 로비가 얼마나 시끄러웠는지……. 카지노 손님들이 길게 줄을 서고 있었어요. 입장권을 사려는 사람들이었죠. 모두 웃고 떠들면서 저와 아기를 흘깃거렸어요. 참 그때처럼 기분 더러운 적이 없었던 거 같아요. 나도 모르게 아기를 꼭 안고 한 손으로 아기의 눈을 가렸어요. 아기에게 그런 모습을 보여주기가 싫었나 봐요.

별수 없이 아기를 호텔 데스크로 데려갔어요. 총지배인이 내려와 버럭 소리를 질러댔죠. 아니, 그 애를 누가 또 맡았다고? 그러니까 전에도 두 번이나 여자가 룸메이드에게 아기를 맡기고 카지노에 갔었다는 거예요. 아기는 로비에서 울어대지, 여자는 안 돌아오지, 보안 요원들이 카지노 CCTV를 뒤져서 룰렛 테이블에 나란히 앉은 여자와 남자를 찾아올 때까지 호텔이 발칵 뒤집혔어요. 이미 호텔에선 소문날 대로 난 상습범들이었는데 저 혼자만 몰랐던 거예요.

근데 웃기는 건요, 그 사람들이 랜드에서 만난 사이라는 거예요. 도박꾼들은 게임에만 눈이 멀어서 서로 눈 맞는 일이 거의 없다던데……. 왜 아시잖아요, 그 사람들이 어떤 상태인지. 들어보니 여자가 남자에게 빌린 돈을 갚지 못해서 호텔 방에 살림을 차린 거래요. 그리고 도박에 정신이 팔려서 애를 가진 줄도 몰랐던 거죠. 거기서 애까지 낳으면 말 다 한 거 아니겠어요? 그래도 정신 못 차려서 애를 낳고도 둘이 번갈아 카지노에 들락거렸대요. 둘 다 견디지 못하는 날에는 아이를 혼자 두거나 룸메이드에게 맡기고 내려가기도 하고요. 카지노에서 태어나 카지노에서 사는 아이. 호텔 직원들은 다들 그 아이를 카지노 베이비라고 부르고 있었는데 저만 몰랐죠. 그러니까 저한테 맡겼던 그때가 벌써 세 번째였어요! 결국 어떻게 됐겠어요? 둘이, 아니 아기까지 셋이 랜드에서 쫓겨나고 말았죠. 그리고 저도 쫓겨났고요. 손님에게 돈을 받고 아이를 맡아서 문제가 됐거든요.

그날 통근 버스를 타고 지장산을 내려오며 얼마나 울었는지 몰라요. 그렇게 울 일도 아니었는데. 애가 불쌍해서 그런가, 제가 억울해서 그런가, 그냥 눈물이 펑펑 나더라고요. 그다음에 어떻게 되었는지는 말 안 해도 잘 아시잖아요?

목사와 브로커

그날 밤 내가 들은 이야기는 거기까지다. 할머니가 갑자기 방문을 열고 나오는 바람에 나는 작은방으로 후다닥 뛰어 들어가야 했다. 삼촌 옆에 누우니 엄마와 할머니가 부엌에서 주고받는 말소리가 들려왔다. "밤중에 왜 그딴 얘기를 하고 있어" "엄마, 나한테 왜 그러는 건데" 기타 등등.

삼촌은 곤히 잠들어 있었다. 나도 얼른 자려고 했는데 잠이 오지 않았다. 눈을 감으면 어둠 속에 불빛이 번쩍였고, 눈을 뜨면 까만 천장이 뱅뱅 돌았다. 방으로 뛰어 들어오기 직전 마지막으로 들은 말이 귓가를 떠나지 않았다.

"그 사람들이 아기를 데리고 내려와 얼마나 난리를 쳤는

지……. 염 목사님과 랜드 사람들도 전당포로 찾아오고, 엄마는
뒤집어지고, 왜 아시잖아요."

나는 그날 밤 이야기를 듣고 세 번 놀랐다. 첫째, 어쩌면 내 이
야기일지 몰라서. 둘째, 그 이야길 엄마가 용 사장님에게 스스럼
없이 해서. 셋째, 생뚱맞게 염 목사님의 이름이 튀어나와서. 나만
빼놓고 다들 아는 걸까? 평소 할머니는 염 목사님을 "목사가 아
니라 뿌로커"라고 부르곤 했는데 그것과도 관련이 있나? 뿌로커
가 뭐냐고 묻자 할머니는 "돈이 부르면 워디든 가고, 돈이 시키면
뭔 일이든 하는데, 그게 돈이 아니라 다른 이유 때문이라고 말하
는 눔들"이라고 했었다.

"엄마는 염 목사님이 기적을 일으켰다는데요?"

"기적은 개뿔, 그건 뭐 아무나 하나?"

"염 목사님 덕분에 지음이 부활한 거래요."

"그거야 마카 다 지가 다스릴라고 나대니 그러지."

그러면서 할머니는 지음에 랜드가 들어온 이야기를 들려줬다.

"느그 엄마 말이 아주 틀리진 않은 게, 원래는 랜드가 장암에
설라고 했었거든. 지음하고 가차운데 거기도 탄광 말이 있고 높
은 산도 있으니. 땅도 땐땐하고, 또 마카 다 나라 땅이니 거보다
좋은 데가 어디 있겠나. 그 절만 없으믄 딱 마치맞았지. 근데 고
기 스님들이 안 나간다고 끝까지 버티지 않았겠나. 그 땅뗑이를
애들에게 물려줘야 한다믄서 테레비도 나오고 밥도 굶고 생떼를

부리고. 그걸 함부로 쫓았다가는 난리가 나니 나라에선 겁시 나서 허가를 못 내주고, 그때 나선 양반이 염 목사였던 거라. 갸가 돈 냄새는 기가 막히게 맡거든. 그 뒷집 강생이 같은 놈이 장암 안 되면 지음에 카지노를 갖꾸 오겠다고, 서울하구 지음하구, 탄광하구 랜드하구 왔다리 갔다리 하며 약속을 받아 오니 그게 유통 아니면 뭐이겠나. 탄광은 옳다구나 광업소 땅을 싼값에 내놓으니 서울에선 속전속결로 카지노 지라고 법도 맨글어주고. 남 구찮아하는 문제를 해결해 주믄 뭐이가 나온다구? 돈이지, 돈. 지음 애들 공부방도 랜드가 땅뗑이 싸게 사고 남긴 돈으로 하는 거 아니겠나. 니 엄마가 기적이니 부활이니 하는 것도 다 그래서라. 염 목사 갸가 어디 가서 유통업이나 했으면 삼성이니 금성이니 다 눌렀을 건데. 배운 게 도둑질이라고 이 쬐그만 지음에서 하나님 팔아먹고 있으니 우린 갸 대장놀이 하는 거 헛박수 쳐주고 잘 써먹으믄 되지, 기적은 무슨?"

"써먹어요? 어떻게요?"

"다 방법이 있다."

정말 돈 때문에 그런지 모르겠지만 염 목사님이 지음에서 끼지 않는 일이 없었다. 가게가 새로 문을 열면 개업 감사 예배를 하러 갔고, 교인의 아버지가 돌아가시면 조문 예배를 하러 갔다. 염 목사님이 가는 곳마다 교인들이 모여 머리를 조아렸다. "주님께서 더 사랑하신다는 믿음으로 언제나 협력하여 유익하게 하시며……." 염 목사님이 전능하신 은혜의 하나님을 부를 때마다 마른 사막에서 샘이 솟고 마른 가지에서 꽃이 피었다. 영생 허락받았으니 의심 아주 없도다, 교인들은 힘차게 찬송가를 불러댔다.

하지만 난 의심이 아주 없기는커녕 점점 의심이 더해만 갔다. 그날 밤 엄마의 통화를 엿들은 뒤로 내가 전당포에 맡겨진 것이 염 목사님과 관련돼 있다는 생각을 떨칠 수가 없었기 때문이다. 며칠 뒤 염 목사님과 랜드 사람이 도서관에 찾아오지 않았더라면 나는 아마 그 일에 대해서 영영 알지 못했을 것이다.

*

도서관 1층 복도 화장실 옆에는 커다란 거울 하나가 놓여 있다. 아래쪽엔 흰색 작은 글씨로 지음라이온스클럽청년회라고 쓰여 있는데 스피드전당포에 모이는 용 사장님과 친구들이 낑낑대며 옮겨 온 거울이다. 그 거울 앞에서 나는 자주색 재킷 입은 남자를 보았다. 딱 봐도 불편해 보이는 가죽 재킷을 걸치고 거울을 들여다보고 있었다. 거울 속 남자는 눈가에 힘을 주고 얼굴을 이렇게도 구기고 저렇게도 구기면서 거울 밖을 보는 중이었다. 눈을 한쪽씩 번갈아 감거나 입술을 안으로 말아 넣어 얼굴을 원숭이처럼 만들면서. 밤중에 혼자 화장실에 있을 때 거울을 보고 지을 법한 표정을 벌건 대낮에, 그것도 도서관의 커다란 거울을 보며 짓고 있었다.

저 남자를 어디서 봤더라? 곰곰이 생각해 보니 전당포 거리에 물이 넘쳤을 때 랜드 사람들과 함께 왔던, 그리고 부활절에 교회에 꽃바구니를 놓고 갔던 남자다. 그때 교회에서와 똑같은 꽃바구니를 손에 들고 거울 앞에 서 있었다. 거울을 보느라 날 보지 못한 것 같았는데 갑자기 이런 말을 해서 난 깜짝 놀랐다.

"언제까지 거기 처박혀 있을 거야?"

남자는 말을 이어갔다.

"내가 캐릭터 하나 잡아줘? 능력이 아까워서 그러지. 양 뭐시기냐, 미군 기지에서 약 빼돌려 당구장에서 팔던, 맞다, 양석천이, 걔가 꼭 한자리 챙겨달라고 나한테 돈까지 보냈다니까. 지금 약쟁이들 한 푼 두 푼 모아 퇴직금 해준다고 난리 났어."

남자가 혼잣말하면서 낄낄 웃기에 미친놈인가 싶었는데 귀에 마늘처럼 작은 이어폰을 꽂고 통화하는 중이었다.

"잠깐, 나 전화 들어온다. 끊지 말고 기다려."

남자는 조금 전과는 다른 말투였다.

"네네, 와인이요? 그거 꽤 비싼 거예요. 한번 열어보기나 하세요. 아이, 그러지 마시고……."

남자는 통화하는 내내 거울을 보며 얼굴을 구겼다가 폈다. 그러다 갑자기 주먹을 들어 후려칠 것처럼 거울에 가까이 가져갔다. 전화로는 할 수 없는 말들을 표정과 동작으로 대신하는 것 같았다.

"자, 보세요. 챔피언 벨트를 누구 허리에 두르든 무슨 상관인가요? 더 중요한 건 돈이 되는 시합이냐 아니냐 아니겠습니까. 벨트를 따고 뺏는 건 그냥 애들 놀이에 불과한 거예요. 그냥 눈속임이죠. 가짜 보석과 금으로 만든. 남들이 벨트에 정신 팔렸을 때 돈이나 챙기자고요."

남자는 꽃바구니를 거울 앞에 내려놓고 화장실로 들어갔다. 화장실에서 웅웅거리며 통화하는 소리가 났다. 변기에 물 내려가는 소리가 들리고 남자가 한 손으로 바지 지퍼를 올리며 나왔다. 남자는 손을 털면서 다시 거울 앞에 섰다.

"영감하고 방금 통화 끝냈다. 자긴 술 끊었다나. 뭐 알아서 처리하겠지……. 아 참, 양석천이도 양석천이지만 사실 우리 찐주한테 문제가 생겼거든. 그게 더 급하니까 얼른 내려와. 딱 한 건만 더 하자."

거기까지 말하고 남자는 거울 속에 비친 나를 발견했다.

"에이, 깜짝이야! 잠깐 끊어 봐."

전화를 끊고 남자는 나를 내려다보았다.

"꼬맹이, 도서관 문도 안 열었는데 넌 왜 여기 있냐?"

"저 꼬맹이 아닌데요."

"그게 중요한 게 아니고, 내 말은 여기서 뭘 하고 있냐고?"

"전 여기서 일해요. 아저씨야말로 여기서 뭘 하시는데요?"

"나? 도서관 잘 짓고 있나 보러 왔지."

남자는 거울 옆의 흰 벽을 주먹으로 툭툭 두드렸다. 정말 벽이 튼튼한지 확인하듯 능청스러운 표정이었다.

"너 진짜 여기서 일하면 관장님실이 어딘지도 잘 알겠다?"

관장님실은 3층에 있었지만 심통이 나서 말해주고 싶지 않았다. 나는 못 들은 척 개가실 쪽으로 걸어갔다.

"그래 알았다. 열심히 일해라, 꼬맹아."

남자는 기어코 나를 꼬맹이라고 부르더니 자주색 재킷에서 핸드폰을 꺼냈다. 그러고는 한 손에 꽃바구니를 들고 콧노래를 부르며 엘리베이터에 올랐다.

*

내가 다시 남자의 목소리를 들은 건 개가실 구석에서 한창 버섯 도감에 빠져 있을 때였다. 외계인 비행접시를 닮은 광대버섯과 마귀 곰보버섯 컬러사진을 들여다보고 있는데 유리문 아래 달린 고무가 바닥에 쓸리는 소리가 났다. 누군가 개가실로 들어온 거였다.

"일이 터져서 미뤄졌지만 분위기 봐서 바로 처리해 드릴게요. 돈은 준비해 놨어요. 못 내보내서 저희도 난감하다니까요. 지금 움직이기 어려운 거 아시잖아요. 다음 주에 청문회도 있고……."

자주색 재킷 남자의 목소리였다.

"여길 보세요. 얼마나 훌륭한 도서관입니까? 책은 다 들어왔어요. 공사 마무리하고 문만 열면 되는데 저희가 지금 그러질 못하고 있지 않습니까?"

도서관 관장님의 목소리도 들렸다.

"사전하고 지도책도 많아요. 아이들이 공부하기엔 딱 좋죠."

TV 광고에서나 나올 법한 한껏 꾸민 목소리였다. 그 목소리를 들으니 얼마 전 반 주사님이 엄마와 관장님 흉을 보며 했던 말이 떠올랐다. "관장님은 외부 사람한테만 친절하고 내부 사람한텐 가혹해!" 관장님이 "조금만 참아봅시다"라고 말하든 "힘든 거 알겠어요"라고 말하든 그냥 "어"라고 무심하게 말하든 반 주사님은 "관장님은 외부 사람한테만 친절하고 내부 사람한텐 가혹해"라는 꼬리표를 붙였다. 혼자서 점심을 시켜 먹어도→"관장님은 외부 사람한테만 친절하고 내부 사람한텐 가혹해." 엘리베이터 안에서 자기 층 버튼만 눌러도→"관장님은 외부 사람한테만 친절하고 내부 사람한텐 가혹해." 아는 사람이 탔기 때문에 오히려 자기 층만 누른다는 거다. 모르는 사람이 탔다면 아주 친절하게 대신 눌러줬을 거라면서.

자주색 재킷 남자가 "네, 그래요" "음, 그렇군요" 하며 건성으로 들어도 관장님이 도서관에 책이 몇 권 있는지 공부방에는 애들이 얼마나 들어가는지 인내심을 잃지 않고 친절하게 설명하는 걸로 봐선 자주색 재킷 남자는 외부 사람이 틀림없었다. 그때 둘의 대화 사이로 많이 듣던 목소리가 끼어들었다.

"이 작은 탄광촌에 하나님의 역사를 이루기가 이리 어렵답니까."

익숙한 목소리였지만 그 목소리를 도서관에서 들으리라고는 생각도 못 해서 처음엔 긴가민가했다.

"랜드는 큰 꿈을 품은 회사가 아닙니까. 고작 발전 기금 하나 처리 못 하면서 어떻게 그 꿈을 펼친답니까. 사람이 못 하는 일을 랜드는 할 수 있지 않습니까."

틀림없이, 염 목사님의 목소리였다. 그러니까 개가실에 들어온 사람은 셋이었다. 자주색 재킷 남자, 관장님, 염 목사님. 셋은 입구 옆에 사전과 지도책, 사진집이 꽂힌 낮은 책장 옆에서 이야기했고 나는 서가 가장 끝의 과학책들이 꽂힌 책장 옆에 앉아 있었다. 갑자기 천장 형광등이 켜져 나는 그들이 개가실에 들어왔다는 것을 알았지만 그들은 내가 거기에 있으리라고 생각도 못 했을 것이다.

자주색 재킷 남자가 말을 이어갔다.

"목사님도 참, 랜드에서 기부했다는 얘기가 밖으로 새 나가면 난리 납니다. 지음성당 백 신부님이랑 지장사 원탁 스님 다 물먹고 있는 거 아시잖아요? 청문회 때까지만 잠잠하면 됩니다. 기한 연장이 코앞이에요. 잘못되면 돈이고 뭐고 다 날아간다고요."

"말만 기한 연장이지 요식적인 행위인데 나라에서 안 해줄 리가 없을 테고. 청문회고 뭐고 다 핑계 아닙니까? 처음부터 지음에 관심이나 있었습니까?"

"어이쿠, 이젠 대놓고 말씀하시네요. 솔직히, 솔직히 말하자면 목사님 말씀이 맞습니다. 애들 공부방이든 도서관이든 뭘 상관이겠어요. 위에선 신경도 안 쓰죠. 그래서 저희 같은 사람이 움직이는 거 아닙니까. 근데 이놈의 청문회 때문에…… 박 의원님이 그렇게 되면서 아래고 위고 다 비상 걸렸다니까요."

박 의원이라는 사람의 이야기가 나오자 염 목사님은 한참 말이 없었다. 그러다 다시 말을 이어갔다.

"박 의원이 그리 가리라곤……. 하지만 성경에 이르기를 악인은 환난에 엎드려져도 의인은 그 죽음에도 소망이 있다 했지요."

"무슨 소망이요?"

"이 세상이 캄캄하고 어두울 때 비로소 인간이 품는 게 소망 아니겠습니까. 폐광되고 나서 지음은 온통 어둠뿐이었어요. 탄 캐는 일 말고는 할 줄 아는 게 없으니 다 굶어 죽을 판이었습니다. 하나님께서 우리에게 일용할 양식을 주시지만 일단 이 땅에 발붙이고 있어야 하나님의 빵이든 포도주든 가능한 것 아니겠습니까. 그게 박 의원과 내가 몇 날 며칠 토론 끝에 합의를 본 내용이에요. 어찌 하나님 섬기는 자로서 하늘나라 백성들에게 도박을 권하겠습니까. 하나님 말씀대로 내 자녀에게 줄 밥을 다른 동네 개들에게 뺏기지 않은 것뿐……."

이 대목에서 목소리가 작아져 잘 들리지 않다가 다시 커졌다.

"박 의원은 큰 꿈을 품은 위인이었습니다. 그를 헛되게 보내지 맙시다."

"맞습니다. 그래서 저희 같은 사람들이 있다니까요. 대금은 약속한 대로 처리될 테고, 도서관 문 여는 건 문제없을 거예요. 그러니까 이제 염 목사님한테 달린 거죠."

그러고서도 남자와 염 목사님은 한참 대화를 이어갔다. 다 알아듣지 못해도 딱 하나는 알 수 있었다. 남자가 염 목사님에게 서울에 있는 누군가에게 전화를 걸어달라고 집요하게 요구하고 있다는 것. "제가 이렇게 말하면 고집 센 사람처럼 보일지 모르겠는데……" "이러면 실례가 될지도 모르겠지만……" "제가 전혀 동의하지 않겠다는 것은 아니고……" 하면서 자기 뜻을 결코 굽히질 않았다.

염 목사님의 목소리가 높아졌다.

"왜 자꾸 말을 바꾸고 조건을 거는 겁니까?"

"조건이라뇨. 기브 앤 테이크. 주는 게 없으면 받는 것도 없다는 거죠. 서로 테이크만 하려고 드니까 이 사달 나는 거고요. 이건 뭐 자연의 순리 아니겠습니까?"

남자가 물러서지 않자 염 목사님도 목소리가 조금 누그러졌다.

"그럼 그렇게 합시다. 내 꼭 언질을 줄 테니 도서관 일만 어서 마무리해 주십시오."

"걱정 마세요. 그럼 목사님만 믿겠습니다. 저 이 자리에서 절대 이렇게 말 못 합니다. 지금 그런 상황이 아니라니까요. 이번에도 빈손으로 랜드에 올라가면 저 끝장입니다. 그냥 확실하게 처리해주세요. 지금 이 자리에서 딱 전화 한 통만 해주시면 랜드도 좋고 도서관 문제도 바로 해결되지 않습니까?"

염 목사님이 헛기침만 하자 다시 남자가 졸랐다.

"도서관이 문제겠습니까? 그건 착수금일 뿐이에요. 청문회만 무사히 끝난다? 그러면 성공 보수로 교회 건물도 싹 바꿔드릴게요. 저희가 책임지고."

남자는 부드럽게 말하다가도 갑자기 목소리가 거세져서 부탁을 하는지 협박을 하는지 알 수가 없었다. 그때 무언가 바닥에 툭 떨어지는 소리가 났다.

"잠깐만요. 저기 누가 있는 것 같은데!"

자주색 재킷 남자의 목소리가 다시 날카로워졌다.

＊

만약 내가 몰래 숨어 있다가 들켰다면 "전 정말 아무 말도 못 들었어요"라는 말은 절대 하지 않을 것이다. 의심 사기에 더 좋은 말이니까. 불행인지 다행인지 나에겐 그런 말을 할 기회가 없었다. 나 말고 또 다른 누군가가 개가실에 있었다. 혼자가 아닌 둘이었고, 놀랍게도 둘 다 내가 아는 사람들이었다.

엄마와 용 사장님이 왜 거기에 있었는지 모른다. 뭘 하고 있었는지 알고 싶지 않다. 정말 난 아무 말도 듣고 싶지 않았다.

"우리 도서관 사람인데? 여기서 뭐 하고 있죠?"

관장님은 목소리가 굳어 있었다. 외부 사람이었다면 부드럽게 대했을 텐데 엄마는 불행하게도 '우리 도서관 사람'이었다.

"책을 좀 보고 있었어요."

엄마가 둘러댔다. 빤한 거짓말이었다. 엄마가 책을 보고 있을 리 없다. 그것도 용 사장님이랑 같이 무슨 책을 본다는 말인가.

"근무 시간에 책을 보고 있었다고?"

"책등에 붙은 청구 기호표를 봤다는 거예요. 일이삼, 가나다 순으로 꽂아야 하잖아요. 근데 책이 카트에 실어 오기엔 적고, 손에 들고 오기엔 많아서 용 사장님이 도와줬어요. 그죠?"

엄마가 용 사장님에게 말을 돌리자 관장님의 목소리가 한결 부드러워졌다.

"청년회 회장님은 여기 어쩐 일로……?"

용 사장님이 관장님의 질문에 선뜻 대답을 못 하고 버벅거리자 엄마가 얼른 말을 가로챘다.

"거울이요! 저기 1층 복도에 걸린 거울. 청년회에 보고해야 하는데 사진을 안 찍어놨대요. 그래서 사진 찍으러 왔다가 저한테 딱 걸린 거예요."

"맞아요. 얼른 찍고 갈걸."

용 사장님의 연기가 얼마나 어설펐던지 하마터면 웃음이 나올 뻔했다. 전당포에서는 큰소리만 잘 치더니 도서관에서는 얌전한 학생이 되어버린 게 아닌가.

"스피드 용 사장님? 저 아시죠?"

자주색 재킷 남자의 목소리가 끼어들었다.

"둘이 아는 사이였어요?"

들뜬 관장님의 목소리. 다시 자주색 재킷의 목소리가 들렸다.

"둘 다 랜드 밥 먹고 있으니 같은 식구죠. 안 그래도 이 부장님하고 전당포에서 같이 보려 했는데. 거기 모여 재밌는 걸 하신다면서요?"

"소소한 거죠. 이 부장은 별 얘기 없던데……."

"자세한 건 나중에 얘기하고. 목사님하고 아직 할 얘기가 있으니 먼저 나가시죠."

자주색 재킷 남자는 순순히 보내줄 듯하다가 말투를 싹 바꿨다.

"아, 가기 전에 핸드폰 좀 저한테 내놓고 가세요."

"핸드폰요?"

용 사장님이 어리둥절했다.

"네네, 둘 다요. 한번 꺼내 보세요."

"남의 핸드폰은 왜요?"

"에이, 알면서! 제가 최신형으로 바꿔주려고 그러죠. 100만 원짜리 잭팢 터졌다 생각하시면 돼요, 야, 재수 좋다!"

자주색 재킷이 소리를 버럭 지르는 바람에 협박하는 건지 부탁하는 건지 종잡을 수가 없었다. 용 사장님이 뭐라고 중얼거렸지만 잘 들리지 않았다. 울먹이는 엄마의 목소리와 차가운 자주색 재킷 남자의 목소리가 뒤섞였기 때문이다. 그 소란을 끝낸 건 염 목사님의 목소리였다.

"이 둘은 우리 신도들입니다. 내 잘 알아듣게 말하지요, 걱정 마십시오."

"걱정? 전 걱정 같은 거 안 합니다. 확실히 처리하면 걱정할 게 없으니까요."

자주색 재킷은 물러서지 않았다. 염 목사님은 "음" 하며 못마땅해하더니 말을 이어갔다.

"내가 서울에 전화를 하겠습니다. 그럼 이들이 뭘 들었든 무슨 상관이겠습니까."

자주색 재킷은 주저하며 한동안 말이 없었다.

"하나님의 이름으로 맹세하지요."

"그럼 전 염 목사님, 아니 하나님만 믿겠습니다."

남자의 목소리가 다시 작아졌다.

곧 유리문 열리는 소리가 나더니 개가실 안이 잠잠해졌다. 관장님과 엄마와 용 사장님의 목소리는 사라지고 자주색 재킷 남자와 염 목사님의 목소리만 들렸다. 염 목사님이 어디론가 전화를 걸었다. 긴말은 하지 않았다. 나요, 랜드 한 사장에게 전화해 봐, 그렇지. 그게 다였다.

통화가 끝나자 남자는 기뻐했다.

"이렇게 간단한 일을요. 근데……."

남자가 주저하며 말을 이었다.

"아까 그 여자, 낯이 익던데, 맞죠?"

염 목사님이 답하지 않자 남자가 손뼉을 쳤다.

"맞나 보네. 전당포 집 딸. 잊을 수가 없지. 정초부터 목사님이랑 저랑……. 벌써 한 팔 년은 됐나요? 암튼 그때 여자는 자살하고 남자는 사라지고 아기는 버려지고, 난리도 그런 난리가 없었죠……."

염 목사님이 남자의 말을 가로막았다.

"입조심하시오. 그건 하나님의 백성을 살리는 일이었으니."

나쁜 예감이란 한 번도 비를 쏟아본 적 없는 생각의 먹구름이다. 여자는 자살하고 남자는 사라지고 아기는 버려지고. 그 말을 들었을 때 내 머릿속에서는 천둥이 치고 장대비가 쏟아졌다. 번개가 번쩍이는 순간 내 안에서 누군가가 두 번 외쳤다. 거짓말이야, 거짓말이야. 첫 번째는 내 목소리였고, 두 번째는 그 목소리를 따라 하는 다른 누군가의 목소리였다. 그 목소리가 어디서 시작되는지 살펴보니 심장 바로 오른쪽, 가슴 가운데에서 생겨 목을 타고 올라와 코 안쪽에서 사방으로 갈라지고 있었다.

그러니까 나는 내가 들이마시고 내쉬는 숨 때문에 숨이 막혀
왔던 거다.

제삿날

나쁜 일은 한꺼번에 몰려온다. 도서관에서 그 일이 있고 일주일 뒤였나. 또 일이 터지고 말았다. 이번엔 용 사장님이 몰래 우리 집에 들락거리다가 할머니한테 들켰다. 그것도 1층 전당포가 아니라 2층 집에!

집에 돌아왔을 때 현관에 낯선 구두가 나뒹굴고 있었다. 삼촌 구두는 아니었다. 누구 구두인지는 할머니가 엄마에게 하는 소리를 듣고서 알았다.

"어떻게 그 가짜 노조 위원장 자슥 눔이 내 집에서 양말을 벗고 떡하니 있을 수 있니? 니 시방 뭔 짓을 한지 아나?"

할머니가 부르르 떨면서 엄마에게 외쳤다.

"응? 뭔 짓을 했냐구? 야, 니 증말 몰라? 모르나?"

목소리가 더 커지자 엄마는 말없이 고개만 저었다.

"슬럽시티에 하구많은 모텔을 놔두고 원수의 자슥을 내 집에 델고 와?"

"하늘이 들어요."

"들으믄 어떠냐? 하늘아, 집에 뭐 없어진 거 있나 살펴봐라. 도 둑눔이 빈손으로 가지는 않을 것이니."

"엄마!"

할머니가 손가락으로 현관을 가리켰다.

"저 구두는 그냥 냅둬라. 지서에 신고할 때 갖다줄 테니."

"그만해요!"

엄마는 소리를 빽 지르고 현관으로 가서 검정 구두를 집었다. 급한 마음에 발에 반쯤 걸린 샌들을 팍 차버리고는 용 사장님의 구두를 신고 나가버렸다.

할머니는 반쯤 열린 현관문을 향해 외쳤다.

"니가 그 구두를 왜서 신나? 대갈통이 어떻게 된 거 아니니. 아무리 남자 새끼가 없어도 용 사장 같은 눔을!"

그날 그렇게 한번 세게 부딪힌 뒤로 엄마와 할머니는 매일같이 다퉜다. 엄마가 무슨 일만 하면 할머니가 꼬투리를 잡았다. 그냥 넘어갈 일도 기어코 트집을 잡아 말을 덧붙였다.

"그눔을 내 집에 들일 때부터 이럴 쭐 알았다!"

엄마도 참지 않았다.

"엄마, 나한테 왜 그러는 건데! 난 남자 만나면 안 돼?"

"하늘이 다 듣는다."

"하늘이 듣건 땅이 듣건 상관없어요. 엄마는 맘대로 말하는데 난 뭐 맨날 참고 들어야만 해? 엄마는 엄마만 젤 힘들지 나 억울한 거 모르잖아."

엄마와 할머니가 싸울 때마다 집은 점점 어두워졌다. 식탁 다리가 흔들리고 선반 안의 돌들이 흔들렸다. 엄마, 집이 흔들리는 것 같아요. 내가 말해도 엄마는 듣지 않았다. 엄마는 얼굴을 붉히며 크게 소리 지르고 울면서 어딘가로 전화를 했다. 내 얼굴은 보지 않고 자기 말과 표정과 손짓에만 열중했다. 엄마는 내가 옆에 있는지조차 몰랐다. 엄마가 다른 곳을 볼 때마다 난 조금씩 투명해졌다. 손이 투명해지고 다리가 투명해지고 가슴이 투명해졌다. 엄마, 내가 사라지는 것 같아요. 내가 말해도 엄마는 듣지 않았다.

*

5월이 되자 엄마와 할머니는 다른 방식으로 싸웠다. 할머니는 씩씩대며 엄마를 피해 다니고 엄마도 할머니와 마주치지 않으려고 애썼다. 서로 모습이 보일라치면 문을 쾅 닫으며 먼저 숨어버렸다. 할머니가 안방에 있을 때 엄마는 화장실로 갔고, 엄마가 거실에 있을 때 할머니는 부엌에서 쿵쿵 소리를 냈다. 둘이 술래잡기를, 아니 술래안잡기를 하는 동안 집 안은 고요했지만 소란스러웠고, 소란스러웠지만 고요했다.

할머니와 엄마가 서로 싸우지 않고 피해 다니는 것은 할아버지의 제삿날이 다가오기 때문이었다.

난 할아버지를 본 적이 없다. 내가 아는 거라곤 옛날에 지음의 광부였고 엄마와 삼촌이 나만큼 어릴 적에 돌아가셨다는 것 정도다. 엄마와 삼촌은 기억이 가물가물하다고 하고, 할머니도 잘 얘기해 주지 않는다. "고집 시고 승질 급한 양반이 지 생긴 대로 못 산다고 화뻥 나서 일찍 가버린 거지" 지나가는 투로 말한 게 다다. 내가 더 이야기해 달라고 조를 때마다 할머니는 말했다.

"넌 뭔 얘기든 꼭 알고 싶어 하나? 죽기 전에는 마카 다 얘기해 줄 테니 너무 보채지 마라."

"꼭 해주셔야 돼요. 약속해요!"

"그러엄, 내가 한번 뱉은 말은 뭔 일이 있어도 지킨다."

할머니는 엄숙한 표정으로 말했다.

할아버지가 광부였다는 사실 말고도 내가 아는 게 하나 더 있다. 살아 계실 때 가장 좋아한 음식이 동태전이었다는 거다. 할머니 말로는 앉은자리에서 동태 대여섯 마리는 거뜬히 해치웠다고 한다. 그래서 할아버지 제사상에 동태전은 빠질 수 없는 단골 메뉴다. 이번 제삿날 저녁에도 어김없이 할머니는 부루스타에 프라이팬을 달구고 동태포에 부침가루를 묻히느라 바빴다. 동태전이 노릇노릇 익어가는 동안 집 안은 고소한 기름 냄새로 가득 찼다. 할머니를 거든답시고 엄마가 옆에 앉아 있었지만 둘은 눈도 마주치지 않았다. 할머니 옆에서 엄마가 할 것은 딱 한 가지밖에 없었다. 바로 한숨 푹푹 쉬기.

"어휴, 어휴, 어휴."

그것도 세 번 연속. 그러다 젓가락으로 뒤적이던 동태전 하나가 프라이팬 밖으로 튀어 나갔다. 살아 있는 물고기처럼 펄쩍. 엄마는 얼른 동태전을 주워 입으로 가져갔다.

"맛이 이상해. 뭔가 다른데?"

나는 엄마가 괜히 트집을 잡는다고 생각했다. 그래서 나도 따라 날름 하나 먹어보았다. 엄마 말이 맞았다. 정말 맛이 달랐다. 종이로 만든 것처럼 아무 맛이 느껴지지 않았다. 차라리 짜거나 달았으면 단박에 알아챘을 텐데. 할아버지가 살아 계실 때는 일주일에 한 번꼴로, 돌아가신 뒤론 일 년에 한 번꼴로 만들어온 동태전인데 예전의 그 맛이 나지 않다니 이상한 일이었다.

할머니도 하나 집어 먹었다.

"뭐가 이상하다 그러나?"

"아냐, 되게 이상하거든. 이걸 누가 먹어. 안에 동태 맞아요?"

엄마는 크게 한숨을 쉬었다.

"그러길래 내가 이젠 사서 하자고 그랬잖아. 왜 매년 고생을 하난 말이에요. 사서 하면 돈도 덜 들고 힘도 덜 드는데."

할머니는 혀를 차며 딱 한마디 했다.

"아버이 듣는다."

다른 날 같았으면 뒤집개로 엄마 머리를 때렸을 텐데. 제삿날이라 할머니는 꾹 참았다. 할머니가 받아주지 않자 엄마는 동태전만 뒤적거렸다. 삼촌은 못 들은 척 거실에서 TV만 보고 있었다. 그사이 엄마는 동태전 하나를 새까맣게 태워 먹고는 구시렁거렸다.

"어휴, 버려야겠네."

"버리긴 뭘 버리나?"

"왜요? 이거 버려야 돼. 못 먹어."

"함부로 버리믄 천벌 받아, 천벌. 닌 하늘이 무섭지도 않나?"

겨우 동태전 하나 때문에 이렇게 싸운다고? 내가 지금 이 상황을 이해 못 하는 건가? 할머니 목소리가 높아지길 기다렸다는 듯 엄마는 말꼬리를 잡고 늘어졌다.

"왜 그 사람들은 잘만 버리두만. 배가 몇 척이나 있는 부자였다면서요. 배 이름이 뭐 일억 1호? 일억 2호? 억 소리 나면 뭘 해. 여자를 태우면 파도가 촐랑거려 배가 뒤집히는 것두 모르고, 참."

엄마가 집 안 어디쯤 빈 곳을 향해 툭 던진 말. 그 말에 할머니와 삼촌은 멈칫했는데 나는 무슨 뜻인지 전혀 알아들을 수 없었다. 버린다고? 일억 1호라고? 배가 뒤집힌다고?

148

"거리 노중이 절로 옮겨 갔나 보다, 헛소리를 저리 해대는 걸 보믄."

"여자에 애까지 실어 버리니 배가 안 뒤집히고 배기겠어요?"

나만 모르나. 아니면 다들 모르는 척하는 건가. 엄마가 뭐라든 할머니는 침착하게 접시에 음식을 쌓아서 내놓았고, 삼촌은 재빨리 제사상을 차렸다. 신문에서 오린 제사상 차림법을 손에 쥐고 접시를 움직여 퍼즐을 맞췄다.

"홍동백서…… 어두육미…… 어라, 서과호혜?"

할머니는 제사상 앞에서 머리를 긁적이는 삼촌의 등을 철썩 때렸다.

"대충대충 해. 차례 지내는 것도 아니고. 안 되겠다. 하늘아, 니가 도우라."

할머니의 말에 삼촌과 나는 짝을 맞춰 움직였다. 술잔을 따라서 나르고 젓가락을 동태전에서 고사리로, 숟가락을 밥그릇에서 국그릇으로 옮겼다. 삼촌이 한쪽 무릎을 꿇고 잔을 내밀면 나는 무거운 정종병을 기울였다. 이때는 가득 따르면 안 된다. 삼촌이 손을 벌벌 떨며 밥그릇 옆으로 술잔을 옮기다가 다 쏟고 마니까.

할아버지 제사를 지낼 때 엄마는 눈을 꼭 감고 옆에서 기도하곤 했는데 그날은 아니었다.

엄마는 팔짝 뛰며 외쳤다.

"지금 다 내 말 들었지! 들었는데 왜 무시해? 사람 말을 이렇게 무시해도 돼?"

고요 속의 외침. 시끄러운 음악이 나오는 헤드폰을 귀에 끼고 입 모양만으로 다음 사람에게 단어를 전하는 게임 말이다. 지금은 그 반대다. 외침 속의 고요. 어떻게든 입 모양을 보지 않으려 하고 문제를 맞히지 않으려 한다. 엄마는 시무룩한 표정으로 말할 틈을 노리고 할머니는 틈을 주지 않으려 했다. 제사상을 치우자마자 할머니는 재빨리 밥상을 내왔다.

밥상에 모여 앉자 엄마가 다시 시작했다.

"왜 나예요? 난 그걸 모르겠어요, 아직도. 내가 그렇게 만만해 보이나 봐. 호텔에서 날 보고 찍어뒀던 거지. 안 그러면 도저히 설명이 안 돼."

할머니는 나에게 눈짓을 보냈다.

"하늘이는 고만 먹고 들어가라."

"왜요? 애도 이제 알 건 알아야죠."

"오늘이 니 아버이 지삿날이야. 할 말이 있고 못 할 말이 있지. 정식아, 뭐 하나. 하늘이 델고 동네 한 바퀴 돌고 오지 않고."

삼촌이 내 손을 잡으려고 하자 엄마가 소리를 높였다.

"이게 다 전당포 때문에 그런 거 아니에요? 걔네들이 슬립시티

150

에 내려왔을 때 엄마가 물건 받아줬잖아요. 일억 6호인지 일억 7호인지, 보지도 않은 배를 막 받아주니까, 집에도 안 가고 다시 랜드로 올라간 거 아니냐고요. 무슨 VIP 손님이라고 전당포 들락거리며 커피나 타 먹고, 우릴 만만히 보고 그런 게 분명해."

엄마가 할머니를 빤히 쳐다보자 할머니가 입을 열었다.

"여긴 전당국이고, 물건을 맡을지 안 맡을지는 내가 정한다."

"그럼 애는요? 애가 무슨 물건이에요?"

"옛날 일이라고, 인제 내가 나이 먹었다고 막 거짓불하나 본데 주댕이 달렸으믄 말은 바로 하자. 염 목사가 랜드 눔 하나랑 와서 하나님 백성 어쩌고 할 때 넌 뭐라 그랬지? 일주일만 맡아달라니까 괜찮다고 하지 않았니. 전당국에 물건 잽히고 일주일만, 일주일만 하는 눔들 내 숱하게 봐왔다. 근데 그런 말 하는 눔 치고 지대루 정신 박힌 눔은 못 봤어."

"나보고 어쩌란 말이에요? 한 달이 되고 일 년이 될 줄 누가 알았겠어요? 엄마도 몰랐잖아요."

"여버리 같은 소리 하지 마라. 넌 목사한테 실실 쪼귀믄서 아이름을 모세로 지어야 한다느니, 성연으로 지어야 한다느니 헷소리만 하지 않았나. 성연? 성령님과의 연합? 진짜 웃기고 자빠졌다. 널 뒷집 강생이처럼 만만히 본 건 그 연놈들이 아니고 랜드와 한패 먹은 목사 눔 아니냐. 갠 목사가 아니라 뿌로커래. 화토판에서 비광 팔고 지음에서 하나님 팔아 뒷돈 챙기는 뿌로커!"

"설마 박수 나부랭이만 할까요. 아버지 그렇게 된 뒤로 박수랑 붙어먹기만 하면서. 뭘 얻어먹는지 모르겠지만."

박수 할아버지 얘기까지 나오자 할머니는 숟가락을 밥상에 딱 내려놓았다.

"느그 애비가 이래 뵈도 지음 의용소방대였다."

할머니는 숨을 고르고 말을 이어갔다.

"성깔이 아주 불같았거든. 하도 어이가 없어서 내가 그런 소리까지 했다니. 승질이 급하더니만 가는 것도 아주 지가 먼저 갔다고. 뭐든 지가 먼저, 험한 일도 먼저, 죽는 것도 먼저라고!"

"그게 뭐요!"

"승깔 급한 니 애비 원망하며 살았지만 나도 던 못 참는다고!"

말이 끝나자마자 할머니는 밥상을 엄마 쪽으로 엎어버렸다. 밥상과 그릇이 거실에 뒹굴고 엄마는 고사리나물과 동태전을 뒤집어썼다. 삼촌과 나는 그 자리에 얼어붙었다. 밥상을 엎은 할머니도, 밥상을 뒤집어쓴 엄마도.

엄마가 갑자기 소리를 꽥 질렀다.

"맡을지 안 맡을지는 엄마가 결정한다면서! 나한테 왜 그러는 건데. 나도 힘들어 죽겠어!"

엄마의 얼굴은 구겨진 종이 같았다. 저토록 괴로운 표정을 짓는다는 건 내가 뭔가를 해줄 수 있다는 의미였다. 슬픈 눈을 하고 입술을 씰룩이고 얼굴이 붉어져 말을 더듬으며 화를 내는 것처럼 보이지만 실은 제발 나를 여기서 건져주세요, 내보내 주세요 하고 울부짖는 거니까. 어찌나 애처롭던지 나도 모르게 엄마 손을 덥석 잡을 뻔했다. 눈물을 닦아주고 들썩이는 어깨를 안아주고 싶었다. 그건 사랑하는 사람이 괴로움을 겪을 때 자기도 모르게 튀어나오는 행동이다. 그래야 하는 게 아니라 그럴 수밖에 없는.

엄마는 엎어진 상을 주먹으로 쾅쾅 내려치면서 외쳤다.

"나보고 어쩌라고. 왜 나한테 그래. 왜 엄마가 나를 힘들게 해. 나는 그냥 원하는 대로 살려는 것뿐인데. 엄마는 내 말 듣지도 않잖아. 내가 왜 나가면 안 되는데. 내가 왜 결혼하면 안 되는데!"

그제야 난 알 수 있었다. 엄마와 할머니가 무슨 말을 주고받고 있었는지. 왜 그동안 엄마와 할머니가 싸워왔는지. 술래안잡기를 할 때도, 외침 속의 고요를 할 때도 몰랐던 그것을. 엄마는 용 사장님과 결혼해서 집을 나가고 싶어 했고, 할머니는 반대해 왔던 것이다.

엄마는 울부짖는 짐승 소리를 냈다.

"엄마는 내가 힘들어 보이지도 않잖아. 엄마는 엄마가 젤 힘들잖아. 그러면 내 말을 왜 듣는데. 엄마는 엄마가 하고 싶은 말만 하는데. 나한테 왜 그러는 건데. 왜 나만 힘든 건데. 이게 사람 사는 꼴인지 뭔지도 모르겠어. 내가 왜 이렇게 살아야 하는데. 엄마는 왜 이렇게 이기적인 건데. 엄마는 나한테 왜! 그러는 건데!"

난 아주 오랫동안 기다렸다. 내가 전당포에 맡겨진 이유를 누군가가 말해주길. 잘못했다는 말을 듣고 싶어서가 아니다. 그들이 먼저 말해주고 나는 그저 듣기만을 바랐다. 무슨 이야길 듣더라도 고개를 끄덕일 생각이었다.

오랜 침묵이 깨어지길 바랐지만 절대 이런 식은 아니었다.

*

아이들은 머리가 아닌 가슴으로 기억한다. 누군가 인상을 쓴다든지 소리를 지른다든지 욕을 한다든지 마음속으로 깊이 미워한다든지. 그런 기억들은 가슴 깊은 곳에 저장된다. 그리고 아주 오랫동안, 어쩌면 어른이 되고 나서까지도 남아 있다.

할머니와 엄마가 밥상을 엎을 정도로 세게 부딪친 건 처음이라 머리가, 가슴이, 온몸이 얼얼했다. 밥상은 아침 드라마에서나 엎는 줄 알았지! 아니, 요즘 드라마에서도 밥상은 안 엎는데! 할머니는 왜 용 사장님을 싫어하는 걸까? 엄마는 할머니처럼 안 살겠다고 하면서 왜 다를 게 없나? 엄마가 용 사장님이랑 결혼하면 난 어떻게 되지? 삼 남매랑 같이 살면서 사 남매가 되는 걸까? 용 사장님을 아빠라고 불러야 하는 걸까? 그럼 동하늘이 아니라 용하늘이 되는 걸까? 아니면 그냥 전당포에 남겨져 할머니랑 삼촌이랑 셋이서 살아야 하나? …… 엄마와 용 사장님 사이에 무슨 일이 일어났는지 나는 도무지 알 수가 없었다.

할머니와 한바탕하고 나서 엄마는 안방에 틀어박혀 엉엉 울었다. 할아버지 제삿날에 동태전을 뒤집어썼다고 우는 것이 아니다. 아무도 엄마의 말을 귀 기울여 듣지 않아서 그동안 혼자서 꾹 참아왔던 울음, 그걸 들어달라고 우는 거다.

그날 벽을 타고 웅웅대는 엄마의 울음소리를 들으며 나는 기분 나쁜 꿈을 꾸었다. 우리 집이, 더 정확하게는 내가 누워 있는 그곳이 그대로 나오는 꿈. 그런 꿈은 꿈인지 아닌지 알 수가 없고 꼭 누군가 침입하는 꿈이 된다.

누군가가 누워 있는 나에게 다가와 속삭였다.

"사랑해, 사랑해, 사랑해, 사랑해. 사랑해……."

나지막하고 빠르게, 마치 쥐가 나무를 쓱쓱 쏘는 것처럼.

처음에 난 엄마가 나를 내려다보며 하는 말인 줄 알았다. 그런데 엄마 냄새가 아니었다. 낯선 남자가 내 위로 몸을 숙이고 속삭이고 있었다. 내 파자마와 똑같은 옅은 갈색 체크무늬 옷을 입고서. 남자는 말을 멈추고 흐릿하게 웃었다. 용 사장님인가? 아니다. 낯설지도 그렇다고 낯익지도 않은 얼굴, 내가 아는 어느 한 사람의 얼굴이라기보다는 여러 사람의 특징이 교묘하게 섞인 얼굴이었다. 남자가 입은 갈색 체크무늬 파자마의 색이 점점 진해지더니 자주색 가죽 재킷으로 변했다. 도서관 거울 앞에서 얼굴을 구기던 남자다. 여자는 자살하고 남자는 사라지고 아기는 버려지고, 그 말을 아무렇지 않게 내뱉던 남자. 나는 깜짝 놀라서

155

외쳤다.

"어서, 이 집에서 나가요!"

쪽박공원

내가 자살이란 말을 처음 들은 건 지난겨울 쪽박공원에서 영광
전당포 사장님이 실려 나갔을 때였다. 서울에서 돈을 빌려 전당포
를 차렸는데 장사가 안돼 이자만 불어났고, 전당포에서 맡은 차
들을 헐값으로 넘기고도 돈을 갚지 못해 겨울밤에 공원으로 걸
어 들어갔다고 한다.

그 뒤로 사장님들이 자살은 죄악이라느니 어쩌고 수군거릴 때
만 해도 관심이 없었다. 그러다 할머니가 "바보 같은 짓을 하믄
반드시 땅을 치고 후회하는데 자살하믄 그 땅도 못 치게 돼요"라
고 한 말이 내 귀에 날아와 꽂혔다. 사전에는 쌀쌀맞게도 딱 한
줄 쓰여 있었다. "자살: (명사) 스스로 자기 목숨을 끊음." 끊음

이란 말 다음에 오는 마침표가 무서워서 나는 사전을 꽉 닫았다.

자살은 해를 넘겨서도 이어졌다. 4월에 사람이 실려 나갔을 때
는 공원 앞에 경찰차 한 대와 119 응급차 한 대가 서 있었다. 빨간
등도 켜지 않고 사이렌도 울리지 않고 조용히. 5월에 사람이 실려
나갔을 때 공원 앞으론 경찰차 세 대와 119 응급차가 몰려왔다.
이번엔 빨간 등도 켜고 사이렌도 울리면서 시끄럽게. 알 수 없는
검은색 차들까지 공원 입구에 줄지어 서 있었다.

전당포 사장님들은 수군거렸다.

"카지노 거지가 죽어 나갈 땐 관심도 없더니만 랜드 사람 하나
죽었다니까 난리구먼. 목숨값이 이렇게 달라서야……."

4월에 실려 나간 사람은 카지노 거지, 5월에 실려 나간 사람은
랜드 직원이었다. 랜드의 마크가 새겨진 베이지색 점퍼를 입고 있
었다고 했다.

"지난번에 물바다가 났을 때도 왔던 랜드 사람이래."

"그때만 왔나? 훨씬 전부터 왔었어. 건축 기사인가 뭔가, 뭘 들
고 다니면서 재느라 바쁘더라고. 근데 공원에 뭐 잴 게 있다고 들
어갔는지."

"재긴 뭘 재. 도박 빚 때문에 그런 거지. 어디 지음에 그런 사람
이 한둘인가?"

"자살이 아니라던데? 누군가 죽였다던데? 안 그러면 이렇게 경
찰들이 몰려올 리가 없지."

말은 꼬리에 꼬리를 물었고, 전당포 거리는 시끄러워졌다.

쪽박공원은 겉보기엔 여느 공원과 다를 바 없는 평범한 공원이었다. 빽빽한 나무들 사이로 안을 들여다보면 꽃나무 아래 조명이 달리고 화단에 향나무와 야생화도 심어져 있다. 5월에는 팝콘 같은 꽃들로 담벼락이 환했다. 가까이서 까치발을 하면 녹색 꽃대에 열댓 개씩 달린 흰 꽃송이들이 밥그릇에 담아 퍼먹고 싶을 만큼 탐스러워 보였다. 그래서 배고픈 사람들이 그 공원으로 모여든다고 했나. 전당포 거리에서는 돈을 잃고 집에도 가지 못하는 사람들을 카지노 거지라고 했고, 그들이 모여드는 그곳을 쪽박공원이라고 불렀다.

엄마는 가끔 머리가 획 돌았다 싶을 때 내뱉곤 했다.

"너네 아빠는 쪽박공원에 있어. 카지노 거지가 되었거든. 너도 말 안 들으면 공원에 보내버릴 거야."

다리 밑에서 주워 왔다고 애들을 놀리는 어른들처럼 유치하게. 그러면 난 더 유치하게 군다.

"맘대로 하세요. 난 쪽박공원에 가서 살 거예요!"

엄마는 당장 내 손을 잡아끌고 공원 쪽으로 데려가려고 한다. 진심은 아니겠지. 정말로 그러지는 않을 거야. 엄마와 나는 서로 붙들고 옥신각신하다가 결국 부둥켜안는다. 미안하다고 하면서 엄마도 울고 나도 운다. 그럴 땐 둘 다 참 바보 같다. 정말 나를 공원에 버릴 것도 아니면서, 나도 엄마랑 떨어질 것도 아닌데. 우린 왜 그러는 걸까.

할머니는 옆에서 죽 지켜보다가 한마디 한다.

"어차피 이럴 걸 왜서 싸우나? 애나 어른이나…… 똑같다, 똑같애!"

엄마가 왜 자꾸 날 공원에 보낸다고 하는지 궁금해서 나는 딱한 번 공원에 들어가 본 적이 있다. 입구에서 오솔길을 따라 들어가니 또 다른 세상이 나왔다. 둥그런 공터에 벤치가 서너 개 있고 나무 바닥으로 만든 작은 무대도 있었다. 무대 위엔 카지노 거지 넷이 모여 앉아 소주를 마시는 중이었다. 손에 검은 봉지를 든 땅딸막한 남자가 소주병을 기울이자 비쩍 마른 대머리 남자가 "깜깜한 밤에, 어두운 밤에" 찬송가 앞 소절만 되풀이해 부르며 잔을 받았다. 그 옆엔 빨간 내복을 입은 할아버지가 냄비가 달린 배낭을 지고 꾸벅꾸벅 졸고 있었다. 거무튀튀한 젊은 남자는 안절부절못하며 바닥에 누웠다가 일어나기를 반복했다.

낯익은 얼굴도 보였다. 아니, 낯익은 모자였다. 색이 바래 잿빛이 된 벙거지. 전당포에 맡긴 돌 팔찌를 찾으러 와서는 소파에 앉아만 있다 가던 아저씨 말이다. 아저씨는 다른 카지노 거지들과 섞이지도 못한 채 무대 구석에 앉아 있었다. 전당포에 앉아 있을 때와 같은 표정으로. 그쪽으로 한 발 내디뎠을 때 나는 고약한 냄새를 맡았다. 코를 찌르는 구린내가 바람을 타고 무대 쪽에서 밀려왔다. 땀 냄새, 오줌 냄새, 똥 냄새, 온갖 냄새가 뒤섞인 냄새였다. 어찌나 지독한지 냄새가 나를 뒤로 밀어내는 것 같았다. 나는 들어갈 때보다 더 빠른 걸음으로 공원을 빠져나왔다. 이래서 전당포 거리 사람들이 쪽박공원에 가지 않는구나. 그제야 나는 그 이유를 알 것만 같았다.

쪽박공원에서 사람들이 죽어 나갔다는 소문이 거리 밖으로도 퍼지자 손님이 확 줄었다. 하루에 스무 명도 넘게 오던 손님들이 다섯 명도 오지 않았다. 도로 한복판에선 구멍이 뚫려 물이 흘러 넘치지, 쪽박공원에서는 올해만도 시체가 둘이나 나왔지, 전당포 사장님들은 걱정이 이만저만이 아니었다.

그때 해결책을 내놓은 사람이 할머니였다.

"공원 가서 굿이라도 한판 벌여야 돼."

금광전당포 정 사장님은 난감해했다.

"요즘 시대에 굿하는 사람들도 있대요?"

"여긴 카지노 아랜데 지박령이 얼매나 많나. 굿이라도 한판 신 멩 나게 뛰어줘야 이 땅을 떠나지."

"정말 그거라도 하면 나아지려나."

"자넨 굿이나 보고 떡이나 묵게. 준비는 다 내가 하니."

할머니가 밀어붙이자 다른 전당포 사장님들도 싫다고 하진 않았다.

"저 공원만 그런 게 아냐. 슬립시티에서 사람 안 죽어 나간 모 텔이 있나? 마카 하나씩은 죽어 나갔지. 광부부터 노름꾼들까지 죽은 수로 따지자면 지음이 전국 1등이지, 1등. 뉴스에 안 내보낸다고, 쉬쉬한다고 이게 해결이 되나? 굿이라도 한판 해야 풀리지 않겠나. 안 그러면 계속 죽어 나가고 우린 결국 망하고 말 테니."

*

    할머니의 말에 따라 전당포 사장님들은 공원에서 굿을 하기로 했다. 금광전당포 정 사장님이 전당포 거리에 굿값을 걷으러 다니고 할머니가 범바위골에서 박수 할아버지를 모셔 오기로 했다. 용 사장님도 마지못해 돈을 냈다고 하니 말 다 했다. 교회 신자가 굿을 한다며 엄마는 입이 이만큼 나왔다.

    물론 할머니가 쪽박공원 일만으로 박수 할아버지를 부른 건 아니다. 입 밖에 내지는 않았지만 삼촌과 엄마 때문이기도 했다. 전당포 거리가 물에 잠긴 뒤로 삼촌은 "지음이 흔들린다!"란 말을 더 크게 외치고 다녔고, 엄마도 "나한테 왜 그러는 건데!"란 말을 입에 달고 살았다.

    나도 자주색 남자가 나오는 꿈에 시달렸다. 따뜻하지도 차갑지도 않은 빛, 못생긴 꽃에서 나온 것 같은, 뱅글뱅글 도는 녹슨 팽이 같은, 이어졌다가 끊어졌다가 다시 이어지는 저 자줏빛. 처음에는 흙빛으로 보였는데 잿빛이 되었다가 갈빛이 되었다가 자줏빛이 되었다. 내 눈꺼풀 앞에 단단히 붙어서 떨어질 줄 몰랐다.

자주색 남자는 언제나 찾아왔고 갑자기 들이닥쳤다. 하나님, 부처님, 나를 지켜주세요, 열심히 기도하고 잠들어도 남자는 어김없이 나타나 내 귓가에 속삭였다. 아무리 기도를 해봐라, 누가 니 말을 들어주나. 자주색 남자는 말하는 가죽 채찍이었다.

한번은 삼촌이 자주색 재킷 남자로 보인 적도 있다. 거리에 흘러넘친 물이 빠져가던 어느 날 청개구리 한 마리가 전당포에 들어왔다. 청개구리는 손님용 탁자 아래 바닥에 엎드려 가만히 숨을 고르고 있었다. 삼촌은 청개구리를 쫓아내려고 소리를 지르고 손도 획획 저었다. 한참 별짓을 다 했다. 그런데 청개구리는 바닥에 꼭 붙어 꼼짝도 하지 않았다. 삼촌은 미끈미끈한 청개구리를 손으로 집을 수 없었다. 그래서 뒷방 금고 문 옆에 걸린 철 집게를 가져왔다. 집게에 눌린 청개구리는 그제야 빠져나가려고 바동거렸다.

삼촌은 청개구리를 집은 집게를 들고 전당포 밖으로 나가서는 집게째 인도에 획 던져버렸다. 챙그렁 요란한 소리가 났지만 청개구리는 그 자리에 납죽 엎드려 있었다. 삼촌이 발로 툭 밀어도 그대로였다.

"가라고. 빨리 가라고!"

삼촌이 성질을 부리자 거리에 나와 담배를 피우던 전당포 사장님들이 흘깃거렸다.

"야, 정식아, 지금 허공에 대고 뭐 하는 거냐?"

금광전당포 정 사장님이 문자 삼촌은 고래고래 소리를 질렀다.

"이게 자꾸 죽으려고 하잖아. 살려주겠다는데 왜 자꾸 죽으려고 하는 거야!"

삼촌은 다시 쾅 발을 구르며 청개구리를 향해 외쳤다.

"가라고. 빨리 가라고!"

그 소릴 듣고 놀라서 움직인 건 청개구리가 아니라 나였다. 삼촌이 단단한 자주색 채찍으로 변해 청개구리를 찍어 죽이려 하고 있었기 때문이다. 나는 얼른 청개구리 앞에 쪼그려 앉았다.

"얼른 가라니까. 이러다 너 죽어."

정말로 계속 거기 있다가는 점점 더 발을 세게 구르며 흥분하는 삼촌에게 밟혀 죽을지도 몰랐다. 할 수 없이 난 손으로 청개구리를 집었다. 인도 구석에 엉성한 콘크리트 마감질로 생긴 작은 구멍. 그 안으로 청개구리를 밀어 넣고는 넓적한 풀잎을 떼다가 가렸다. 당장은 답답하더라도 삼촌 눈에 띄는 것보단 나았으니까.

시장에 다녀오던 할머니가 모든 걸 지켜보았다. 할머니는 전당포 문을 열며 혀를 찼다.

"개구락지 하나 갖다가 저리 난리굿이니 곧 사람 하나 잡겠네. 다들 거리 노중이 씐 게 분명해."

굿판이 벌어진 건 할머니가 그 말을 하고 며칠 뒤였다. 굿이라도 한판 해야 하나 틈틈이 기회를 보던 차에 전당포 사장님들 말을 듣고 이때다 싶었던 거다. 그러니까 쪽박공원에서 벌어진 자살

사건과 전당포 거리에 난 홍수, 삼촌의 발작과 엄마의 반항, 그 모든 것이 박수 할아버지가 슬립시티로 내려온, 할머니 말로는 오랜만에 "귀한 발걸음"을 한 이유였다.

*

쪽박공원에서 굿판이 벌어지던 날 난 몰래 나무 무대 뒤편 숲 속에 숨어들었다. 공원에 살던 카지노 거지들은 어디로 갔는지 보이지 않았다. 아침부터 사람들이 음식이 담긴 쟁반을 들고 공원을 들락거렸으니 그들도 가만히 누웠을 수만은 없었을 것이다.

두둥, 북소리가 울리자 내 머리 위에 밥알 닮은 꽃들이 부르르 떨렸다. 바람이 불어와 나무들이 살랑거렸다. 가지와 꽃들이 흔들리고 박수 할아버지의 비단 옷자락이 펄럭였다.

"인천 바다 장군님이시여, 태백 산중 산신령이시여, 이 혼들을 멈춰주십사, 여기 진혼굿을 올리오니."

나무로 만든 무대 위엔 사과, 배, 바나나, 파인애플, 돼지머리, 옛날 과자를 꽉꽉 채운 쟁반들이 놓였다. 그 앞엔 노란 치마를 입고 흰 고깔을 쓴 박수 할아버지가 서 있었다. 처음엔 중얼거리더니 점점 소리 높여 울부짖었다. 허리춤에서 검은색 권총 두 개를 빼 들고 덩실덩실 춤을 추었다. 칼이 아니다. 권총이었다. 그것도 모형 권총이 아니라 진짜 권총 같았다. 저게 그 유명한 쌍권총 굿인가. 할아버지는 권총을 두 손에 쥐고 제자리에서 두 발로 방방 뛰다가 곧 깨금발로 깽깽거리며 오두방정을 떨었다. 권총이 공중에서 휙휙 돌며 쩔그럭쩔그럭 소리를 낼 때마다 전당포 사장님들은 어어 하며 뒤로 물러섰다.

"백전노장 맥아더 권총이여. 혼 뜯어먹는 귀신들 명중, 적중, 백발백중해 주소서."

박수 할아버지가 춤을 추든 총을 쏘든 흰옷을 입고 북과 징을 치는 한 무리의 할아버지들은 연주에 흠뻑 빠져 있었다. 춤에 맞춰 소리를 내는지 음악에 맞춰 춤을 추는지, 춤과 소리는 하나 되어 공원 안을 뒹굴고 내달렸다.

춤을 추던 박수 할아버지가 우뚝 멈춰 섰다. 고개를 푹 숙이고 몸을 부르르 떨더니 "아니, 니가 어쩐 일이냐" 하며 울먹였다. 마치 다른 사람이라도 된 듯이. 남자 목소리도 여자 목소리도 아닌 낯선 목소리로,

"……내가 여태껏 여기서 널 기다려왔거늘 이 동네가 어째서 이렇게 변했느냐. 집들은 사라지고 저런 건물들이 올라갔네. 내 아들과 딸은 멀쩡한 정신으로 살고 있는 것이냐. ……내가 하고 싶었던 말이 있었는데, 내가 가기 전에 주고 싶던 사랑이 있었는데 그리지 못해서 나도 비통하다. 비통하여 가슴이 찢어진다. ……내가 어찌 이리 살 줄 알았더냐. 내가, 내가 어찌 이리될 줄 알았더냐. 숨이 끊기기 전에 딱 한마디 못 한 것이 이리 한으로

남아 이 땅에 영영 묶일 줄 몰랐더라."

박수 할아버지가 이상한 말을 늘어놓는 내내 할머니는 머리를 조아렸다. 다른 전당포 사장님들은 아예 땅바닥에 착 붙어버렸다.

"나만 그런 게 아니라 너도 그랬을 것이다. 날 보내고 몇십 년간 살아내느라 힘들었을 것이다. 나도 다 보고 있었느니라. 그래서 차마 이곳을 떠나지 못해 땅이 갈리고 하늘이 바뀌는 걸 보면서도, 날 쫓아내려 별 지랄 다 하는 걸 보면서도 끝내 여기 붙어 살려고 했느니라. 내 마누라, 내 딸, 내 아들 얼굴 한번 보려고 여기에 있었느니라. 아무리 보아도 허기가 채워지지 않아서 여기에 있었느니라."

이 대목에서 놀라운 일이 벌어졌다. 박수 할아버지가 할머니 어깨를 툭툭 치며 울기 시작하자 할머니가 엉엉 우는 소리를 냈다. 할머니가 우는 소리를 내는 건 그때 처음 봤다. 진짜로 우는지 우는 시늉만 내는지 멀리서 봐 알 수 없었지만 흐느끼는 소리만 들어도 가슴이 찡했다.

주저앉아 울던 박수 할아버지가 흐트러진 옷을 가지런히 고르고 무대로 다가갔다. 돼지머리를 집어 들더니 얼굴을 파묻고 마구 뜯어먹었다. 며칠을 굶은 사람처럼. 할아버지는 돼지머리 살점을 이에 물고 그 자리에서 빙글빙글 돌았다. 그러자 돼지머리에 꽂힌 만 원짜리 지폐가 무대 위로 흩날렸다. 할머니는 아이고 하면서 두 손을 모아 빌었다. 소리치다가 울다가 물어뜯다가 빙글빙글 돌다가 다시 또 빌다가 박수 할아버지와 할머니는 손발이 척 척 맞았다.

나에게 어떤 말들이 들려온 건 굿판이 한창 벌어지던 그때였다. 저 멀리서가 아니라 바로 여기 내 가슴속에서 들려오는 말소리. 나는 가슴을 손바닥으로 지그시 누르며 굿판에 모인 사람들의 표정을 살폈다. 할머니도, 삼촌도, 전당포 사장님들도 두려워하는 눈빛으로 두 손을 모아 빌거나 바닥에 엎드려 있었다. 북소리에 맞춰 심장이 두근두근 뛰고 어두워지는 숲속에 나만 혼자 있는 것 같았다.

*

처음에는 풍선에서 바람이 씨이익 빠지는 소리, 밥솥에서 김이 빠지면서 들려오는 소리 같았다. 그게 경고음인지 정말로 뭔가 빠져나가는 소리인지는 모르지만 생각할 틈도 없이 곧장 나에게 내달려 왔다. 나무의 말을 들으려 하지 마라. 나무가 되어 사람의 말을 들어라. 말들은 꼬리에 꼬리를 물고 이어진다. 둥글게 굽어졌다가 판판하게 펴졌다가 화살이 되었다가 나비가 되어 어지럽게 춤춘다. 숲이 내 안으로 들어와 숲이 된다. 나무가 내 안으로 들어와 나무가 되고 바람이 내 안으로 들어와 바람이 된다. 누군가 내 머리를 위로 끌어 올리는 것처럼 몸이 가뿐해진다. 흔들리는 몸을 버텨보려고 팔을 뻗지만 아무것도 잡히지 않아서 춤을 추듯 휘청거린다. 아니, 그 휘청거림이 날갯짓이 되어 나는 날고 있다. 두 발이 점점 공중으로 들리고 나는 손과 팔을 저으며 하늘로 올라간다. 나무에 햇빛은 가려지고 머리 위는 녹색 천장으로 가득 찬다. 나뭇가지가 부드럽게 내 머리를 쓰다듬고 햇빛에 눈이 부시다. 몸이 떠오르는 동안에는 아무 생각도 할 수 없다. 날고 있다는 것만으로도 머릿속이 부풀어 오른다.

천천히 나무 꼭대기로 오르니 눈앞에 지음의 풍경이 펼쳐진다. 얼룩덜룩한 전당포 상가 옥상이, 저 멀리 배를 닮은 랜드가. 나는 지음초등학교 운동장 위로 날아간다. 스탠드 옆 빨간색과 녹색 정글짐 사이를 돌아다니고 은빛으로 빛나는 철봉에 매달려 시큼한 쇠 냄새를 맡는다. 하늘에서 내려다본 운동장, 가운데를 차지한 아이들과 구석으로 밀려난 아이들이 있다. 가운데엔 아이들이 개구리처럼 팔딱거리며 공이 굴러가는 곳으로 몰려간다. 구석에는 바닥에 납작 엎드린 아이들이 돌로 흙바닥에 그림을 그리고 빨간 주사위를 굴린다. 어른들이 랜드에서 가져온 분홍색 칩을 쌓아두고 아이들만의 게임을 한다. 어른들과 똑같은 표정을 지으며 몸짓을 따라 하고 탄성과 비명을 질러댄다. 랜드에선 주사위도 굴리고 바퀴도 돌리고 카드도 치고 버튼도 누른다던데. 아이들이 어른들을 그대로 흉내 낸다. 칩을 잃고 화를 내거나 흙바닥을 퍽하고 차거나. 그러다 땅을 잘못 차서 아픈 발을 부여잡고 깨금발로 동동거린다.

이제 나는 말고개 송신탑 위를 지나 소잡는골로 유유히 날아서 내려간다. 지음교회부터 범바위골까지 자유롭게 날아다닌다. 작은 꽃들이 오래전부터 피어 있는 곳. 산속에 올라탄 작은 집들. 바위 속에 사는 사람들. 지장산 도롱이못으로 날아가 물을 내려다보고 랜드로 날아가 산비탈을 따라 세운 콘크리트 벽 곳곳을 받친 쇠기둥을 바라본다. 이스트지저스와 웨스트부다스를 넘나들고 랜드와 지음, 슬립시티를 넘어 하늘 높이 올라가면 산줄기와 강줄기가 작고 어렴풋이 보인다. 산은 산이 되고 숲은 숲이 된다. 새들은 숨고 나는 날아간다.

엄마! 할머니! 삼촌! 내가 날고 있어요! 내가 하늘에서 보았던 것들을 얘기하면 어른들은 믿어줄까. 아냐, 다시 눈을 감았다 뜨면 난 땅 위에 두 발을 딛고 서 있을 거야.

북소리와 징소리가 점점 높아지면서 빨라진다. 박수 할아버지는 빨간색 고무 다라이 안에 한과며 과일이며 싹 다 던져 넣는다. 거기에 붉은 닭 피를 뿌리고 빨래하듯이 문대고 짓이긴다. 걸신들린 사람처럼 입에 음식을 쑤셔 넣는다. 시늉만 하고 뱉는 게 아니라 정말로 다 입속으로, 배 속으로 욱여넣는다. 다라이에 든 음식이 줄어들자 할머니가 짧은 탄성을 터트린다. 다른 전당포 사장님들도 놀라서 얼어붙는다. 거기에 있는 사람은 박수 할아버지가 아니다. 공원에 살던 카지노 거지다. 자살한 전당포 주인이다. 랜드의 건축 기사다. 그들의 영혼이 박수 할아버지에게 옮겨 붙어 붉은 과일을 먹고 있다.

박수 할아버지는 음식들을 다 먹어치우고 나서 그 자리에 무릎을 꿇는다. 빨간 다라이가 나뒹군다. 흰 고깔이 벗겨지고 노란 머리는 헝클어져 있다. 붉은 피를 입에 묻힌 채 트림을 하고선 중얼거리다가 흐느낀다. 그 울음은 점점 커지더니 북소리 징소리를 뚫고 공원 안을 가득 메웠다가 천천히 작아져 연기처럼 하늘로 올라가 사라진다. 바람이 잠잠해져 나무들도 흔들리지 않고 전당포 사장님들의 옷도 펄럭이지 않는다. 나는 다시 땅으로 천천히 내려오고 나무들의 소리는 사라진다. 사람들의 표정과 눈빛이 내 안으로 들어왔다가 나간다. 그 짧은 시간 부드러운 땅 위에 두 발이 닿을락 말락 공중에서 버둥거리다가 땅을 딛는다. 굿판은 끝나고 잔잔해지는 바람결에 나는 그 말을 들었다.

움직이고 있어. 이미 시작됐어. 모두 사라졌어.

지음의 숲, 지음의 나무, 지음의 돌, 지음의 모든 것이 앞으로 나에게 펼쳐질 어떤 일들을 말해주고 있었다. 랜드가 생기기 전부터, 탄광이 생기기 전부터, 아주 오래전부터 지음을 지키고 있던 것들이 작은 목소리로 날 부르고 있었다. 그 목소리는 공중 위에 흩뿌려졌다가 어떤 장면이 되어 나에게 돌아왔다. 예전엔 어렴풋이 보이던 장면이, 이제 생생하게 내 눈앞에 펼쳐졌다. 큰 화면을 중심으로 수백 개의 책상과 의자가 부채꼴 모양으로 쫙 펼쳐져 놓여 있다. 의자에 앉은 검은 머리들은 자기 앞에 뜬 숫자들과 저 멀리 큰 화면에 뜬 숫자들을 번갈아 본다. 뭘 하는지 알 수 없지만 화면의 숫자가 바뀔 때마다 땅이 흔들리고 사람들은 비명을 질렀다. 숫자가 올라가면 입꼬리가 올라가고 숫자가 내려가면 입꼬리도 내려간다. 숫자가 빨간색이 되면 환호성을 터트리고 파란색이 되면 야유를 퍼붓는다. 줄 맞춰 놓인 기계에서 나타났다 사라지는 그림들, 카드와 주사위와 구슬이 돌아가는 테이블들이, 이리저리 바쁘게 움직이는 검은 머리들. 붉은 불꽃 안으로 푸른 물길이 뱅글뱅글 돌면서 이어지고 검은 머리들도 뱅글뱅글 돌아 구멍 속으로 사라진다. 숫자와 사람들이, 동그랗고 알록달록한 것들이, 하얗고 번쩍번쩍 빛나는 것들이 모두 수챗구멍에 빨려 들어가듯 검은 구멍 속으로 사라졌다.

블랙잭

누구나 자신만의 이야기를 갖고 살아가지만 그 이야기의 앞뒤를 알지는 못한다. 만약 이야기가 정해져 있거나 어떻게 펼쳐질지 안다면 나는 내 안에 들어 있던 그 기억을 오래 바라보지 않았을 것이다.

날카롭고 단단한 얼음 속, 웅성대는 사람들 사이에서 불빛이 번쩍이던 분수대. 물줄기가 치솟고 노래가 흘러나오고 어른들은 목을 긁적이며 구경한다. 어느새 나는 아기가 되어 기억들 사이를 걸어간다. 시간은 어둠 속으로 빙글빙글 돌아 사라지고 없지만 따따따라라라라라, 이제 나는 그게 무슨 노래인지 안다. 흥겨운 음악에 물줄기를 뿜는 분수대 가운데에서 반짝이는 글자 LAND. 붉고 노랗고 파란 불빛 사이에서 물줄기가 춤을 춘다.

아빠의 손을 잡으려던 내 손이 허공을 가른다. 곁에는 아무도 없다. 분수대의 불빛은 꺼지고 물줄기도 낮아지고 노랫소리가 멈춘다. 주위는 희뿌연 안개로 가득하고 저 너머에서 쿵쿵 무너지는 소리, 울부짖는 소리가 들려온다. 튀어 오르는 동그란 그림자, 넘어지는 숫자, 갸우뚱거리는 바닥. 사라져 가는 문. 벽 안에 있던 쓰레기들이 밖으로 펑! 포개진 몸. 발목과 발목. 다리와 다리. 그리고…… 나를 따라다니던 장면이 안개 속에서 그림자 인형극이 되어 펼쳐진다. 처음엔 무섭고 낯설기만 했는데 이젠 그게 무얼 뜻하는지 알 듯하다. 내가 지금 어디로 가야 하는지도.

*

전당포 거리 사람들은 랜드에 가지 않는다. 전당포에서 돈을 빌린 손님들이 결국 어떤 꼴을 당하는지 잘 알기 때문이다. 삼촌이 전 재산을 들고 랜드에 올라갔다가 파산한 뒤로는 더욱 그랬다. 딱 한 명만 빼놓고 말이다. 이 거리에서 랜드에 올라가는 사람은, 아니 올라가야 할 놈은 스피드전당포의 용 사장님뿐이라고 할머니가 그랬다. 내가 스피드전당포에 놀러 가기 시작한 건 할머니의 그 말을 들은 뒤부터였다.

그날도 나는 할머니 전당포에서 통창으로 스피드전당포를 건너다보고 있었다. 창밖으로 보이는 거리에선 두 남자가 막 싸움을 벌이려던 참이었다. 검정 티셔츠와 흰 티셔츠를 입은 남자였는데 검정 티셔츠가 흰 티셔츠보다 덩치가 컸다. 흰 티셔츠는 손가방과 핸드폰을 화단에 내려놓고 검정 티셔츠에게 달려들려다가 다시 뒤로 물러서 손목에 찬 은시계를 풀었다. 흰 티셔츠가 밀어붙이고 검정 티셔츠가 뒤로 물러섰다. 흰 티셔츠가 주먹을 휘두르며 다가가자 검정 티셔츠는 발로 차고 가슴을 밀치며 거리를 벌리려 했다. 둘은 인도 이쪽 끝에서 저쪽 끝으로 가더니 방향을 틀어 차도로 내려갔다. 지친 듯 동작이 금세 느려졌지만 흰 티셔츠는 다리를 휘청이면서도 주먹질을 멈추지 않았다. 춤을 추는 것도 같고 꿈속에서 벌어진 싸움 같기도 했다.

전당포 거리에서 이런 싸움은 흔하다. 싸움이 나면 할머니가 가장 먼저 경찰서에 신고 전화를 하는데 그날은 아니었다. 할머니가 서울에서 내려온 시계방 할아버지와 실랑이를 벌이느라 바빴기 때문이다. 일주일 전에 은색 손목시계가 들어와 햇빛에 비춰보고 소리도 들어보고 나서 200만 원을 내주었는데 시계방 할아버지가 그 시계를 가짜라고 했다.

"동 여사가 이런 실수 하는 건 처음 보네."

시계방 할아버지가 허허 웃는 동안 할머니는 손목시계를 만지작거리며 요즘 들어 부쩍 자주 보이던 표정을 지었다. 콕 집어 설명하긴 어렵지만 "그러게, 내가 왜 그랬지" 하는 듯한.

할아버지 제삿날에 엄마랑 싸운 뒤부터였나. 쪽박공원 굿판에서 엉엉 울고 난 뒤부터였나. 할머니는 그런 표정을 지었다. 2층 거실 창문 밖으로 팔을 쭈욱 내밀고서도("비가 오는지 눈이 내리는지 그냥 보는 거다"). 작은 소리에도 깜짝 놀라 현관으로 달려가 문고리를 잡고서도("어데서 애 우는 소리 안 들리나?"). 더욱 심각한 것은 일수 장부의 숫자를 틀리고 나서도 그런 표정을 지었다는 거다. 생전 그런 일이 없었는데 돈을 빌려준 사람에게 전화를 걸어 액수를 확인해 보거나 장부 위에 줄을 긋고 다시 숫자를 써넣어야 하는 일들이 이틀에 한 번꼴로 생겼다.

할머니가 시계방 할아버지한테 따졌다.

"여 모델 번호도 다 있꾸 이거 가짜 아니래요."

"큰일 날 소리. 여태껏 이런 번호를 본 적이 없어요. 여기 와인더도 삐걱거리고 크라운도 튀어나온 게 네 개뿐인데."

할머니는 여전히 못 알아듣겠다는 얼굴이었다.

"동 여사, 요즘 이상하네. 이런 건 척 보면 다 아는 건데. 정 그렇다면 한번 까봅시다."

할아버지는 기다란 쇠방망이에 시계알만 한 동그란 고리를 끼우더니 시계 뒤 뚜껑에 맞춰서 돌렸다.

할아버지가 손목시계를 여는 동안 창밖에는 경찰차가 달려와 멈춰 섰다. 차에서 경찰 셋이 내리자 흰 티셔츠와 검정 티셔츠는 곧바로 싸움을 멈췄다. 지칠 대로 지쳐서 누군가 말려주길 기다렸다는 듯이. 나이 든 경찰이 손짓하자 흰 티셔츠는 경찰차의 앞좌석에, 검정 티셔츠는 뒷좌석에 순순히 올랐다. 출발하기 전에 흰 티셔츠는 경찰차에서 내려 화단에 놓아둔 손가방과 핸드폰, 손목시계를 챙겨 다시 탔다. 차에 타지 못한 경찰이 경찰차를 따라 뒤뚱거리며 걸어갔다.

전당포 밖의 싸움은 끝났지만 전당포 안의 실랑이는 계속되었다. 할머니와 시계방 할아버지는 머리를 맞대고 시계 뚜껑 안쪽을 들여다봤다. 착착 맞물려 돌아가는 작디작은 시계태엽들. 시간은 멈추지 않고 흘러가고 있었다. 할머니의 목소리가 높아졌고, 나는 전당포를 슬며시 빠져나왔다. 내가 길을 건너 스피드전당포로 들어갈 때까지도 할머니는 시계를 들여다보며 뭐라고 중얼거리고 있었다.

*

스피드전당포 2층에는 담배 연기가 자욱했다. 용 사장님과 네 명의 청년회 회원들이 모여서 카드 판을 벌이는 중이었다. 칩들이 수북이 쌓인 테이블 위로 카드가 도는데 뒷모습만 보아도 아저씨들 얼굴이 계속 바뀌는 걸 알 수 있었다. 웃다가 침묵하다가 찌푸리다가 다시 활짝 웃는다. 눈을 감았다가 눈을 반쯤 뜨고, 눈 끝을 늘어뜨려 웃다가 입꼬리를 올리며 웃고, 잠시 침묵하다가 다시 웃는다.

용 사장님이 카드를 돌리다가 날 보고 말했다.

"또 왔냐? 여긴 VIP 층이야. 등록을 하신 분들만 들어올 수 있다구."

"등록 안 해도 되지. 용 사장, 니 VIP잖아."

김 사장님은 눈썹을 아래로 찡그리고 목을 쥐어짜며 말했는데 커다란 덩치에 어울리지 않게 목소리가 가냘파서 그 말이 우스꽝스럽게 들렸다.

"밖에 경찰이 왜 왔지?"

"싸움이 났어요."

"햐, 이게 찔려가지고. 잘못한 놈은 맘 편히 못 산다니까."

용 사장님과 말을 주고받고 있는데 등을 지고 앉은 이 부장님이 나를 쓱 돌아보았다.

"꼬마야, 조용히 해라. 지금 우린 불슈 났거든."

그러곤 다시 카드에 집중했다. 아저씨들은 웃으면서 옆 사람과 떠들고, 또 게임에 집중하는 것 같다가도 어느 순간엔 아무 생각 없이 셔플하는 용 사장님의 손만 바라보았다.

"구구네! 싸나이는 스플릿이지."

황 주방장님이 외치자 나머지 넷은 한숨을 쉬었다.

"아, 새끼, 또 시작이네."

이 부장님이 투덜거렸다.

"이번 판 끝나면 어차피 다시 셔플할 건데 뭐."

황 주방장님이 어깨를 으쓱해 보였다.

"말 많네. 카드 돌린다."

용 사장님이 딱 잘라 말했다. 다들 한마디씩 하는데 양 관장님만 말이 없었다. 이럴 땐 말 없는 사람이 돈 잃은 사람이다. 다른 아저씨들 앞에는 칩들이 아파트 단지를 이루고 있는데 용 사장님과 양 관장님 앞에는 아파트 한 동뿐이었다. 불슈가 났을 때 딜러가 돈을 잃는 건 당연하니 결국 양 관장님 혼자만 잃고 있는 셈이었다.

용 사장님이 카드를 돌리자 황 주방장님과 김 사장님이 차례대로 손뼉을 짝 치며 손을 털었다. 이 부장님도 카드를 내팽개쳤다.

"이 봐라, 흐름 끊겼잖아. 카드 하루 이틀 치는 것도 아니고."

셋 다 카드의 합이 21을 넘겼다.

이제 양 관장님만 남았다. 딜러인 용 사장님 앞에는 스페이드 10과 뒤집힌 카드 한 장이, 양 관장님 앞에는 다이아몬드 8과 하트 6이 놓여 있었다. 나머지 카드는 다 열어젖힌 상태이고 양 관장님만 딜러인 용 사장님과 단둘이 남아서 카드를 더 받아야 할지 말아야 할지 고민하는 중이었다.

"황가가 구구 스플릿을 쳤으니 9 두 장이 깔렸다 이거지. 그럼 히트다!"

양 관장님이 말하자 용 사장님이 카드를 돌렸다. 양 관장님 카드는 클로버 5였다. 용 사장님의 뒤집힌 카드는 다이아몬드 9였다. 둘 다 똑같은 19가 나왔다.

양 관장님은 용 사장님 쪽으로 카드를 획 던졌다.

"아, 개떡 같네. 두 시간에 700이나 빨리고. 다들 불슈 났는데 왜 나만 죽이지? 먹을 만하다 싶으면 왜 죄다 푸시냐고."

21에 가까운 숫자를 만들면 이기는 게임. 양 관장님이 19가 나와서 이길 줄 알았는데 용 사장님도 똑같은 19가 나오는 바람에 비기고 말았다는 얘기다. 그래서 이번 판에 걸린 돈이 다음 판으로 넘어가게 됐다. 용 사장님은 테이블 아래 흐트러진 카드를 모아 셔플기에 다시 채워 넣었다. 잠시 판이 멈춘 동안 이 부장님이 실쭉 웃었다.

"오늘 1000만 원은 빨릴 기세인데? 저 꼬마가 해도 니보단 잘하겠다."

양 관장님만 빼놓고 다들 웃었다. 용 사장님이 "됐다. 쟨 그냥 놔둬"라고 중얼거렸지만 양 관장님은 천천히 입을 뗐다.

"초심자의 운이란 게 있지……."

"하지 말라고."

용 사장님이 가로막았지만 양 관장님은 나를 보며 끝까지 말을 이어갔다.

"그림 안 나온다고 도망칠 데도 없고. 여긴 완전 감옥이야 감옥. 면회 온 김에 니가 함 해볼래? 게임 앞에서 인간은 다 평등하다고 누가 그랬더라."

용 사장님이 허허 웃으며 도움을 청하는 눈빛을 보냈지만 다들 끼고 싶지 않은 눈치였다. 황 주방장님이 먼저 발을 뺐다.

"니네 둘만 꼬라박고 있으니 둘이 알아서 해결해라."

김 사장님도 빈정거렸다.

"그래, 좆밥 싸움이 젤 재밌지."

양 관장님이 김 사장님에게 눈을 흘기며 자리에서 슬쩍 일어 났다. 아저씨들이 하도 떠들어대니 신경이 날카로워진 듯했다. 양 관장님은 크고 두꺼운 손으로 그 자리에 나를 끌어 앉히고는 내 귓가에 대고 말했다.

"이번 판은 내가 니 쩐주다. 니가 내 선수고. 함 달려봐라."

*

이 부장님과 김 사장님, 황 주방장님은 빙글빙글 웃는데 용 사 장님만 혼자 웃지 않았다.

"쟤가 끼는 대신에 나도 조건이 있어. 이번엔 내가 먼저 받는 걸로."

"야, 뭔 딜러가 먼저 받냐. 그딴 게 어딨어?"

"여기 있지. 꼬우면 꼬마 병정 돌리지 말고 그냥 니가 하든가."

양 관장님은 말이 없었다.

181

"그럼 진짜 카드 돌린다."

용 사장님이 셔플기에서 카드를 꺼내 테이블 위로 던졌다. 카드가 테이블 위를 미끄러져 내 앞으로 날아왔다. 용 사장님의 카드는 다이아몬드 잭이었고 내 카드는 클로버 에이스였다. "에이스와 잭이라." 뒤에서 양 관장님이 중얼거렸다.

첫 번째 카드를 받고 나서 내가 물었다.

"랜드엔 분수대가 있어요?"

용 사장님은 카드에서 눈을 떼지 않았다.

"안에? 밖에?"

"밖에요."

용 사장님은 두 번째 카드를 돌렸다. 이번에 용 사장님은 하트 3이고 나는 스페이드 3이었다.

내가 받은 카드는 클로버 에이스와 스페이드 3이었다. 클로버 에이스를 1로 생각하면 합이 4였고 11로 생각하면 합이 14였다. 용 사장님이 받은 카드는 다이아몬드 잭과 하트 3이었다. 다이아몬드 잭은 10으로 계산하니 합이 13이었다.

김 사장님이 끼어들었다.

"랜드 정문 지나서 카지노 입구 가기 전에 하나 있지."

"영어로 랜드라고 쓰여 있나요? 엘, 에이, 엔, 디. 분수대에?"

"그건 잘 모르겠는데."

"그럼 음악 분수대예요? 음악에 맞춰서 물이 막 나왔다 들어갔다 하는?"

"맞네. 처음 개장했을 땐 계속 틀어놨는데 요즘엔 잘 안 틀더라고. 근데 넌 그걸 어떻게 아냐?"

카드를 보며 생각에 잠겨 있던 용 사장님이 입을 열었다.

"13으로 이번 판 먹을 수 있으려나. 에이, 난 히트!"

용 사장님에게 카드가 한 장 돌아갔다. 스페이드 6이었다. 합이 19가 되었다. 전 판과 똑같이. 그제야 용 사장님 얼굴에 웃음이 돌았다. 용 사장님은 내 얼굴을 똑바로 바라보더니 손바닥으로 카드 위를 덮었다.

"이 정도면 더 받을 필요는 없지."

이제 내 차례다. 용 사장님이 19였으니 히트를 해서 카드를 더 받아야 했다. 에이스를 11이라고 보면 내 합은 14라서 6이나 7이 나와야 이긴다. 그러나 에이스를 1이라고 보면 내 합은 4고 21에 가까이 가려면 두 번 정도 더 히트를 할 수 있었다.

"꼬마 선수, 뭘 기다려. 히트 가야지."

내가 히트를 부르자 용 사장님이 카드를 돌렸고, 하트 퀸이 왔다. 이럴 땐 에이스를 11로 보면 합이 21을 넘어버리니 1로 보아야 한다. 그러면 다시 합은 14. 어쩔 수 없이 히트를 하니 클로버 5가 와서 합이 19가 되었다. 또 동점.

이 부장님이 양 관장님을 놀려댔다.

"오늘 날인가 보다."

용 사장님은 날 보며 말했다.

"아직 끝나진 않았지. 한 장 더 받아서 21 메이드해 볼래?"

비겨서 또 다음 판으로 넘어가는 판인데 용 사장님이 나에게 장난을 걸려는 수작이었다. 카드를 받는다 해도 1이나 2가 나올 가능성은 매우 낮았다. 게다가 난 이미 클로버 에이스 한 장을 갖고 있지 않나.

"야, 왜 애한테 장난치고 그래, 다음 판으로 가."

양 관장님 목소리가 높아졌다.

"쩐주는 빠지시고. 선수 의견이 중요하지."

용 사장님은 웃으면서 나에게 카드를 더 받겠냐고 물었다.

"제가 카드를 받아서 이기면 뭘 해주실 건데요?"

"해주긴 뭘 해줘. 니가 그냥 먹는 거지."

"그럼 다음 판으로 갈게요."

용 사장님이 기가 차다는 듯이 허 하고 웃었다.

"그래, 니가 이기면 해달라는 거 다 해주마."

"정말이죠? 아저씨들 들었죠?"

양 관장님을 빼놓고 아저씨들은 크게 웃었다. 이 부장님이 말했다.

"다 들었다. 약속을 안 지킬 순 없지. 우리가 보증한다."

"야, 너네 자꾸 내 돈 갖고 장난칠래? 안 돼, 안 된다고."

양 관장님이 끼어들기 전에 용 사장님이 얼른 셔플기 쪽으로 손을 가져가며 물었다.

"잠깐, 넌 그러면 뭘 해줄 건데?"

"저도 아저씨가 해달라는 거 다 해드릴게요."

"그렇단 말이지?"

용 사장님은 잠시 생각하더니 얼굴에 미소를 띠었다.

"다 해준다는 거지? 뭐든?"

나는 대답 대신 어른들처럼 손바닥으로 테이블을 쳤다.

"히트."

용 사장님과 친구들은 와 하고 웃으며 재밌어 죽겠다는 표정을 지었다.

용 사장님이 얼른 나에게 카드 한 장을 주었다. 카드 뒷면의 어지러운 무늬들, 양 관장님은 얼른 뒤집어 보고 싶어 들썩거렸다. 이 부장님이 양 관장님의 손등을 탁 쳤다.

"쩐주는 좀 참으시고. 선수보고 하라고 해."

아저씨들의 눈이 나를 향했다. 슬금슬금 뒤집어 볼까 카드를 겹쳐서 확인해 볼까 고민하다가 그냥 휙 뒤집었다. 클로버 2. 아저씨들은 비명에 가까운 환호성을 질렀다.

"21이네! 용 사장 넌 큰일 났다!"

아저씨들이 웃었다. 용 사장님은 입술을 실쭉거리더니 입맛을 다시며 앞에 놓인 칩만큼 칩을 더 쌓아 내 쪽으로 밀어줬다. 이제 용 사장님 앞은 벌판이 되고 양 관장님 앞은 아파트 단지가 되었다.

용 사장님은 테이블 위의 카드를 끌어모아 바닥으로 떨어뜨렸다. 얼른 다음 카드를 돌리려고 준비했다. 그러자 이 부장님이 혀를 찼다. "어허, 어물쩍 넘어가지 말고." 양 관장님도 칩을 세어보다가 멈추고 "꼬마랑 내기했잖아" 한마디 보탰다.

용 사장님은 고개를 저으며 아무 말도 하지 않았다. 나는 용 사장님이 입을 열길 기다렸다. 평소엔 쓸데없는 얘기를 잘도 하더니 이럴 땐 또 뜸을 들였다.

용 사장님은 나를 보며 물었다.

"넌 뭐가 갖고 싶은데?"

"갖고 싶은 건 없고요. 가고 싶은 덴 있어요."

"어딘데?"

"랜드요."

아저씨들이 웃었다.

"랜드? 그래, 나도 우리 애들 데리고 간 적 있거든. 거기 썬샤인이라고 햄버거가 맛있지."

"햄버거 때문 아닌데요."

"그런 거 싫어하냐? 혹시 한식파냐? 그럼 꼭대기 층에 올라가서 고기나 굽자, 한우. 지음보다 두 배 정도 비싸긴 하지만. 높은 데서 굽는 맛이 있지."

"한우도 싫어요."

"은근히 까다롭다, 마. 좋다 좋아, 5층 뷔페 먹으러 가자. 거긴

다 있으니까. 골라 먹으면 되겠지?"

"전 먹으러 가려는 게 아니에요."

"그럼 놀이공원? 워터 파크? 그도 아니면……."

"카지노에 가고 싶어요."

"뭐?"

내가 그 말을 할 거라고 전혀 예상을 못 했는지 나를 바라보는 용 사장님의 눈빛이 흔들렸다.

"카지노요, 카지노에 가고 싶어요."

내가 한 번 더 말하자 아저씨들의 웃음소리가 더 커졌다. 용 사장님은 얼굴을 찌푸렸다.

"야, 애들은 카지노에 못 들어가."

"왜요?"

"그야 애들한테 안 좋으니까 그렇지."

"뭐가 안 좋은데요? 저는 도박하겠다는 게 아니고요. 그냥 카지노 안이 어떻게 생겼나 구경하고 싶다는 거예요."

용 사장님이 답답하다는 듯이 한 손으로 목을 두드리고 있는데 꽁지 김 사장님이 거들었다.

"맞네. 애들이라고 못 들어갈 건 없지. 도박을 하겠다는 것도 아니고."

용 사장님이 물었다.

"너 신분증 있어?"

187

"아뇨."

"신분증 없으면 입장권도 못 사. 그리고 입장권 사도 못 들어가. 방법이 없어."

황 주방장님이 이 부장님을 보았다.

"안에 들어가기만 하는 거라면 방법이 없는 건 아니지."

이 부장님이 웃었고, 용 사장님이 얼른 말을 뺏었다.

"아무튼 안 돼. 내가 니네 할머니한테 무슨 소리를 들으려고."

"내기에 졌잖아요."

"그래도 안 돼."

"할머니한테 다 말할 거예요. 여기서 카드 쳤다고."

그때 양 관장님이 끼어들었다.

"그럼 이거 어떠냐. 이번 판 묻고 한 판 더 하는 거. 얠 카지노에 들여보내면 용 사장 니가 이기는 거고, 못 들여보내면 내가 이기는 거로. 이게 진짜 블랙잭 아니냐."

용 사장님은 양 관장님 앞에 쌓인 칩들을 내려다보았다. 네 줄이었다. 칩 하나에 10만 원이고 어림잡아 400만 원쯤 됐다.

"내가 판을 더 키워 볼까. 난, 못 들어간다에 건다."

김 사장님이 테이블 위의 자기 칩을 모두 밀었다.

"너넨?"

이 부장님과 황 주방장님은 웃으면서 칩을 밀었다.

"그럼 난, 들어간다지."

"오케이, 나도. 따면 엔빵이지?"

둘은 칩을 테이블 가운데로 밀었다. 칩 한 줄이 촤르륵 무너지면서 다른 칩들도 쓰러졌다. 테이블 한가운데에 칩 무더기가 작은 산처럼 쌓였다. 그 돈은 이제 1600만 원이 되어 있었다.

용 사장님은 카드 셔플기를 옆으로 탁 치우며 투덜댔다.

"야, 내가 잘못 걸렸네."

황 주방장님과 이 부장님을 번갈아 보았다. 말로는 잘못 걸렸다고 했지만 테이블에 쌓인 칩을 보며 빙글거리는 얼굴을 보니 어떻게 나를 카지노에 들여보낼까 벌써부터 궁리하고 있는 게 분명했다.

랜드

슬립시티에서 랜드로 가는 길은 가파른 오르막이다. 원래는 광부들이 통근 버스를 타고 다니던 흙길이었다는데 지금은 길을 넓히고 새로 포장하여 4차선 도로가 되었다. 안경다리를 지나 오분쯤 차를 타고 올라가니 길옆으로 빽빽한 전나무 숲이 나온다. 머리 위로 이어지는 녹색 터널. 나뭇잎 사이로 비집고 들어오는 햇빛에 눈앞이 어두워졌다. 이렇게 잠시 햇빛에 눈이 부셔 아무것도 보이지 않을 때면, 말고개 길을 걸어 올라가다가 살랑대는 바람을 맞을 때면, 아침마다 지장산에서 안개인지 구름인지 모를 흰 뭉치들이 슬슬 아래로 내려올 때면, 찬 바람을 타고 젖은 공기가 코 안으로 쑥 들어올 때면, 할머니의 고장 난 라디오 소리가 끊이지 않고 꿈 안팎에서 들려올 때면, 파라락 삼촌이 책장 넘기는 소리가 딱 멈춰 설 때면, 왜 그래, 왜 그런데, 엄마의 목소리가 들려올 때면 지금 내가 어디에 있는지, 어디에서 와서 어디로 가는지 궁금해졌다.

긴 녹색 터널을 빠져나오자 랜드가 나타났다. 하얗게 빛나는 거대한 배가 지장산 한가운데 우뚝 솟아 있다. 안개가 산을 타고 슬슬 내려와 랜드는 녹색 바다 위를 떠다니는 여객선 같았다.

차를 타고 올라오는 내내 용 사장님은 나에게 한마디 말도 걸지 않았다. 전당포 거리에서 나를 태울 때 "아무한테도 얘기 안 했지?"라고 물은 게 다다. 구불구불한 길이 끝나고 랜드 입구에 다다랐을 때쯤 용 사장님이 다시 입을 열었다.

"카지노엔 왜 그렇게 가고 싶은 거냐?"

나는 머뭇거리다가 말했다.

"제가 본 것들을 확인하려고요."

차창 밖 도로에는 보라색 셔틀버스와 검은 택시들이 줄줄이 서 있었다. 사람들이 몰려든 카지노 센터 앞에는 분수대가 보였다. 자주색 조명이 번쩍이고 음악에 맞춰 물줄기를 내뿜고 있는 분수대. 거기엔 LAND 금색 글자가 빛나고 있었다.

"뭘 봤는데?"

"하얗고 번쩍번쩍 빛나는 것들이요. 모두 검은 구멍 속으로 사라졌어요."

"앤 이상한 소리만 하네……. 너 정말 잠깐 보고만 오는 거야. 엄마한테도, 할머니한테도 말하면 안 되는 거, 알지?"

물어보긴 했지만 딱히 관심 없다는 말투와 표정. 그런 용 사장님의 무관심이 내 안에서 가물거리던 약간의 불안감마저 훅 불어서 꺼트렸다.

＊

지하 주차장은 어둡고 축축했다. 바닥에는 물웅덩이가 여기저기 고여 있었다.

"지하수가 또 새나?"

용 사장님은 운전석 창문을 열어 지하 주차장 천장을 올려다 봤다. 천장에 붙은 빨강 파이프와 파랑 파이프에서 물이 뚝뚝 떨어졌다. 물이 고이지 않은 자리를 찾아 주차장 안을 돌았지만 빈 자리에는 어김없이 물웅덩이가 있었다. 세 바퀴쯤 돌았을 때 흰색 차 한 대가 헤드라이트를 켜고 슬슬 움직였다. 용 사장님은 기다렸다가 흰색 차가 빠져나간 자리에 얼른 차를 댔다.

지하 주차장은 철문을 달아놓은 동굴 같았다. 용 사장님은 벽에 붙은 화살표를 보지도 않고 한 방향으로만 걸어갔다.

"혹시 머리 아프냐?"

용 사장님이 나를 보며 손가락을 자기 머리에 가져다 댔다.

"얼굴을 찡그리고 있는데?"

"축축한 시멘트 냄새가 나요. 뭔가 타는 냄새 같아요."

용 사장님은 큿큿거렸다.

"지하 주차장 냄새인데?"

그러고 나서 차에서 했던 말을 되풀이했다.

"정말 잠깐만 보고 오는 거다."

랜드 지하 입구로 들어가니 커다란 홀이 나왔다. 눈앞이 밝아졌다. 천장이 높고 공간이 깊어져 두 귀가 먹먹했다. 입구 옆으로 보석 가게, 가방 가게, 시계 가게, 구두 가게, 와인 가게가 늘어서 있다. 거울과 유리로 된 미로다. 거울로 된 복도가 끝나면 유리가, 유리 안에는 물건들이 보인다. 900만 원짜리 진주목걸이, 300만 원짜리 사파이어, 1000만 원짜리 다이아몬드. 작은 태엽들이 보이는 회중시계는 200만 원이고 금색 용이 새겨진 만년필은 990만 원이다. 유리가 끝나면 다시 거울 속 내가 보이고 내 뒤로는 사람들이 끊임없이 흘러갔다.

홀 가운데에는 기다란 에스컬레이터가 1층을 향해 완만한 곡선을 그리며 뻗어 있다. 위쪽 천장이 뻥 뚫려 있어 마치 하늘로 올라가는 무지개 같다. 유리 천장에서 햇빛이 떨어지고 흰 대리석 바닥 홀 안의 소리가 반사된다. 크고 작은 분수대들. 공중에 매달린 흰색 플라스틱 꽃과 나무들. 보라색, 노란색 작은 전구들. 그 밑을 지나니 금빛의 널찍한 통로가 나왔다. 천장과 벽과 바닥이 금빛으로 빛났다. 유리문 틀도 금색, 천장에 매달린 샹들리에에도 금색, 굵은 기둥에 박힌 조명도 금색이었다. 조명은 조금씩 모양이 다르지만 똑같이 금색 테두리를 두르고 노란빛을 냈다. 반질반질한 베이지색 바닥도 황금색으로 빛났다. 계단 난간에는 금색 촛대가 세워져 있고 그 옆에 쓰레기통도 금색이었다.

금빛 통로 끝에 CASINO라고 쓰인 입구가 있었다. 안경다리 위쪽에 설치된 웰컴 투 랜드와 똑같은 글자 모양이다. 전당포 거리의 LED 광고판처럼 색깔이 바뀌며 쉴 새 없이 돌아간다. 그 앞에는 검은 양복을 입은 남자 둘이 손에 무전기를 들고 어슬렁거리는데 용 사장님보다 목 하나는 더 큰 덩치들이다. 한 명은 머리칼이 한 올도 없는 대머리에 근육질이고 다른 한 명은 짧은 머리에 다리가 긴 남자다. 그들 뒤에선 남색 제복을 입은 젊은 여자 둘과 아저씨 하나가 자리에 앉아서 입장권을 받고 있다. 입구 너머로 코끼리처럼 크고 검은 기계들이 보인다. 울긋불긋한 카펫 위엔 녹색과 빨간색 불들이 윙윙 돌고 있는데 마치 저 안에 엄청나게 큰 폭포라도 있는 듯 쿠쿠쿠 소리가 났다.

"여기로 들어가면 되나요?"

내가 묻자 용 사장님은 웃었다.

"우리가 표 끊고 들어갈 거는 아니잖아? 우리 전용 입구는 따로 있지."

"카지노로 들어가는 통로는 세 개야. 손님 들어가는 통로, 딜러 들어가는 통로, 물건 들어가는 통로. 첫 번째는 애들이 못 들어가. 랜드 할애비가 데려와도 안 돼. 두 번째는 보는 눈이 많고. 그럼 결국 어딘지 알겠지?"

용 사장님이 황 주방장님을 봤다.

"할 만한데? 어차피 업자들도 식자재 들고 들락거리거든. 입구가 손님들 못 보게 숨겨져 있고. 거기까지만 데려와. 2층 식당으로 올라갔다가 카지노로 내려가면 되니까. 근데 거기 CCTV가 없나?"

황 주방장님이 이 부장님을 봤다.

"어차피 카지노 안에 사각지대는 없어. 화장실만 빼고. 손님들이 하도 시비를 걸고 칩도 잃어먹어서 말이야. 식당도 다 찍히니까 애랑 잘 붙어서 다녀야 된다. 내가 플로어 있을 때 말고 감시팀에 근무할 때 오면 돼. 그쪽 카메라는 내가 커버할 거니까. 그렇다고 절대 계단 끝까지 내려가선 안 돼. 플로어 퍼슨이나 가드들이 보면 당장 쫓아올 거야. 딱 중간까지만 내려와서 봐야 된다."

이 부장님이 나를 봤다. 나는 고개를 끄덕였다.

아저씨들 말로는 카지노 2층에 식당이 하나 있단다. 2층 VIP실 회장님들만 가는 식당이라는데 카지노 안에서 밖으로 나가지 않고도 밥을 먹을 곳은 거기뿐이라고 했다. 예전에는 1층 손님들이 계단으로 올라가 밥을 먹기도 했다던데 지금은 1층 계단을 막아서 2층 회장님들만 다닌다고 한다. VIP 식당은 주문을 받으면 언제든 맛있는 요리를 내놓을 수 있게 온갖 신선한 재료를 늘 준비해 둬야 한다고 황 주방장님은 말했다. 매일같이 새로운 재료들을 들여와야 하고, 그때 이용하는 곳이 지하 2층 화물용 엘리베이터라는 것이다. 요리사들, 식당 종업원들도 다 거기로 다닌단다. 그러니까 나를 물건처럼 화물용 엘리베이터에 싣고 2층 VIP 식당으로 올려 보내는 것이 아저씨들이 생각한 방법이었다. 거기서 계단을 통해 1층 일반 카지노로 내려가면 용 사장님과 황 주방장님, 이 부장님이 돈을 따는 게임이었다.

지하 2층은 지하 주차장보다 두 배로 어둡고 서늘했다. 벽에는 연기에 그을린 검은 자국들이 보이고 바닥에서 구정물 냄새도 났다. 우주 비행선이라도 들어 있을 것처럼 깊고 넓고 축축한 공간. 트럭과 용달차와 봉고차가 차례차례 물건을 내려놓으면 랜드 일꾼들이 카트에 실어서 안으로 들여갔다. 각각 호텔과 카지노로 이어지는 두 개의 통로는 사람 말고 물건들이 들어가는 길이었다. 카지노의 테이블과 커다란 바퀴와 기계들도 이곳으로 들여갔다고 한다.

용 사장님이 신이 나서 떠들었다.

"봐라. 여기가 랜드의 하치장이다. 진짜 지하지. 물건만 들어가는 게 아냐. 호텔의 온갖 쓰레기와 오물이 이쪽으로 나온다. 매일 밤 똥차들이 이 아래로 와서 똥오줌을 퍼 간다고. 산속이라 하수도 시설이 별로거든."

나와 용 사장님이 내려갔을 때 하치장 한쪽 바닥에 깔린 파란 천 위에는 녹색 공들이 나뒹굴고 있었다. 가까이서 보니 녹색 공이 아니라 배추들이었다. 베이지색 점퍼를 입은 랜드 직원들이 여기저기 흩어진 배추들을 모아 다시 쌓는 중이었다. 그 옆에는 팔짱을 끼고 다리를 떨며 지켜보는 황 주방장님이 서 있었다.

"병신들, 배추 하나 못 쌓고. 아니, 멀쩡한 배추가 왜 무너져."

직원들을 나무라던 황 주방장님은 나와 용 사장님을 향해 손을 슬쩍 들었다. 가까이 다가가자 나를 한번 슥 보고 용 사장님한테 말했다.

"넌 같이 가서 인증 사진이나 찍어라. 양 관장 딴말하지 않게."

*

화물용 엘리베이터는 도서관 엘리베이터보다 열 배는 컸다. 벽은 여기저기 찌그러지고 바닥엔 박스 종이가 깔렸는데 누군가 토한 듯 역겨운 냄새가 진동했다. 황 주방장님이 목에 건 카드를 갖다 대며 2층 버튼을 누르니 문이 천천히 닫혔다. 얼마 올라가지 않아서 엘리베이터가 떨컥 멈춰 섰다. 2층 버튼은 불이 꺼져 있고 위쪽 표시등에 숫자 0이 떠 있었다.

"뭐야, 고장 난 거야?"

용 사장님이 2층 버튼을 연거푸 눌렀다. 엘리베이터 천장에 달린 불이 불안하게 깜빡였다.

"기다려 봐."

황 주방장님이 침착한 목소리로 말하자마자 깜빡이던 불마저 나가버려 엘리베이터 안은 순식간에 깜깜해졌다. 빛이 사라져서 어두워진 게 아니라 어둠이 빛을 삼켜버린 것 같았다. 눈을 어디에 둬야 할지 몰라 나도 모르게 옆에 있는 팔을 꽉 붙잡았다. 아, 하는 황 주방장님의 신음 소리가 들렸다.

"야, 괜찮아. 괜찮다고."

황 주방장님이 스마트폰을 열어 희미한 불을 비췄다. 용 사장님도 스마트폰 손전등 기능을 켜니 엘리베이터 안은 더 환해졌다. 하지만 내가 두려운 것은 어둠이 아니었다. 어둠과 동시에 훅 밀려든 냄새였다. 고무가 타는 매캐한 냄새. 지하 주차장에서 머리를 아프게 했던 냄새보다 두 배는 고약한데 용 사장님과 황 주방장님은 왜 모르는 걸까.

"정전인가? 인터폰 해야 하는 거 아냐?"

용 사장님이 걱정하며 물었다.

"카지노에 정전이 어딨냐? 그럼 난리 나지. 지난주부터 계속 이래. 비상 발전기 돌 때까지 잠깐만 기다려 봐."

황 주방장님은 그때도 엘리베이터가 멈춰 섰다고 했다. 인터폰도 고장 나서 황 주방장님이 엘리베이터 버튼 위에 붙은 시설 관리 기사 번호로 전화를 거니 기사는 느긋하게 지금 비상 발전기가 카지노장에 먼저 전기를 공급하느라 지하층은 좀 기다려야 한다고 했단다.

"카지노장은 정전 즉시 전기가 공급되고 호텔은 한 삼십 초 정도? 지하 하치장이 젤 마지막이래. 전화 끊고 일 분인가 있다가 다시 엘리베이터가 움직이긴 하더라."

"발전기도 사람 차별하네."

"밖에서 정전이 되든 전쟁이 나든 카지노 안에서는 아무도 몰라. 그래야 돈이 쭉쭉 들어오지 않겠어?"

"근데 정전은 왜 자꾸 나는 건데?"

용 사장님이 물었을 때 엘리베이터가 다시 딸깍이며 움직였다. 불이 켜지고 용 사장님과 황 주방장님의 얼굴이 보였다. 어둠이 사라지자 매캐한 냄새도 사라졌다.

"내 말 맞지?"

황 주방장님은 그것 보라는 표정이었다.

엘리베이터가 천천히 2층으로 올라갔다. 엘리베이터 문이 열리자 밝은 복도가 나타났다. 엘리베이터는 2층 식당의 주방 뒤쪽과 이어졌다. 식당으로 가려면 좁고 긴 복도를 지나가야 했는데 일직선으로 쭉 뻗은 복도가 아니라 걷다가 왼쪽으로, 오른쪽으로 빙글빙글 돌아가며 꺾어야 하는 복도였다. 발걸음을 옮길 때마다 어느 벽 속에서는 환호성이 들려오고 어느 벽 속에서는 츠츠 요리하는 소리가 들려왔다.

복도를 다 지나 문을 여니 넓은 홀이 나왔다. 밥 먹는 탁자들이 주르륵 놓여 있는데 정말이지 그런 식당은 처음 봤다. 식당인지 도서관인지 모를 정도로 조용했다. 노란 백열등 아래 놓인 나무 식탁과 의자들. 한 식탁에 두세 명이 같이 앉는 게 아니라 한 사람이 식탁 하나씩 차지했다. 그들은 말도 없이 앞에 놓인 그릇에 얼굴을 박고 숟가락을 겨우 움직여 입으로 음식을 떠 넣었다. 옆에 누가 앉아 있건 뒤로 누가 지나가건 신경 쓰지 않고 자기 밥그릇만 들여다봤다.

용 사장님의 스마트폰이 울렸다. 이 부장님 전화였다.

"거긴 난리 안 났냐?"

용 사장님은 한숨을 쉬며 조금 전 엘리베이터에서 있던 일을 설명했다. 곧 "오케이" 하고는 나를 내려다보았다.

"자, 그러면 들어간다."

*

어둠 속에서 움직이듯 나는 한 계단 한 계단 천천히 내려갔다. 계단 중간쯤 갔을 때 발아래로 드넓은 카지노장이 내려다보였다.

거기엔 쪽박공원에서 내 눈앞을 스쳤던 광경이 펼쳐져 있었다. 한
가운데에는 커다란 화면이 세워져 있다. 그걸 중심으로 검은 머
리들이 부채꼴로 앉아 있고, 주위엔 수십 개의 게임 테이블이, 다
시 그 주위엔 슬롯머신들이 둘러싸고 있다. 붉은 불꽃이 그려진
카펫 가운데로 푸른 카펫이 물길처럼 이쪽 끝에서 저쪽 끝으로
이어지고, 검은 머리들이 그 물길을 따라 계단 아래를 뱅글뱅글
돌았다. 커다란 바퀴들이 불빛을 번쩍이며 돌아가고, 기계에서는
띠로링 땡동 소리가 흘러나오고, 그 모든 광경을 천장에 박힌 수
백 개의 검은 눈들이 지켜보고 있었다.

　계단 위쪽을 쳐다보니 용 사장님은 이 부장님과 통화 중이었
다. 용 사장님은 고개를 까닥이며 나에게 더 내려가도 된다고 손
짓했다. 일곱 계단쯤 내려가자 눈앞이 더 넓어지고 카지노장이 가
까이 보였다. 계단 아래 기계들이 주르륵 세워진 곳에서 말소리도
들려왔다.

　"우리는 그냥 10번에서 교대로 해요."

　"모든 판단은 내가 하는 거고, 잘 나오면 고마운 거고."

　"고마워요. 인천 김 사장님, 항상 우리는 사장님이 최고지 뭐."

　기계 화면에선 영어와 숫자와 한자가 정신없이 돌아가는 중이었
다. 서부의 총잡이와 삼지창 든 흰 수염과 과일과 나뭇잎이, 입술
에 점 찍은 여자와 이집트 여왕과 하트와 스페이드와 알 수 없는
문양이, 조개껍데기와 물고기와 자동차가, 총과 폭탄과 해골바가

지가 아래로 사라졌다가 위에서 다시 나타났다. 이렇게 정신이 없는데도 그림 앞에 앉은 사람들은 하나같이 따분한 표정이었다. 휴대폰은 화면 앞에 세워둔 채 팔짱을 끼고 다리를 접었다가 나른하게 펴면서. 그들은 왠지 화가 난 표정으로 오지 않을 무언가를 기다리고 있었다. 기계들 위쪽 길쭉한 화면에선 그 기다림을 먹고 자라는 숫자들이 끝자리부터 쉴 새 없이 올라가는 중이었다.

기계 앞에 앉은 한 남자가 벌떡 자리에서 일어났다.

"여기 기계가 이상합니다. 문제가 있어요!"

남자의 이마와 콧등은 잔뜩 찌푸려져 있었다. 떼를 쓰는 어린아이의 표정. 그 표정 그대로 점점 나이가 들어 얼굴이 커지면서 네모지고, 머리와 턱수염이 길었다 짧아지길 반복하고, 이마와 눈가에 주름이 짙어지면 지금 저 남자의 모습이 된다. 몸은 어른인데 그냥 애들이다. 흙바닥에 엎드려 주사위를 굴리는 애들 말이다.

그 남자가 뭐라 떠들든 옆자리 아줌마는 손바닥으로 찰싹찰싹 화면을 두드렸다.

"그림 잘 나오라고 두드리는 거예요."

그러자 옆에 있던 아저씨가 한마디 했다.

"손으로 두드리면 되나, 머리로 받아야지."

기계들 사이에는 우뚝 솟은 커다란 바퀴가 돌아가고 있다. 바퀴는 가죽띠를 스치며 따따따 소리를 냈다. 바퀴의 속도가 줄어들자 사람들이 신음을 냈다. 조금이라도 옆으로 바퀴를 돌리려

202

고 허리와 고개를 동시에 옆으로 비틀어 꺾었다. 크리스털 칸에 가죽띠가 멈춰 서니 비명이 터졌다.

"아이, 내가 저기 갈라 그랬는데!"

"거봐, 내 말 들으라니까. 3만 원 다 가라 그랬지!"

"난 간이 좁아서 안 된다니까!"

실망도 잠시, 다시 바퀴가 돌아가자 그들은 빠르게 되살아났다. 따따따따. 바퀴가 돌아가는 동안 사람들은 두 손을 모으고 바퀴만 쳐다봤다.

뱅글뱅글 돌아가는 바퀴 건너편에는 주사위 테이블이 있었다. 길고 투명한 플라스틱 기둥에 숫자가 뜬다. 1, 4, 4. 주사위 세 개의 숫자다. 흰 셔츠에 황금색 조끼를 받쳐 입은 무표정한 여자 딜러는 할머니보다도 계산이 빠르다. 손님들이 지폐 다발을 던져 주면 테이블 위에 주욱 한번 펼쳤다가 돈 세는 기계에 집어넣는다. 숫자가 뜨면 노란 칩, 검정 칩, 녹색 칩, 달라는 대로 착착착 꺼내서 쌓아 준다.

고개만 조금 돌리면 계단 위의 날 볼 수 있을 텐데. 어른들은 테이블만 들여다보고 있다. 하얗게 머리가 센 할아버지도, 머리를 붉게 물들인 삐쩍 마른 아줌마도, 손을 팔랑거리며 귀찮다는 듯이 칩을 던져 넣는 안경 쓴 형도. 땡땡땡 종이 울리면 다들 손이 바빠진다. 딜러의 입에서 "노 모어 벳"이란 말이 나오자 그동안 쌓인 칩들보다 더 많은 칩이 쌓인다. 빨간 주사위 세 개가 투명 플라스틱 안을 파닥파닥 도는데 어른들은 주사위는 보지 않고 작은 화면만 바라본다.

이웃한 룰렛 테이블도 다르지 않다. 열 명 남짓 알록달록한 룰렛 칩들을 숫자판 위에 아슬아슬하게 쌓아 올리는 중이다. 아이들이 장난감 성을 쌓듯이 어른들은 착착착 자기만의 방식으로 숫자판을 뒤덮는다. 아래쪽 높은 숫자들에 칩을 쌓는 사람은 아래쪽에만 쌓고, 위쪽 낮은 숫자들에 칩을 쌓는 사람들은 위쪽에만 쌓는다. 마음에 떠오른 숫자를 얼른 차지하려고. 칩으로 숫자판을 채우다가 한 아저씨가 말한다.

"어차피 정해진 그림인데 무슨 고민을 하는 거야."

자기한테 하는 말인지 옆 사람에게 하는 말인지 모르겠다. 이제 흰 공이 룰렛 휠 주위를 빠르게 돌고 사람들은 홀린 눈빛으로 흰 공을 바라본다. 흰 공은 점차 속도가 느려지다가 또르르 소리 내며 숫자 칸으로 굴러간다.

계단 위를 돌아보니 용 사장님은 아직 통화 중이다. 시시덕거리는 모습이 이번엔 이 부장님은 아닌 것 같다. 용 사장님은 나를 발견하고 손가락 다섯 개를 쫙 폈다. 다섯 계단을 더 내려가도 된다는 신호다. 딱 그만큼만 내려갔고, 이제 어른들의 표정이 자세히 보였다. 스피드전당포에서 보았던 블랙잭 테이블이 난간 바로 아래에 있었다. 안경 쓴 젊은 딜러가 용 사장님보다 훨씬 빠른 속도로 테이블 위에 카드를 날려 손님들에게 나눠 주었다. 손님들은 빠르게 머릿속으로 숫자를 더하고 손으로 테이블을 쳐서 카드를 받거나 옆으로 휙 저어서 받지 않았다.

일곱 개의 하얀 동그라미, 그 앞엔 남자 일곱이 앉아 있었다. 딜러를 기준으로 오른편에 앉은 머리 희끗희끗한 할아버지 셋과 가운데에 앉은 대머리 할아버지 하나가 한편을 먹고 왼편에 앉은 머리가 노란 형들 셋이 한편을 먹은 모양이었다. 할아버지들의 칩은 쌓여가고 형들의 칩은 사라지고 있었다. 양쪽의 표정이 전혀 딴판이었다.

"난 메이드 하면 죽고 메이드 못 하면 먹어."

오른쪽 할아버지가 너스레를 떨자

"그러면 메이드 하지 마시든가."

팔뚝에 문신을 한 형이 웃음기 없는 얼굴로 말한다.

"요새 누가 13에서 자르나. 그것까진 받아줘야지."

한마디 덧붙이며 시비를 걸려고 하자 할아버지는 테이블 위에 세워진 종이 표지판을 손가락으로 가리킨다. 뭐라고 쓰여 있는지 내 자리에선 보이지 않는다. 곧 젊은 딜러 뒤에 있던 핏보스가 나타나 주의를 준다.

"게임할 때는 경어를 쓰시길 바랍니다."

테이블이 조용해지고 형들은 칩을 또다시 딜러에게 빼앗겼다. 칩들이 조그만 구멍 속으로 우수수 사라지자 팔뚝에 문신을 한 형이 자리를 박차고 일어나 "존나 뭐라 하네" 욕을 내뱉곤 휙 가버렸다.

　옆 테이블도 블랙잭을 하는데 분위기가 완전히 다르다. 여자가 반, 남자가 반, 카드 도는 속도도 느리다. 그들은 옆 사람이 카드를 다 받을 때까지 기다려준다. 블랙잭이 나오면 축하하고 하이파이브도 한다. 딜러의 숫자가 21을 넘어가면 동시에 "나이스!"를 외치며 손뼉 치고 환호한다. 가운데 앉은 여자가 블랙잭이 나왔나 보다. 딜러가 미리 칩을 두 배로 쌓는다. 여자는 "고맙습니다, 고맙습니다" 울먹인다. 누구에게 고맙다는 건지 모르겠지만 목소리가 익숙해 다시 보니 안경 쓰고 머리를 뒤로 질끈 묶은 모습이 영락없이 도서관 반 주사님이었다. 그런데 반 주사님이 여길 왜? 옆에 있던 아저씨가 축하해 주자 반 주사님은 흰 이를 드러내며 웃었다.

　"아침부터 20 맥스 테이블에서 100만 원 넘게 잃었어요. 지금은 이 정도도 감사하죠."

　정말 저 사람이 반 주사님이 맞나. 내가 아는 반 주사님과 얼굴은 같지만 전혀 다른 사람이었다. 발갛게 달아오른 얼굴에 번들거리는 두 눈. 입술을 뒤틀면서 웃는데 즐겁고도 괴로워 보였다. 난 그런 표정을 예전에 딱 한 번 본 적이 있었다. 도서관 거울 앞에서 얼굴을 이리저리 구기던 자주색 재킷의 남자. 카지노에 있는 사람들의 얼굴이 다 그런 표정이었다. 그들이 나에게 똑같은 얼굴을 디밀고 너는 누구냐고, 왜 여기에 있느냐고 다그칠까 봐 겁이 났다.

그때였다. 블랙잭 테이블 뒤로 지나가는 한 남자가 눈에 들어왔다. 다리가 없는 사람처럼 앞으로 스르륵 나아가는 특이한 걸음걸이. 바로 자주색 재킷의 남자였다. 아니, 그냥 닮은 사람일지도. 눈을 마주치지 않으려 고개를 돌렸지만 속이 울렁였다. 여자는 자살하고 남자는 사라지고 아이는 버려지고. 그 말이 내 안에 남아 있었다. 밤마다 찾아와 내 앞에서 이리저리 구기던 얼굴도 잊히지 않았다. 설마, 그럴 리가. 기억 속에서 내 손을 잡고 걸어가던 아빠의 옷소매가 자주색이었나. 설마, 그럴 리가. 그때 올려다본 아빠의 얼굴이 저 남자의 모습과 닮았나. 설마, 그럴 리가. 또렷하진 않지만 내 기억 속 남자의 얼굴이 기억났다. 혈색이 좋지 않은 갈색에다 입술은 부르터 있던 그 얼굴이.

그 순간 내가 선 바닥이 흔들렸다. 어떤 힘이 아래로 잡아끄는 것처럼 두 발이 묵직해졌다. 분명 난 땅이 흔들리는 걸 느꼈다. 거기 어른들은 그냥 지나칠 만큼 미약한 흔들림, 그러나 나에겐 어찌나 강렬하던지. 머리가 어지러웠다. 흔들리는 몸의 균형을 잡으려고 팔을 뻗었지만 주위엔 붙잡을 게 없어 난 그만 크게 휘청이고 말았다.

*

희미한 소리가 점점 크게 들려온다. 넌 누구니, 어디서 왔니,

뭐 하는 애니……. 다시 정신을 차렸을 때 나는 계단을 다 내려
와 카지노 한가운데에 서 있었다. 자주색 재킷 남자는 없고 내 앞
에는 슬롯머신을 들여다보는 파마머리 아줌마뿐이다. 그 옆에는
밤을 새웠는지 머리를 감지도 빗지도 않은 형이 전화로 돈을 빌려
달라고 조르고 있다. 슬롯머신에 엎드려 자는 사람도 보였다. 전
화기로 욕설을 퍼붓는 아줌마, 단체로 출장 나온 넥타이 부대 아
저씨, 토론하는 선생님과 학생들, 만 원만 달라고 구걸하는 늙은
거지들. 그들은 얼굴에 알록달록한 그림자를 드리우고 멍한 눈으
로 나를 바라봤다. 내 몸이 작아져 거인의 손아귀에 사로잡힌 기
분이었다. 그 얼굴들 사이로 자주색 재킷 남자의 얼굴이 불쑥 나
타났다. 거울을 들여다볼 때처럼 구긴 얼굴로 날 보며 입을 크게
벌렸는데 말을 하려는 건지 하품을 하려는 건지 알 수 없었다.

"어? 여기 왜 애가 들어왔지?"

남자는 천천히 말하고 주위를 둘러보았다.

"넌 여기 들어오면 안 되는데."

가까운 룰렛 테이블 쪽에 있던 여자 딜러가 나를 발견하곤 급
히 테이블 아래 무언가를 눌렀다. 어수선해지면서 사람들이 몰려
들었고, 혼란을 틈타 자주색 재킷 남자는 사람들 속으로 사라졌
다. 멀리 손에 무전기를 들고 이쪽으로 달려오는 검은 양복들이
보였다.

그때 누군가 내 손을 잡았다. 용 사장님이었다. 용 사장님은 다

급하게 날 다시 계단 위로 끌고 가려고 했다. 카지노 사람들이 그걸 보고 용 사장님의 손을 내게서 떼어 놓으려고 달려들었다. 나, 용 사장님, 카지노 손님들, 그리고 보안요원들이 한데 엉겨 붙었다. 그들은 다리 없는 그림자처럼 흐릿했고, 꼭 뿌연 유리 벽 건너편에 있는 것 같았다. 길고 가는 팔을 허우적거리고 입을 뻐끔거리며 외쳐댄다. "뭐예요!" "뭐라고요?" 그림자들이 하나로 겹쳤다가 둘로 나뉘고 내 쪽으로 밀려와 아래로, 아래로 흘러갔다.

만약 그곳이 어른들의 놀이공원이라면 난 돈도 내지 않고 안전장치도 없이 놀이 기구에 올라탔다. 놀이 기구는 시작도 알리지 않고 갑자기 움직여 위에서 아래로 나를 떨어뜨렸다가 다시 아래에서 위로 나를 들어 올린다. 귀를 찢는 꽝 소리가 나면서 바닥이 솟아오른다. 건물이 기울어지고 사람들이 한쪽으로 쏠려 간다. 이게 무슨 일이야. 비명, 이리저리 날아가는 사람들. 사방에서 덮치는 게임 테이블과 의자, 동그란 칩들이 날아와 그들의 몸에 붙는다. 숫자가 떠오른 화면의 유리가 깨지고 복도는 구부러지고, 그 안에 있던 철근과 쓰레기들이 튀어나온다. 쓰레기가 하늘 위로 펑 튕겨 나간다. 쓰러지는 사람들. 다리와 다리. 발목과 발목. 내가 보았던 이미지와 똑같은 장면이 펼쳐졌다. 정말로 내 눈앞에서 카지노가 무너지고 있었다.

땅이 조금만 흔들려도 그 위에 있는 것들은 산산이 부서진다. 벽에 금이 가고, 처음에는 천장에서 물이 새듯이 떨어지던 돌 조각들이 점점 더 큰 폭포를 이룬다. 바닥부터 무너지기 시작해 복도가 꺾이고 문이 닫히고 벽이 터진다. 테이블이 쏠리고 밝은 불들이 무섭게 깜빡이다가 다 나가버린다. 비상구로 나가려는 사람들은 서로 부딪혀 몸과 몸이 서로 겹치고 발목과 발목이 엇갈린다. 이미 정신을 잃은 사람들은 등을 보이고 눕는다. 바닥이 한 차례 기우뚱거리다가 투둑 갈라진다. 바닥이 확 꺼지면서 구멍 아래로 사라진다. 눈앞에는 바다가 넘실거리고 커다란 힘이 내 몸을 거기에 담갔다가 다시 건져 올린다. 땅이 갈라지고 나무들이 쓰러지고 건물이 무너지는 모습들이 눈앞에 획획 지나간다. 물이 점점 차올라 가슴으로, 목으로, 입과 코를 넘어가고 나는 눈만 그 위에 내놓고 침몰하는 세상을 바라본다. 내 눈이 그 아래로 가라앉고 나면 난 어디로 가는 걸까.

이럴 때 내 입에서 나올 말이라곤 하나밖에 없다.

"엄마!"

아무도 대답하지 않는다. 엄마도 할머니도 삼촌도 내 목소리를 듣지 못할 거다. 나는 다시 있는 힘을 다해 외친다.

"삼촌!"

눈물이 흘러내린다. 무서워서가 아니다. 내가 외쳐도 아무런 의미가 없다는 걸 알아서다. 내 목소리를 누가 듣든 말든 나는 다시 있는 힘껏 외친다.

"할머니!"

3부

할머니의 유산

의료원

병원에서 지내며 알게 된 사실이 있다. 병실 벽 속에 ××년과 개××가 살고 있다는 것이다. 한밤중에도, 새벽녘에도, 아침에도 벽에서 욕이 쏟아져 자다가 깨기 일쑤다. 다 알아들을 수는 없지만 비명 같은 욕설만은 귓속에 콕콕 박혀왔다.

눈을 감았다 뜰 때마다 내가 누워 있는 병실은 그대로인데 벽 건너편의 목소리는 바뀌었다. 익숙한 목소리가 사라지면 새로운 목소리가 들려온다. 늙은 목소리. 아픈 목소리. 지친 목소리. 그 목소리들은 말했다.

"아이구, 내가 죽어야 다 해결되지. 내가 죽어야 해결돼."

병상에 누워서 천장을 올려다볼 때면 간호사 누나들이 가져오는 스테인리스 통 안에 갇힌 기분이다. 작고 귀여운 알코올 솜 보관용 통. 사방이 은빛 벽으로 막혀 있고 거대한 손이 스테인리스 뚜껑을 열 때마다 챙, 날카로운 소리가 귓가에 울린다. 이어 들려오는 쿠올록 쿠올록 기침 소리, 슬리퍼 끄는 소리, 냉장고 여는 소리, 낮은 질문에 응응 대답하는 소리, 벽 속에서 새어 나오는 울음소리와 그 울음을 억지로 삼키느라 딸꾹대는 소리까지. 스테인리스 통 안에서 소리들은 더욱 크게 울린다.

병실 밖은 욕설과 울음이 가득했고, 나는 깁스한 다리를 움직일 수 있을 때까지 밖으로 나가지 않았다. 세상과 나를 이어주는 건 엄마와 삼촌, 병실에 놓인 TV뿐이었다. 엄마가 TV를 틀지 못하게 해서 난 혼자 있을 때만 TV를 봤다. 귀가 아플까 봐 소리는 켜지 않은 채로 조용히.

TV에서는 지음만 나왔다. 채널을 돌려도 지음, 다시 돌려도 지음, 사흘이 지나도 지음, 일주일이 지나도 지음이었다. 세상이 지음을 중심으로 돌아가고 있었다. 화면에 비치는 지음 거리는 유난히 고요해 보였다. 아는 사람만이 아는 그런 고요. 처음 보는 사람들은 원래 그런 곳 아니냐고 할지 모르지만 난 누가 떠났고 무엇이 사라졌는지 알 수 있다. 거리에 줄줄이 서 있던 검정 택시들이 사라지고 전당포들이 문을 닫고 모텔 공사가 멈췄다. 유흥주점과 마사지숍, 큰 식당들도 문을 닫았다. 지음과 랜드, 이스트지저스와 웨스트부다스 사이를 가르는 안경다리의 디지털 벽화도 불이 꺼졌다. 디지털 벽화에서 나오던 나무들도, 새들도, 나비들도 사라졌다. 지음을 채우던 억지스러운 활기마저 이젠 그립게 된 것이다.

*

TV에 내가 아는 사람이 나왔다. 지음시장 백초농원의 백 사장님이었다. 울먹이는 것 같았는데 소리가 나지 않아 더 슬퍼 보였다. 리모컨을 눌러 소리를 키웠다.

"……아직도 심장이 두근두근해. 사고가 터졌을 당시만 해도 그런 난리를 생전 영화에서나 봤을까, 그런 상상이나 해보고 살았나. 물 좋고 공기 맑은 우리 동네가 그렇게 되고 나니까 진짜 인제는 여기 사람들이 다 산 것 같더라고. 왜 그렇게 사람들 실수로 아까운 생명들을 뺏어 가느냐 이거야."

무슨 말을 하는 걸까. TV에서 헐벗은 땅이 나왔다. 랜드라고 말해주지 않았다면 나는 거기가 무슨 사막이나 공사장 한복판인 줄 알았을 거다. 셔틀버스와 택시들도, 물줄기를 뿜어내던 분수대도, 지나가는 카지노 손님들도 없었다. 카지노 센터가 있어야 할 자리에는 거대한 구멍이, 그 주위에 포클레인과 트럭들이 있었다. 백 사장님과 함께 간 안경 쓴 교수님은 싱크홀이니 지반 침하니 어려운 말들을 늘어놓았다.

다시 백 사장님이 말을 이어갔다.

"그날 오전에 랜드가 무너졌다고 메시지가 뜨더라고. 그때만 해도 건물 벽에 금이나 좀 갔겠거니 생각하지 저 지경일 걸로 생각이나 해봤겠나. 여기저기서 연락이 오고 읍사무소니 군청이니 구조 활동을 가야 된다고 연락이 와도 저럴 줄은 몰랐다고. 근데 올라가 보니까 한 삽이라도 빨리 떠내고 한 사람이라도 더 구출해야 되는 그런 긴급한 상황이더라고. 저 아가리 벌린 시꺼먼 구멍을 보니까, 이제는 내 나이 오십이 넘었지만 이 동네에서 산다는 것은 희망이 없더라고. 땅이 꺼지고 저 커다란 건물이 주저앉고, 그런 걸 봤을 때 마음이 무너지지 않는 사람 있으면 나와 보라 그래."

백 사장님은 화가 나 보였다.

"지장산에 좋은 데가 얼마나 많았는지 몰라. 근데 그거 다 버려놓은 생각하면은 너무 속상한 거지. 미리 조치할 수 있었을 텐데 못 해놓은 것도 화가 나고. 살아도 되는 생명을 뺏어 간 것도 꼭 그래야만 했나 가슴만 찢어지고. 아직까지 이쪽 사람들이 어려움 겪는 걸 보면 화가 나서 못 참겠어.

마을 소방대에 몸담은 지 이십 년 되는데, 올해 내가 대장이에요. 대장 임기가 삼 년인데 지금이 일 년 반 정도 되거든. 책임이 얼마나 막중한지 몰라. 우리는 그때 구조 작업 갔다 와가지고 너무 힘들어서 하루에 두세 번 의료원에 다녀오고 그랬어요. 그래도 또 올라가야 되고, 대원들 데리고 계속 가야 돼. 작업하면서도 가슴만 졸이는 거지. 이쪽 땅이 인제 다 죽은 것처럼, 다시는 살아나지 못할 것처럼 다들 그렇게 애를 태웠다고. 동네 청년이고 노인이고 지장산에 올라가서 미친 듯이 땅을 파고 그랬다고. 지음 사람들이 죄다 랜드에서 일하고 있으니까, 아들이며 딸이며 손자 손녀 찾으려고 달려들었다고. 하나라도 더 살리려고. 엉엉 울면서. 전당포 할매도, 그 야박한 할매도 손자 구한다고 몇 날 며칠을 산에 올라와 밤을 새웠는지 몰라. 그러다 그 지경이 된 거야. 애를 발견한 건 기적이지만 같이 의료원에 실려 가서 아직도 정신을 못 차린 거지. 그런 지음 사람들이 한둘이 아니에요. 왜 고통받지 않아도 될 사람들이 고통받느냐는 말이야, 이런 말도 안 되는 일로다가."

그날 TV를 다 보고 나서 나는 랜드에서 무슨 일이 생겼는지 어렴풋이 알 수 있었다. 삼촌이 외치고 다니던 말처럼 랜드가 정말로 무너졌다. TV에서 그림과 함께 나온 설명은 이랬다. 광업소는 사라졌지만 지장산 아래엔 아직 탄광굴이 남았고, 랜드 아래의 땅이 점점 약해지고 있었다. 약해질 대로 약해진 땅이 꺼지면서 거기에 커다란 구멍이 생겼다. 그 아래로 카지노 센터가 그대로 주저앉은 것이다. 흙, 돌, 바위, 작은 나무, 큰 나무, 도로와 자동차, 분수대까지 구멍은 땅 위에 있는 것들을 먹어치우고 카지노마저 삼켜버렸다.

랜드가 무너졌던 그때 나는 카지노 안에 있었다. 내가 어지러움을 느낀 것은 건물이 흔들렸기 때문이었다. 건물이 주저앉으면서 난 정신을 잃었다. 그리고 오랫동안 어둠 속에 갇혀 있었다. 거기에 얼마나 있었는지 모른다. 건물이 무너진 동안 지음 사람들이 올라와 구조 작업을 벌였고, 그중엔 엄마와 삼촌, 할머니도 있었다. 추가 붕괴 위험이 있다고 경찰과 소방대원들이 막았지만 지음 사람들은 말을 듣지 않았다. 시장 사람들이며 전당포 거리 사장님들이며 염 목사님과 지음교회 사람들까지 지장산으로 올라왔다. 할머니도 얼굴이 파랗게 질려서 쓰러질 때까지 사흘 밤낮땅을 파내고 구조대원들을 쫓아다니며 내 행방을 물었다. 그러다 우연히 구해낸 사람만 해도 열 명이 넘었단다. 그리고 사흘째되던 날 반으로 접힌 카지노 빅휠 틈에 끼어 있던 나를 발견했다. 무너진 카지노에서 내가 살아 나온 것은 그야말로 기적이었다.

*

정신이 잠깐 돌아온 건 구급차 안에서였다. 사이렌 소리가 귓가에 먹먹하게 들려오는데 온몸이 욱신거리고 왼쪽 뺨이 발발 떨렸다. 특히 왼 다리가 너무 아팠다. 아프다고 소리 냈다가는 몸이 산산조각 날 것만 같았다. 나는 꾹 참고 기다란 응급차 창문을 내다보았다. 밖으로 둥글게 휘어진 건물들의 불빛이 스쳐 갔다. 반

복되는 사이렌 소리에 최면이라도 걸린 듯 머리가 어지럽고 자꾸 눈이 감겼다.

눈을 감았다가 다시 떴을 때 나는 침대에 누워 있었다. 내가 어디에 있는지, 조금 전까지 어떠한 상황이었는지, 심지어 꿈인지 아닌지조차 알 수가 없었다. 전날 밤 잠들었다가 깨어난 건지 사나흘은 잠들었다가 깨어난 건지도. 어쩌면 그보다 더 오랫동안 잠들었던 건지도 모르겠다. 몸을 일으킬 수 없어 눈만 대롱대롱 뜨고 있었다. 내 몸을 덮은 빳빳한 병원 이불, 눈앞에서 꿈틀대는 사람들의 그림자, 창밖으로 비치는 따뜻한 햇살, 그리고 어디선가 들리는 울음소리와 욕설. 여기가 지음의료원이고, 내가 건물이 무너진 자리에서 발견되어 구급차로 실려 왔으며, 만약 할머니가 날 찾아내지 않았다면 환한 병실이 아니라 차갑고 어두운 땅속에 남아 있었을 거라는 사실을 알기까지는 시간이 좀 걸렸다. 엄마와 삼촌은 퉁퉁 부은 얼굴로 내 팔을 붙들고 울고만 있었으니까.

내 왼 다리에는 딱딱한 석고 붕대가 둘러져 있었다. 발목부터 허벅지까지 탱탱 붓고 무거웠다. 다리가 아니라 나무통 하나가 붙어 있는 것 같았다. 처음엔 한 발 들고 누워만 있다가 그다음엔 엄마와 삼촌, 간호사 누나의 도움을 받아, 나중에는 혼자서 병상 위를 오르내렸다.

병원을 돌아다니며 얘길 들어보니 지음 전체가 전쟁터였다. 많은 사람이 죽고 그보다 더 많은 사람이 실종되었다고, 앞으로도 얼마나 늘어날지 알 수 없다고 사람들은 말했다. 지음의료원으로 전국에서 의사들과 지원품이 몰려들고 랜드에서 실려 온 환자와 보호자들로 병실과 복도가 가득 찼다. 다친 사람은 무조건 의료원으로 실려 왔고 나도 의료원에 입원할 수 있었다. 그것도 3층 VIP 병실에. 염 목사님이 힘써준 덕분이라고 엄마는 말했다.

내가 깨어났을 때 건너편 침대에 할머니가 잠들어 있었다. 구급차를 같이 타고 병원에 올 때까지 멀쩡했는데 응급실에 들어서자마자 기절했다고 한다. 사흘 동안 밥도 먹지 않고 잠도 자지 않고 나를 찾느라 남은 힘을 다 써버린 거였다. 내가 랜드에 가지만 않았어도 할머니는 괜찮았을 거라고 나는 잠든 할머니를 내려다보며 수십 번은 생각했다. 할머니가 잠들어 있는 시간에 나 혼자 깨어 있는 것이 무섭다고 나는 엄마를 안고 울었다.

"그래, 지키는 게 어려운 거야."

엄마는 내 등을 토닥이며 달랬다.

"지키는 게 어려운 거야."

엄마의 목소리는 가라앉아 있었고, 나는 그 말이 무슨 뜻인지 알 수 없었다.

*

의료원에 있는 동안 지음 사람들이 문병을 다녀갔다. 가장 먼저 찾아온 이들은 시장 사람들이었다. 화장실에 갔다 오는데 천일정육식당, 백초농원, 영동닭집, 지음떡방앗간, 지음베이커리, 기름방 사장님들이 병실 앞 복도에서 떠들고 있었다. 지음시장도 이렇게 시끄럽지는 않은데 의료원 복도가 정말 시장판처럼 떠들썩했다.

"이게 다 골프장 때문이래요. 거기 공사한다고 몇 년 전부터 아주 시끄러웠잖아요? 지하수 길을 잘못 건드려서 카지노 땅 밑을 깎아먹었다는데 정말 그래요?"

"엄청 많은 물이 지음 땅 밑에 이리저리 흘러 다니고 있던 것이여. 갱도를 타고 흘러들어 가기도 하고 거리 한복판에서 솟기도 하고, 랜드 뒷산에서 물벼락이 터지기도 하면서."

"랜드는 다 그걸 알고 있었다잖아. 전당포 거리에 물바다 났을 때도 랜드 사람들 몰려온 거 알지? 거기 도로 한복판에 구멍 났잖여. 근데 작은 구멍 막아봤자 해결되나, 큰 구멍을 놔두고."

"지난달에 쪽박공원에서 죽은 건축 기사 있지? 그 사람이 젤 세게 주장했대. 그러다 그리됐다고, 아주 소문이 흉흉하더구먼."

"뭐라고 주장했다는데요?"

"카지노 문 닫고 사람들 다 내보내고, 공사하자고 그랬겠지."

"그러면 혹시?"

"그러면은 뭐가 그러면. 소문이 그렇다구."

"랜드에서 알고도 그랬겠지, 요즘 세상에 모르는 게 어딨남?

랜드 뒤에선 땅 메우는 공사 계속했대잖어. 지하 식당은 바닥이 울퉁불퉁해서 똑바로 걷기 힘들 정도였다던데? 시멘트 뒤틀리면서 냄새나지, 벽에는 금이 다 갔지, 주차장에선 지하수 터지지. 그런데도 모르면 직권남용이여."

"직무유기요. 직권남용이 아니고."

그들은 입을 모아 말했다. 랜드가 무너지고 나서 지음도 망했다고. 제일 먼저 망한 곳은 슬럽시티와 전당포 거리였단다. 도박꾼들이 지음을 떠나자 모텔 방은 텅 비었고 전당포들도 하나둘 문을 닫았다. 남의 돈으로 장사하던 전당포들은 빨리 문을 닫고 자기 돈으로 장사하던 전당포들은 천천히 문을 닫았는데 먼저냐 나중이냐만 다르지 어차피 문을 닫기는 매한가지라고 했다. 전당포 사장님들은 손님들이 맡긴 물건들을 얼른 팔아치우고 숨어버렸다. 물건을 찾으러 오는 도박꾼들도 없었다. 빌린 사람은 갚을 생각을 안 했고 빌려준 사람도 받을 생각을 안 했다. 그렇게 전당포 거리에는 할머니 전당포와 스피드전당포 둘만 남게 됐다.

한 가지 이상한 점은 랜드가 무너지고 나서도 스피드전당포엔 더 많은 손님이 몰려들었다는 것이다. 수상히 여긴 경찰이 스피드전당포를 덮쳤더니 전당포 2층에서 랜드에 올라가지 못한 도박꾼들이 모여 불법 도박을 벌이고 있었단다. 그것도 랜드의 진짜 카지노 칩을 가지고서. 검은색 금고 안에도 누구 것인지 모르는 카지노 칩과 돈다발이 가득했다는데……. 그 자리에 용 사장님이 있었는지는 모르겠다. 외지에서 온 사람들이 스피드전당포를 차지했다는 소문도 있고, 경찰서에 잡혀갔다가 밤에 몰래 풀려나 용 남매들을 데리고 지음을 떠났다는 소문도 있다. 어쨌든 스피드전당포의 진짜 주인이 용 사장님이 아니었던 것만은 분명했다.

정말 용 사장님은 지음을 떠난 걸까? 그런 소문이 떠돈 뒤로 용 사장님이 의료원으로 딱 한 번 찾아온 적이 있다. 엄마가 병실을 지키던 늦은 밤이었다. 천천히 열린 문틈으로 검고 넙데데한 얼굴이 나타났다. 병실이 어두워 잘 보이진 않았지만 지음에서 그 정도 넙데데한 얼굴은 용 사장님밖에 없다. 무사히 카지노를 빠져나왔구나, 반가운 마음도 잠시였다. 용 사장님이 할머니나 나를 보러 이 밤중에 찾아오지는 않았을 테니까. 문밖에서 용 사장님은 "정희야, 정희야" 애타게 불러댔다. 손짓을 휙휙 하면서. 어찌나 허우적대던지 의자에 앉아서 졸던 엄마가 퍼뜩 깨어났다. 벌떡 일어나 주위를 두리번거리다가 용 사장님과 눈이 마주쳤다. 용 사장님은 어정쩡하게 문간에 서서 두 손을 모아 비는 시늉을 하다가 밖으로 나오라고 손짓했다.

난 엄마의 손을 꽉 붙들었다. 나가면 다시는 돌아오지 못할 것 같아서. 엄마는 나에게 뭐라고 하더니 내 손을 놓고 복도로 나갔다. 자다 깬 목소리여서 "잠깐만"이라고 했는지 "잘 있어"라고 했는지 분명치 않았다. 가슴이 조마조마했다. 혹시나 엄마가 용 사장님과 함께 도망이라도 가면 어떻게 하나. 나와 할머니를 버려두고. 나는 병상에서 내려와 문 사이로 지켜봤다.

복도 끝에 선 두 사람의 그림자가 보였다. 불이 꺼진 의료원 복도에는 창문 밖으로 달빛이 흐릿하게 비쳤다. 어둑해서 잘 보이진 않았지만 용 사장님이 쩔쩔매며 엄마에게 설명하는 모양새였다. 엄마는 팔짱을 낀 채 듣기만 했다. 용 사장님 옆에는 빵빵한 가방이 놓여 있었다. 용 사장님은 손짓 발짓을 하다가 가방 안에서 뭔가를 꺼내 엄마에게 내밀었다. 엄마는 안절부절못하며 팔을 뻗었다가 다시 넣기를 되풀이했고, 머리를 감싸 쥐고 두 발을 콩콩 굴러댔다. 엄마의 어깨가 떨렸는데 내 쪽에선 얼굴이 잘 보이지 않았다. 웃는지 우는지 기뻐하는지 슬퍼하는지 알 수가 없었다. 내 쪽을 향하고 있는 용 사장님의 반응으로 엄마의 표정을 상상할 뿐이었다. 용 사장님은 뻣뻣하게 서서 엄마의 얼굴만 쳐다보고 있었다.

시간은 느릿느릿 지나갔다. 이윽고 엄마는 천천히 고개를 끄덕였다. 용 사장님이 내민 것을 받아 들곤 한참이나 내려다보았다. 그러다 갑자기 손을 번쩍 들어 복도 창문 밖으로 휙 던져버렸다. 깜짝 놀란 용 사장님은 급히 몸을 돌려 창밖을 내다보았다. 엄마를 원망스럽게 한 번 돌아보고는 가방을 손에 들고 절룩거리며 복도를 걸어갔다. 달빛이 희미하게 감싼 어두운 복도, 천천히 멀어져 가는 용 사장님의 뒷모습을 엄마는 한참이나 바라보았다.

전당포 거리가 단번에 무너지고 그다음 차례는 지음시장이었다. 지음에 들르는 랜드 손님들이 아예 없었기 때문이다. 하지만 전당포 사장님들은 가게 문을 닫아도 시장 사장님들은 그러지 않았다. 지음에서 탄광이 문을 닫았을 때도, 전염병이 돌았을 때도 악착같이 버텨온 사장님들이었다. 할머니를 보러 의료원에 몰려온 그들은 한 사람씩 차례로 병실에 들어왔다. 할머니는 잠들어 있는데 옆에 와서 하고 싶은 말을 하거나 손을 잡거나 그냥 울었다.

쌀집부터 대를 이어온 지음떡방앗간 사장님이 말했다.

"간판 걸고 장사를 하니까 우리가 잘 먹고 잘사는 줄 알지. 빚은 자꾸 지고, 사는 건 힘들어지고. 직원들 인건비는 줘야 하고. 그런 애로점들 아무도 모르지."

지음빵집에서 이름을 바꾼 지음베이커리 사장님도 말했다.

"네 할머니 아니었음, 우린 진작에 나가리 났지. 문 닫으면 막말로 압류 들어오잖아, 대출한 게 있으니까. 무조건 문 열고 버텨야 돼. 그런 심정을 알 거 뭐 있어. 남들 보고 알아달라고 할 것도 없고. 잃는 놈들만 불쌍한 거야."

천일정육식당 사장님도 말했다.

"옛날엔 지금보다 더 어렵진 않았다. 지금은 뭐 판매가 있기를 하나. 그렇다고 맘을 안 두고 문 닫을 수도 없는 거고. 장사하려면

225

빚이 없을 수가 없어. 근데 문 닫으면 누가 갚아주기나 하나. 내일이라도 달라질라나 그냥 문만 열고 있는 거지. 우리가 무슨 집이 있나. 신용이 있나."

영동닭집 사장님도 말했다.

"한 달 겨우 버텼는데 인제부터는 어려움이 오는 것 같아. 지금은 사는 것도 지치고. 앞으로 더 큰 어려움이 올 텐데. 어찌 살아야 되나, 참."

시장 사람들은 문병을 왔는지 돈을 빌리러 왔는지 알 수 없었다. 어떨 때는 그저 하소연을 하러 온 것 같기도 했다. 잠든 할머니가 그 말을 들었는지는 모르겠지만.

지음교회 사람들도 찾아왔다. 엄마와 친한 교인들, 그리고 지음에서 벌어진 일이라면 빠지지 않는 염 목사님도 있었다. 시장 사람들이 한 번에 한 명씩 병실로 들어와 목청껏 떠들어댔다면 교회 사람들은 일곱 명이 한꺼번에 들어와 소곤소곤 인사를 나눴다. 염 목사님의 손을 잡고 엄마는 눈물을 흘렸다.

"엄마가 염 목사님이 다녀가신 줄 알면 고마워했을 거예요. 이렇게 병실도 잡아주시고."

"아닙니다. 고마워해야 할 것은 우리입니다. 지음이 동 여사에게 빚을 졌어요."

왜 염 목사님이 할머니에게 고맙다고 하는 것일까. 지음이 할머니에게 무슨 빚을 졌길래?

226

염 목사님과 교인들은 할머니가 누운 침대를 둘러싸고 기도를 드렸다. "하늘에 계신 우리 아버지여." 염 목사님의 낮은 기도 소리. 교인들도 아멘, 주여 하며 거들었다. "거룩하신 하나님", 난 '거룩하다'라는 말이 무슨 뜻인지 알 수 없었다. 아름답다는 뜻일까 높고 크다는 뜻일까. 아니면 빛나서 다가갈 수 없다는 뜻? 거룩한 하나님에게 의지하면 어떤 어려움도 헤쳐 나갈 수 있다고 염 목사님은 기도했다.

　　"주님께서 더 사랑하신다는 믿음으로 언제나 협력하여 유익하게 하시며……."

　　할머니가 기도를 들었다면 뭐라고 했을까. 같이 기도하다가 나는 눈을 살짝 뜨고 할머니를 살폈다. 눈을 감고 있는 할머니의 얼굴이 왠지 점점 굳어가는 것 같았다.

　　"악인은 환난에 엎드러져도 의인은 죽음에도 소망이 있으리라……."

　　할머니를 어디론가 멀리 떠나보낼 것처럼 염 목사님의 기도는 계속됐다. 이곳이 다가 아니라고. 저곳에도 삶이 있다고. 우리 다시 만나자. 염 목사님은 굳은 목소리로 기도를 읊어댔고, 교인들 얼굴은 어두워 보였다. 그때 엄마는 울었나 울지 않았나. 병실엔 불이 켜져 있었나 꺼져 있었나. 다 어렴풋했지만 가운데 누워 있는 한 사람을 둘러싸고 기도하는 장면만은 내 기억 속에 또렷하게 남았다.

염 목사님의 기도가 끝나자 엄마는 할머니의 손을 잡았다.

"미안해, 엄마."

그 말에 할머니의 입술이 움직였다. 긴 잠에서 드디어 깨어난 것이다.

"미안하면……."

"뭐라고, 엄마?"

엄마는 할머니가 하는 말을 들으려고 얼른 몸을 낮췄다.

"미안하면 주둥이 좀 다물라고 해. 시끄러 자빠지겠네."

할머니는 힘겹게 한마디를 하고 다시 잠들었다.

6월의 눈

할머니는 다음 날 아침에야 깨어났다. 깨어나긴 했는데 뭔가 이상했다. 머리가 하얗게 세고 광대뼈 사이로 두 눈이 움푹 들어가 다른 사람이 돼버린 것 같았다.

눈을 보면 그 사람의 기분이 어떤지 대강이라도 알 수 있다. 슬퍼하는지 기뻐하는지 화가 났는지 두려워하는지 등등. 그런데 할머니의 눈빛은 알쏭달쏭했다. 입꼬리를 올리고 웃어도 기쁜 게 아니고 목소리가 빨라지고 높아져도 화난 게 아니다. 먼 곳을 바라보고 있을 땐 슬퍼 보였지만 실은 아무 생각이 없는 거였다.

할머니는 입술을 달싹거리다가 겨우 한마디 내뱉었다.

"달구지."

엄마가 나와 삼촌을 번갈아 보고는 물었다.

"뭐라고요, 엄마?"

할머니는 또 같은 말을 내뱉었다.

"달구지, 달구지."

나중에 사전을 찾아보니 달구지란 소나 말이 끄는 짐수레를 뜻했다. 난 처음 들어본 말이었다. 엄마도 직접 본 적은 없다고 했다. "할머니 어릴 적에나 있었을까?" 하면서.

"아버이, 달구지가 자꾸 덜컹덜컹거려. 아버이, 나 혼자 달구지에 남았어요. 던덕배기 아래로 덜걱덜걱 굴러가요."

할머니는 병원 침대가 달려가는 달구지라도 되는 양 두 손으로 한쪽 매트리스 끝을 꽉 붙잡고 바닥에 배를 붙여 흔들리는 달구지에서 튕겨 나가지 않으려 애썼다. 할머니를 태운 침대는 내리막길로 굴러가는 중이었고 할머니의 목소리는 돌부리에 부딪혀 이리저리 덜컹였다.

"아버이, 빨리 세워요. 무서워요."

할머니는 아이 목소리를 냈다. 달구지를 타고 흙길을 내달리던 할머니는 힘이 빠져 침대에 도로 누웠다. 할머니가 누운 침대도 달구지에서 다시 침대로 되돌아왔다.

놀란 엄마는 당장 의사 선생님에게 달려갔다.

"우리 엄마가 미친 거 같아요!"

의사 선생님이 병실로 찾아와 할머니를 살피고는 엄마를 달랬다.

"이게 일시적인 기억상실인지 치매 증상인지 잘 모르겠는데 간단한 검사라도 해봐야겠어요."

기억상실이든 치매든 그게 얼마나 무서운 놈인지 깨어난 할머니는 날 알아보지도 못했다. 할머니는 반나절은 자고 반나절은 멍하니 깨어 있었다. 어디서 소리가 들려도 돌아보지 않고 누군가 어깨를 건드려도 움찔하지 않았다. 몸은 여기에 있지만 정신은 다른 곳에 있는 것 같았다. 할머니의 몸짓만 보고 지금 무얼 하는지 맞혀야 하는 퀴즈만 계속 냈다. 할머니가 몸을 일으켜 침대 위에 책상다리를 하고 앉는다. 허공에 손을 뻗어 무언가를 한 장 한 장 넘긴다. 골똘히 생각에 잠겼다가 손가락으로 글자를 쓱쓱 써넣는다. 이 퀴즈의 정답은 장부 쓰기다.

할머니가 잃어버리지 말아야 할 것이 하나 있다면 그건 기억이 아니라 장부였다. 장부가 얼마나 중요한지 얘기할 때마다 할머니는 "저승사자의 명부처럼"이란 말을 꼭 했다. 저승사자에게 명부가 가장 중요하듯이 할머니에게는 장부가 가장 중요하단 뜻이었다. 명부가 뭐냐고 물으니 할머니가 말했다.

"그 많은 목숨 거둬갈라믄 저승사자도 장부를 써놔야 되지 않겠나. 뒈질 날두 시간두 마카 다 있어."

장부에 쓰인 대로 산 사람을 저승으로 데려가는 것. 할머니는 그게 저승사자가 해야 할 일이라고 했다.

"저승사자는 염라대왕님 심부름꾼일 뿐이래니. 이삼일 더 줘도 되지만 적힌 대로 숨을 거둬 오지 않으면 어뚷게 되겠나? 시상이 어지러워진다. 장부를 잘못 보거나 잃으면 지옥 바다로 떨어지는 거다."

명부를 가슴에 품은 저승사자처럼 할머니는 장부를 소중히 다뤘다. 탄광이 있던 시절 전당포를 하기 훨씬 전부터 틈틈이 써온 장부였다. 거기엔 누가 언제 얼마나 돈을 빌리고 갚았는지 적혀 있었다. 장사가 안돼서, 병원비가 필요해서, 아들이 결혼하느라 등등 돈을 빌린 이유는 적혀 있지 않지만 할머니는 하나하나 다 기억하고 있었다. 장부에 적힌 숫자는 할머니가 돌려받아야 할 돈의 액수이자 지음에 대한 기억들인 셈이다.

*

의료원에서 할머니는 아무 때나 잠을 잤다. 그동안 잠들지 못했던 시간들이 한꺼번에 몰려들고 있었다. 전당포 문을 열고 시장을 한 바퀴 돌며 하루를 시작하던 할머니가 이젠 침대와 하나가 됐다.

할머니가 의료원에 있는 동안 엄마와 삼촌은 전당포 문을 열고 물건을 찾으러 오는 손님들을 기다렸다. "아무래도 그러는 게 맞을 것 같아." 엄마는 의젓하게 말했고 삼촌과 나는 힘차게 고개를 끄덕였다. 할머니라면 분명 그렇게 했을 테니까. 그러나 기대와 달리 실제로 물건을 찾으러 온 손님은 딱 한 명뿐이었다고 한다. 잿빛 벙거지 아저씨, 돌 팔찌를 맡기고 매일 소파에 멍하니 앉았다 가던 아저씨 말이다. 찾아가야 할 날짜를 훌쩍 넘겼는데도 팔찌는 여전히 금고에 남아 있었고, 엄마가 팔찌를 찾아서 내주자 아저씨는 손등으로 눈물을 닦으며 고마워했단다. 엄마는 그 얘기를 하면서 고개를 갸웃했다.

"이자까지 내면서 자기 물건을 찾아가는데 고마울 게 뭐가 있나 싶어."

엄마와 삼촌이 번갈아 전당포를 지키느라 할머니와 내가 병실에서 단둘이 지내는 날이 많았다. 심심하지도 힘들지도 않았다. 밥이 나오면 밥을 같이 먹고 밤이 되면 불을 끄고 같이 자면 되니까. 엄마와 삼촌이 열심인데 나도 그 정도는 할 수 있었다. 의사 선생님은 나에게 할머니가 깨면 꼭 이름을 불러주면서 자꾸 말을 걸라고 했다. 할머니 이름? 의료원에서 할머니는 할머니가 아니라 동영진 환자님이었다. 의사 선생님과 간호사 누나도 그렇게 부르고 침대 끝에도 쓰여 있었다. 내가 "영진 씨!" 하고 부르면 할머니는 빙긋 웃었다.

"영진 씨는 용감한데 뭐가 무서워?"

그 웃음이 보고 싶어 나는 계속 물었다. 동영진 씨는 어릴 때부터 지음에 살았어? 동영진 씨가 가장 슬펐던 때는 언제야? 동영진 씨가 가장 기뻤던 때는? 동영진 씨는 무슨 음식을 좋아해? 이

233

렇게 묻다가 난 동영진 씨에 대해서 아는 게 하나도 없다는 걸 알았다.

그날도 할머니와 단둘이 병실에 있는데 창밖에 작은 깃털 같은 것이 하늘하늘 떨어졌다. 설마. 눈이 내리고 있었다. 지음은 땅이 높아서 날씨가 춥다. 봄에도 가끔 눈이 온다. 근데 4월 5월에 내리는 눈은 봤어도 6월에 내리는 눈은 처음이었다.

의료원은 언덕 위에 있어서 창밖으로 슬립시티와 지음 읍내가 훤히 내려다보인다. 알록달록한 레고 블록 같은 슬립시티에도, 잿빛 지음에도 하얀 눈이 쌓였다. 멀리 지장산 중턱의 푸른 나무와 울긋불긋한 꽃들 위에도, 지장천 뚝방 옆의 빨강 지붕 위에도 소리 없이.

뉴스 속보에선 기상 관측 이래 6월에 처음 찾아온 폭설이라고 했다. 다른 곳은 맑은데 지음에만 지금 눈이 내리고 있다나? 뉴스에 불려 나온, 아니 끌려 나온 기상청 아저씨가 심각한 얼굴로 심각한 단어를 내뱉었다. "근래 계속되던 이상 기후들, 폭설과 폭염, 사라진 봄과 가을처럼 현대 기상역학 모델로는 예측이 불가능한 현상." 무슨 말인지 못 알아듣겠지만 뭐 그렇다고 한다.

할머니가 자고 있어서 나는 눈을 보려고 병실 밖으로 나갔다. 복도에는 파란 두건을 두른 청소부들이 서둘러 손수레를 끌고 지나가고 남자 환자 서넛이 한데 어울려 하나의 스마트폰을 들여다보고 있었다. 푸른 환자복을 입은 대머리 할아버지가 실없이 말했다.

"살다 살다 6월에 눈이 오는 건 처음 보네? 지음엔 하도 한 품은 이가 많았어서 오뉴월 서리는 봤는데."

옆에 있던 통통한 아저씨가 삐딱하게 그 말을 받았다.

"빨갱이 세상 다 됐나 보죠. 개마고원도 아닌데 6월에 눈 오는 걸 보면."

의료원 주차장에는 발에 밟힐 정도로 눈이 쌓여 있었다. 떨어지는 눈송이에 눈앞이 아른거렸다. 진짜 눈인가 싶어 손을 내밀어보니 생각보다 따뜻했다. 손바닥에서 눈송이가 자라나 하늘로 폴폴 올라가는 것 같았다.

남자를 마주친 것은 눈을 보고 병실로 다시 들어갈 때였다. 눈이 내려 어둑한 오후, 빛도 들어오지 않는 의료원 복도 끝에 그 남자가 서 있었다. 내리는 눈을 꼬박 맞으며 걸어온 모습. 어깨에 눈이 소복하고 몸에선 물방울이 뚝뚝 떨어져 내리는데 손에 무언가를 꽉 쥐고 있었다. 자주색 재킷 남자였다.

어떻게 저 사람이 병원에? 벽 한쪽에 세워둔 길쭉한 링거 지지대처럼 그는 복도 끝에 우두커니 서 있었다. 복도를 오가는 간호사와 의사들, 다른 환자와 보호자들에게는 보이지 않는 듯했다. 나는 뒤로 물러서지도 못하고 그 자리에 얼어붙었다. 남자는 내 쪽으로 천천히 걸어왔다. 열 걸음 정도 떨어진 거리까지 다가왔을 때 난 내 생각이 틀렸다는 것을 알았다. 자주색 재킷 남자가 아니라 잿빛 벙거지 아저씨였다. 자주색이 아니라 갈색 옷을 입었고, 벙거지를 손에 들고 있어 내가 착각했다. 아저씨는 할머니 병실 쪽을 뚫어져라 보다가 머리를 꾸벅 숙였다. 그러고는 다시 잿빛 벙거지를 머리에 눌러쓰고 천천히 몸을 돌렸다. 나는 여전히 움직이지 못하고 아저씨의 잿빛 벙거지가 보이지 않을 때까지 우두커니 서 있었다.

병실로 들어가자 할머니가 천천히 몸을 일으키며 중얼거렸다.

"저승사자가 댕겨갔구나."

그 말에 덜컥 겁이 났다. 할머니는 다시 중얼댔다.

"이젠 나도 증말 죽을 때가 됐나 보이."

할머니는 내리는 눈을 보며 천천히 입을 뗐다.

"아, 연초나 한 대 때우고 싶다."

내가 멀뚱히 쳐다보자 할머니가 다시 말했다.

"담배 한 대 피우고 싶다고."

"엥? 원래 담배 안 피우시잖아요."

"그런 게 어딨나? 그새 동안 참은 거지."

"지금 피우다가 죽으면 어떻게 해요?"

"야, 뒤져도 내가 뒤져. 그리고 사람은 어차피 뒤지는 거야."

할머니는 나를 보며 해맑게 웃었다.

236

　나는 의료원 1층 편의점으로 내려갔다. 엄마가 준 비상금을 가지고서. 무슨 담배를 사야 할지 몰라 용 사장님과 친구들이 피우던 영어 이름을 댔더니 편의점 할아버지는 의아한 눈빛으로 날 쳐다봤다.

　"할머니 심부름이에요. 제가 피우는 게 아니고요."

　그제야 편의점 할아버지는 고개를 끄덕이며 한글 이름으로 된 담배를 내밀었다. 달라고 하지도 않은 라이터도 같이.

　"너네 할머니는 이거 피우셔."

　"우리 할머니를 아세요?"

　할아버지는 빙그레 웃었다.

　"이 동네에서 니 할머니를 모르는 사람도 있든?"

　"할아버지도 돈을 빌리셨어요, 우리 할머니한테?"

　"돈만 빌렸겠냐, 목숨도 빌렸지."

　편의점 할아버지는 손을 휘휘 내저었다.

　"다 옛날얘기야. 얼른 가라. 누가 본다."

　담배를 갖다주니 할머니는 아이처럼 좋아했다. 나는 뻑뻑한 창문을 열고 할머니는 담배에 불을 붙였다. 병실 창밖으로 담배 연기가 천천히 흘러 나갔다. 쏟아지는 눈을 뚫고 담배 연기가 유유히 하늘 위로 올라갔다.

할머니가 말을 꺼낸 건 담배 세 대를 연달아 피우고 나서였다.

"어쩌면 이도 운명이지 싶다. 느그 할애비가 마즈막을 보낸 곳도 여거든. 고땐 탄광 이름을 딴 빙원이었는데 장사 때도 그 뭐 회사에서 한 명 오곤 고만이었지. 그렇게 쓸쓸하게 간 거래."

할머니의 말투와 표정이 싹 달라졌다. 내가 아는 할머니, 전당포 주인 동 여사로 다시 돌아온 것이다.

"내가 정신 날 때 말하는데 니 엄마가 오거든 절대 딴 빙원으로 옮기지 말라 그래라. 난 니 할아바이처럼 되긴 싫거든. 난 내가 어데서 죽을지 잘 안다. 절대루 이 땅에 묻지도 말고 그냥 화장해 뿌리믄 돼. 뭔 말인지 알겠지?"

"몰라요. 할머니, 날 두고 가면 어떻게 해요. 엄마랑 삼촌이랑 나는 어떻게 살아요?"

그렇게 말하고 나니 정말로 눈물이 났다. 내가 사랑하는 사람을 다시 볼 수 없을까 봐, 내가 아무것도 아니게 되고, 지금 여기에서 나눴던 이야기와 따뜻한 목소리, 흐릿할지라도 산 사람만이 가질 수 있는 빛나는 눈동자에서 내 모습이 사라지고, 이제는 말을 할 수도 들을 수도 없고, 그렇게 아주 멀리 떨어져 오랫동안 살아가면서 서로를 잊을까 봐 슬펐다.

"아냐, 다 산다. 나도 지음에서 살았는데 뭐. 그땐 참, 누구 하나를 쥑이고 싶다, 내 그런 심정으로 살았거든? 근데 글케 살면 안 되는 거다. 이 악다물고 살 이유가 뭐 있어. 평생 지 자신을 불쌍하게 여기며 살 이유도 없고."

할머니는 숨을 한 번 크게 쉬었다가 다시 말을 이어갔다.

"느그 할애비랑 지음에 첨 올 때도 이래 눈이 내렸는데……."

그 말을 시작으로 강물처럼 굽이굽이 흘러가는 긴 이야기가, 이제껏 내가 한 번도 들어보지 못했던 할머니의 이야기가 시작됐다.

이야기

할머니가 처음부터 지음에 살았던 건 아니다. 나보다도 더 작았던 시절 할머니는 바다가 보이는 마을에서 살았다. 앞으로는 은빛 바다가 펼쳐지고 뒤로는 해당화가 붉은빛 보랏빛으로 물들던 마을. 사람들은 바다에 나가서 일했다. 노 젓는 배를 타도 고기는 많이 잡히고 물고기 한 바구니를 쌀 한 말이랑 바꾸던 시절이었다고 한다.

할머니는 그곳을 도망치듯 떠났다. 아버지의 죽음을 두 눈으로 목격한 뒤였다. 그곳에서 더는 살기가 싫고 살 수도 없었다. 떠나는 것만이 유일한 살길이었다고 할머니는 말했다.

어린 할머니의 운명을 바꿔놓은 사건은 용왕님께 제사를 올리던 그날에 일어났다. 뱃사람인 할머니의 아버지는 매년 근방의 무당을 불러서 제사를 올렸다. 물고기를 많이 잡게 해달라고 빌기도 했지만 다른 이유도 있었다.

할머니의 어머니가 아이를 밴 채 그물을 걷으러 바다에 나갔다가 배가 뒤집힌 적이 있었다. 바다에 솟구쳤다 잠기기를 여러 번, 세 번 악을 쓰고서 노를 붙들고 뒤집힌 배 위로 올라가 겨우 목숨은 건졌다. 아버지는 온통 젖었는데 아이를 밴 어머니는 물 한 방울 묻지 않았다고 한다. 그렇게 배를 엎어먹고 낳은 아이가 바로 할머니였다. 용왕님이 떠받쳐 주신 아이라고 할머니의 아버지는 믿었다. 그래서 매년 그날이면 감사하는 마음으로 제사를 지냈다.

바닷가 마을 사람들이 마당에 모여 고깃국을 끓이고 감자전을 부치며 제사 준비에 한창이었다. 일꾼들이 과일과 고기를 날라 오고 무당도 옷을 바꿔 입는 정신없던 와중에 사건이 일어났다. 물고기 잡는 문제로 원한을 품고 있던 건넛마을 뱃사람이 술에 취해 들어와선 아버지의 목을 칼로 찔렀다.

그때 할머니가 열다섯 살이었다 했나. 마당에 쭈그려 앉아 어른들을 돕고 있다가 피 흘리고 죽어가는 아버지를 목격했던 나이가. 마을 사람들은 일하느라 바빠서 보지 못했지만 할머니는 눈앞에서 이런저런 지시를 하는 아버지와 갑자기 뒤에서 칼을 들고 나타난 뱃사람, 아버지 목에서 마당으로 철철 떨어진 붉은 피가 흙과 섞이는 장면을 생생히 보았다. 마치 닭 모가지를 비틀고 돼지 먹을 따듯이 시골에서 흔히 보는 풍경 같았다고 할머니는 말했다. 크게 입을 벌렸을 뿐 비명도 지르지 못하고 눈물도 흘리지 못하는 할머니. 그 모습을 상상하면 아직도 내 마음이 아프다. 갑작스럽게 덮친 죽음 앞에선 몸이 얼어붙어 아무것도 못 하게 된다는 것, 할머니는 그때의 충격을 분명히 기억하고 있었다.

나중에 찾아온 읍내 순경은 어른들에게만 물었을 뿐 어린 할머니에겐 한마디도 묻지 않았다. 분명히 보았는데 아무도 묻지 않았기에 할머니는 아무 말도 할 수가 없었다.

한번 생긴 슬픔은 사라지지 않는다. 지키려고 애쓰든 잊으려고 애쓰든 마음먹은 대로 인생은 흘러가지 않는다고 할머니는 말했다. 어린 할머니를 둘러싼 세상은 빠르게 달라지고 있었다. 그 혼란 속에서 할머니는 마음을 굳게 먹었다. '나는 나조차 믿어서는 안 될 것이다.' 잊으려고 애써도 생각지 못한 순간에 다시 찾아오는 죽음의 그림자에 사로잡히리란 걸 할머니는 알고 있었다. 아버지의 얼굴, 아버지의 냄새, 아버지의 눈빛, 아버지의 말투, 그 모든 것이 한꺼번에 생생히 되살아나 그날의 마당으로 내쫓기듯 돌아가곤 했으니까.

그 무시무시한 파도에 휩쓸릴까 봐 할머니는 몇 날 며칠 자신을 작은 방에 가두었다. 그러자 위로의 말을 건네던 사람들도 주변에서 하나둘 사라졌다. 마침내 혼자 남겨졌을 때 곁에는 젊은 할아버지만 남았다. 할아버지가 커다란 손을 내밀어 할머니를 작은 방에서 꺼내줬고 둘은 함께 마을에서 도망쳤다.

"거만 아니면 어델 가든 괜찮았다, 괜찮았어."

할아버지는 할머니보다 한 살이 많았다. 할머니의 집에서 머슴을 살던 고아인데 머슴으로 부리지 않고 아들처럼 키웠으니 피가 섞이지 않았을 뿐 오누이나 다름없었다. 할머니를 몰래 좋아한 할아버지가 할머니와 맺어질 방법은 함께 도망치는 것뿐이었다. 둘은 서로 좋아했고 멀리 떠나고 싶었다.

할아버지는 할머니의 손을 잡고 기차에 올라타 무작정 지음으로 들어왔다. 지음의 탄광이 한창 잘나가던 시절이었다. 지음의 개들도 돈을 물고 다닌다는 소문이 바닷가의 작은 마을까지 떠돌았다. 돈 한 푼 없던 사람들이 맨몸으로 지음에 모여들던 때라, 또 사랑에 빠진 할아버지의 눈빛이 그토록 늠름했던 터라 뭘 하든 굶어 죽지는 않겠구나 하는 마음이 있었단다.

나는 가끔 할머니가 할아버지와 함께 지음에 첫발을 디뎠을 때 머리 위로 펑펑 쏟아지던 하얀 눈을 상상해 보곤 한다. 지음의 기차역에도, 역을 내려오는 가파른 길에도, 저 멀리 지장산 기슭에도, 그리고 읍내 국밥집 지붕 위에도 수북이 쌓인 눈. 그날따라 눈이 얼마나 곱고 마음은 또 얼마나 서럽던지. 배가 무지 고픈데 돈 한 푼 없고, 어째서 정든 바닷가 고향을 떠나 이렇게 눈 많은 산속으로 흘러들어 왔는지 영문도 모르고 또 억울하기도 하여 할머니는 눈물을 펑펑 흘렸다.

국밥집 처마 아래 그 뜨거운 눈물이 떨어진 자리에는 흰 눈이 점점이 녹고 있었다. 그리고 어느 순간부터 눈물은 다시 얼어붙어 고드름이 되고 땅에서부터 조금씩 자라났다. 누군가 마지막으로 흘린 눈물은 그가 어떤 사람이고 어떤 삶을 살아왔든 간에 생의 모든 것을 바꿔버리는 힘이 있다고 했다. 자그마한 체구의 할머니는 그 눈물의 힘을 분명히 기억하고 있었다. 그때 국밥집 처마 아래에서 흘린 눈물이 살면서 할머니가 흘린 마지막 눈물이었다.

*

6월의 눈이 쏟아지던 그날 나는 할머니로부터 랜드와 슬립시티가 생기기 전 지음의 이야기도 들었다. 지금은 전혀 상상할 수 없는, 그때 있던 길이며 건물이며 광부며 광부들 입에서 나오는 거친 말들에 가슴이 두근거렸다. 이야기를 듣다가 이렇게 생겼어요? 저런 뜻인가요? 그건 정말 끝내주네요, 맞장구치면 할머니는 말했다.

"넌 엄마를 따라 도서관엘 쫓아다니더니 안 본 것도 아주 본 것처럼 얘길 하네?"

이야기 속에서 할아버지가 다시 등장한 건 그 말을 한 뒤였다. 할아버지가 살아 있을 당시 지음에선 한 손에 네모난 종이를 들고 다니는 광부들을 흔히 볼 수 있었다. 요즘 사람들이 스마트폰

244

만 바라보며 길을 걸어가듯이 광부들은 종이 한 장을 뚫어져라 보며 걸어갔단다. 할머니는 그 종이가 광부들의 급여 명세서라고 말해줬다.

"할머니, 방금 급여 명세서라고 하셨어요?"

"그래, 그건 그 사람들 목숨과도 같애. 숨값으로 받는 영수증 같은 거."

난 급여 명세서가 뭔지도 그게 얼마나 중요한지도 몰랐다. 그 많은 것 중에 왜 하필 급여 명세서 이야기를 꺼내는지도.

광부들은 입갱 수당에 목숨까지 걸고 일했는데 종이엔 터무니없는 숫자가 적혀 있어서 얼이 빠질 정도였단다. 요새 누가 봤다면 로또 1등을 맞은 사람으로 오해했을 거라고 할머니는 말했다. 광부들이 떼돈을 번다고 잘못 알고 있다, 돈이나 만져봤으면 억울하지나 않지, 자꾸 말이 덧붙었고 이야기는 좀처럼 앞으로 나아가지 않았다. 이야기를 하면서 할머니는 뭔가를 꾹 참으려고, 화를 내거나 눈물을 흘리지 않으려고 애썼다. 떼돈을 벌었으면 기뻐서 만세를 불러야지 왜 욕을 하겠느냐며 "젠장, 빌어먹을 내 돈은 다 어데로 간 거야!" 거친 말을 내뱉기도 했다. 난 그게 이야기 속 목소리를 흉내 내는 건지 아니면 할머니가 하고 싶어서 하는 말인지 헷갈렸다.

"할머니, 지금 빌어먹을이라고 하셨어요?"

"아니다. 빌어먹고 살아야 할 정도로 돈이 적었다고 했는데."

"얼마나 적었는데요?"

한 달 동안 깊은 굴속에서 캐어 올렸던 시커먼 탄 덩이들, 작업 반장의 성난 목소리와 깊은 곳으로 들어갈수록 먹먹해지던 귓구멍, 끝없이 내려가던 인차의 덜컹거림, 목구멍에 달라붙어 영원히 떨어지지 않을 것만 같던 뜨겁고 매캐한 공기, 검은 발톱으로 할퀸 듯한 노란 안전모와 그 안전모에 달려 깜빡이던 불빛, 몇 번 휘두르니 휙 빠져 머리 위를 날아가 건너편 돌 틈에 꽂히던 곡괭이 날, 수용소 가스실처럼 생긴 샤워장, 터덜터덜 산 아래로 내려와 동료들과 나누던 대포 한잔까지. 무슨 말인지 다 알아들을 순 없었지만 할머니는 그런 것들을 다 보상받기엔 종이에 쓰인 액수가 너무도 적었다고 말했다.

"이건 아니야."

젊은 할아버지가 흰 종이를 구기며 고개를 설레설레 젓는다. 할아버지는 광업소 경리 사무실을 찾아가 덜컥 문을 열어젖히고 당당하게 외친다.

"이봐요. 내 돈은 누가 가져갔소?"

갱도 앞을 막은 바위처럼 덩치가 큰 할아버지가 사무실로 들어서자 직원들이 움츠러든다. 할아버지 얼굴엔 군데군데 탄가루가 묻고 어깨엔 곡괭이를 얹고 있다. 책상을 두 쪽으로 쪼개버릴 듯 사나운 모습에 사무실 직원들은 덜덜 떨면서 말한다.

"우리가 안 가져갔어요."

할아버지는 곡괭이를 바닥에 쿵 내려놓는다.

"그럼 누가 가져갔지?"

아무도 답하지 못한다.

그때 한 여자가 일어나 할아버지 앞으로 다가온다. 나이가 많은 경리부장이었는데 사장과 오래 붙어먹은 여자였다고 한다.

"할머니, 붙어먹었다는 게 뭐예요?"

"탄광 사장이 옛날엔 트럭에 과일 싣고 장사를 다녔거든. 그때 옆에 앉아서 계산도 하고 영수증도 쌓고 어깨도 쭈무르고 그랬다는 거지."

트럭 한 대가 탄차 여덟 대가 되고 빨간 사과와 파란 수박이 검은 탄 덩어리가 되고 나서도 여자는 여전히 계산을 하거나 영수증을 정리하거나 사장의 어깨를 주물러줬다고 했다.

경리부장은 할아버지 앞에서도 전혀 주눅 들지 않았다. 그 여자는 할아버지 눈을 똑바로 쳐다보며 손가락으로 벽 쪽을 가리켰다.

"저 사람이요. 저 사람이 가져갔어요!"

할아버지는 경리부장이 가리킨 벽을 보곤 두 손으로 머리를 감쌌다.

"어이쿠."

벽에는 태극기가 든 액자가 걸려 있었다.

"나보고 뒤지라는 말이군."

할아버지는 으르렁거리며 경리부장을 쏘아보았다.

*

할머니는 할아버지를 두고 말했다.

"고지식해서 한 가지 생각밖에 못 하는 양반이었데니. 그날도 혼자서 심각해져 술 마이 먹고, 애를 썩이고, 마음속에 있어도 밖으로다가 표현을 못 하고, 어디에 담아놓지도 못하고 술만 마시니 그러다 금방 죽는 거 아니겠나. 그런 양반한테 자리 준 게 잘못이지 뭐이가 잘못이겠어. 협상 대표랍시고 회의니 집회니 돌아댕기다가 정신이 나가버린 거지. 다들 가마이 있는데 내가 사람들을 위해 나서야 일이 쉽게 풀릴래나 고런 생각만 했던 거 아니겠니. 아니, 협상 대표가 왜 꼭꾕이를 들고 가, 꼭꾕이를."

할아버지가 곡괭이를 들고 경리부를 찾아갔을 때 광업소에서 큰 싸움이 벌어졌다. 경찰들이 지프차를 타고 지장산으로 올라왔다. 그 싸움에 앞장선 것도 할아버지였다. 할머니를 데리고 바닷가 마을을 도망칠 때도, 갱도로 들어가 탄을 캘 때도 할아버지는 그런 사람이었다. 뭘 하든 한 가지 생각밖에 못 하는 사람. 근데 그 한 가지 생각과 행동이 같이 나가는 사람. 할아버지는 동료들과 함께 광업소 사무실 앞을 막고 외쳤다.

"지금 우리 배를 불리려고 이러는 게 아냐. 선산부들 돈 떼먹고 뒷방에 쌓아놓는 사장이랑 그놈과 붙어먹고 관광버스 타고 온천이나 놀러 다니는 노조 지부장 놈이 괘씸해서 그러는 거지. 고생은 남이 하고, 거서 나온 건 지들이 먹고. 고런 나쁜 짓은 못 하게 해야 할 거 아냐."

할아버지와 광부들이 광업소 앞에서 태극기와 붙어먹은 사장, 사장과 붙어먹은 경리, 그 경리와 다시 붙어먹은 가짜 노조 위원 장을 끌어내던 중에 경찰이 몰려왔다.

거친 광부들을 어쩌지 못하던 경찰들은 총이 아니라 사진기를 꺼냈다. 현장의 증거를 남기려고 말이다. 하지만 광부들의 가슴속 다이너마이트에 불을 붙이는 짓이었다. 사진을 찍힌 광부들은 참았던 울분을 터트리며 사진기를 빼앗으려 했다. 경찰들은 도망치려고 냉큼 지프차에 올라탔다. 그 앞을 용감하게도 가로막은 사람이 바로 할아버지였다. 그런데 경찰들이 당황한 나머지 그대로 지프차로 밀어버렸다. 황소처럼 힘이 세고 고집도 세던 할아버지는 절대 옆으로 피하지 않았다. 할아버지는 지프차에 깔렸고, 지프차는 배 위를 그대로 지나갔다.

할머니가 말했다.

"으쌰으쌰 하는 거야 노다지 하는 거고, 일이 벌어지믄 뭐가 벌어질래나, 또 쌈이 벌어질래나 속으로만 생각했지 그런 변을 당하리라고는 꿈에도 몰랐네. 남자들이 모여 데모 쫌 한다고, 그래서 여자들 손이 필요치 않은 일인가 보다 한 거 아니겠나. 그때가

4월이고 지대가 높아서 아직 추우니까 인제 커피나 따시게 줄라고, 그런 봉사나 갈라고 큰 마호병에다 물 끓여 갖고 나갈 생각이나 했지! 근데 커피나 묵으면서 웃고 있을 그런 정황이 아니더라구!"

할아버지 배 위로 지프차가 지나갔을 때 할머니는 뜨거운 물을 마호병에 담고 있었다고 한다. 그 소식을 듣고 놀라는 바람에 덴 자국이 아직 할머니 손등에 남아 있었다.

물론 그때 뜨겁게 덴 건 할머니만이 아니었다. 할아버지 배 위로 경찰 지프차가 지나간 사건에 지읍의 모든 광부들이 배를 뜨겁게 데고 말았다. 광부들은 단단히 화가 나서 손에 몽둥이를 들고 달려가 경찰서를 점령했고 경찰들은 지읍 밖으로 도망쳤다.

경찰서를 차지한 광부들은 말했다.

"불법? 법이 나쁜데 합법 불법이 어디 있나? 이건 살기 위한 투쟁이오. 합법 불법보다 정당한가 안 정당한가를 판가름해 주소."

지읍 주민들도 광부들을 응원했다. 광부의 부인과 자식, 친척, 그리고 광부들에게 술과 밥을 파는 가게 주인들이었다. 할머니도 마호병의 커피만으로도 안 되겠다 싶어 아예 국밥을 빨간 다라이에 담아 보초 서는 광부들에게 갖다주었다.

"그때부터 광부들이 화가 단디 나서는 여기저기 연통 돌리고 읍사무소니, 안경다리니, 탄광 사람들하고 죄다 나가서 사수해야 된다고 그랬다니. 난리도 그런 난리가 없었네. 진짜 뚝방을 새카만 개무 새끼 떼처럼 기 올라오는 경찰들을 보니까 가슴이 꽉 미어지더라구."

노조 대표가 붙어먹은 경리, 경리가 붙어먹은 사장, 사장이 붙어먹은 태극기도 가만히 있지만은 않았다. 도내의 경찰들을 싹 다 모아 지음을 둘러쌌다. 그때 지음으로 들어오는 길은 안경다리 하나였고, 그곳만 지키면 경찰이든 군대든 들어올 수 없었다. 한번 성이 난 광부들은 전혀 물러날 생각을 하지 않았다.

"절대 안경다리를 건너오지 못하게 버텨야 합니다. 우리에겐 다이너마이트보다 더 센 짱돌이 있어요."

그것도 모르고 경찰들은 작전 없이 안경다리로 기어오르다가 광부들로부터 돌 세례를 맞았다. 경찰들이 돌을 맞고 물러가자 안경다리 밖에서는 불길한 소문이 돌았다. 광부가 아니라 빨갱이들이 지음을 차지했다는, 그 빨갱이들을 몰아내기 위해 무시무시한 공수부대가 안경다리 밖에서 대기한다는 소문이었다.

"검댕이란 말은 들어봤어도 빨갱이란 말은 처음이오. 왜 광부들한테 총을 겨눕니까. 우린 그냥 먹고살려고 그러는 건데. 군대가 안경다리를 건너면 우린 산속에 갇혀 다 죽습니다."

군대에 맞서려고 광부들은 돌멩이를 내려놓고 무기를 들었다. 직장 예비군 무기고에는 광부들 머릿수만큼 소총이, 탄광 창고에는 지음 전체를 날려버릴 다이너마이트가 있었다. 월남전에 다녀오거나 군에서 제대한 광부들을 중심으로 그들은 살기 위한 싸움을 준비했다.

그때 할아버지는 의료원 응급실에서 치료를 받는 중이었다. 의료원에서는 더 손을 쓸 수 없어 도시의 큰 병원으로 데려가라고 했는데 안경다리 밖을 경찰이 막고 있어 꼼짝도 못 하는 상황이었다.

할머니가 발만 동동 구르고 있을 때 나선 이가 바로 지음교회염 목사님이었다. 응급차를 밖으로 내보내 주면 광부들에게 잘 얘기해 보겠다고 탄광 회사와 경찰에 제안한 것이다. 할아버지가 죽으면 아무도 광부들을 말릴 수 없다, 사람 목숨은 일단 살리고 봐야 하지 않겠느냐면서. 마침 얘기가 잘되어 경찰들은 안경다리 밖으로 응급차를 내보내 줬고 탄광 회사에선 광부들이 원하는 걸 들어주겠다고 염 목사님에게 제안했다. 서로 얘기만 잘되면 지나간 잘못은 묻지 않겠다는 경찰의 약속도 받아냈다.

약속은 지켜지지 않았다. 할아버지가 도시의 병원에서 치료를 받는 사이 지음으로 들어온 경찰들은 데모를 이끌었던 광부들을 붙잡아 어디론가 데려갔다. 석 달 후 그들이 다시 지음에 돌아왔을 때는 예전의 모습이 아니었다. 잔뜩 겁에 질렸거나 땀인지 물인지 푹 젖었거나 다리를 절거나 팔을 들어 올리지 못했다.

할아버지는 도시의 병원에서 치료를 마치고 지음으로 돌아왔지만 이미 배신자로 찍혀 있었다. 안경다리 밖을 나가는 조건으로 광부들을 팔아넘겼다는 것이다. 그 뒤 할아버지는 광부로 일하지도 못하고 유령처럼 지음을 떠돌았다. 할머니와 염 목사님을 원망하며 시름시름 앓다가 의료원으로 들어와 그렇게 죽었다. 그게 엄마와 삼촌이 내 나이보다 더 어릴 적에 일어난 일이다.

"정당한 요구니 뭐니 말만 뻔지르르하지. 사람 목숨은 어떻게 할 건데. 그때 거긴 커다란 괴물, 뭐든 휩쓸어 잡아먹는 괴물밖에 없었어. 다들 피가 까꾸로 솟고 생각 없이 갈팡질팡하기만 했지. 난 그저 그 자리에 주저앉아 다리 뻗고 통곡해도 시원치 않고, 만나는 사람마다 눈물이 펑펑 날 것 같고, 누구라도 붙잡고 니 왜서 그랬냐고 흔들고 싶고, 화가 나서 사람들 마주치기도 싫고, 말 한마디 한마디 귀를 막고 진짜 다 죽이고 싶을 정도로 미웠던 거라. 왜 고런 끔찍한 일이 벌어져야 되느냐구."

긴 이야기 끝에 죽음이란 꽉 차버리거나 텅 비워버리는 거라고 할머니는 말했다. 그게 뭐냐고 물으니 할머니는 그냥 그런 것이라고 했다. 그 옛날 할아버지는 지음에서 꽉 차거나 텅 비워지고 있었다. 눈물을 흘릴 새도 없이 반드시 살아남아야겠다고 할머니가 굳게 마음먹은 것도 그때였다.

*

할아버지가 돌아가신 뒤에도 할머니는 지음을 떠나지 않았다. 갈 데도 없고 무엇보다 어린 엄마와 삼촌을 데리고 도망치며 살기 싫었다고 한다. 할머니는 식당에 나가거나 탄광과 공사장 밥장사를 하며 어린 엄마와 삼촌을 먹여 살렸다.

그러다 엄마가 학교, 삼촌이 유치원에 들어갔을 때 할머니는 그동안 모은 돈으로 지읍시장 근처에 다방을 차렸다. 거기엔 탄광 회사에서 받은 위로금이 포함되어 있었다.

"돈 싫다고 하는 사람이야 뭐 있겠냐마는 난 거저로 10원 한 장 바라지도 않으믄서 살았다. 근데 그 양반 돌아가시고 나니까 위로금이 29만 원 나오데, 29만 원. 사람 숨값이 고작 그것밖에 안 되나!"

말은 그렇게 했지만 할머니가 그 돈으로 다방을 차린 건 현명한 선택이었다. 당시 지읍에는 더 많은 광부가 몰려들고 더 많은 기차가 석탄을 싣고 떠났다. 배가 부르니 옛일도 잊혔다. 광부들이 해결해야 할 건 이제 굶주림이 아니었다.

다방은 농협 옆 건물 2층에 있었다. 은행 일 보러 온 아저씨들이 들르기에 딱 좋은 위치였다. 다방 입구에서 쭈뼛대던 아저씨들은 벽 속으로 스며들듯 몸을 슥 감췄다. 계단이 좁고 어두워서 2층으로 올라가는 게 아니라 지하로 내려가는 것 같았다. 드나드는 손님이 많아 문 닫힐 새가 없었고, 그 안에서 들려오는 왁자지껄 소리에 황금색 문손잡이만 잡아도 마음이 들떴다.

문을 열면 딸랑 종소리가 들리고 커다란 유리 수족관이 나온다. 수족관 뒤편 홀에는 옅은 갈색의 천 소파가 있고 파랗고 빨간 비닐을 바른 창문은 꽁꽁 닫혀 있다. 커피를 마시는 손님들도 커피를 타는 누나들도 어둠에 묻혔다. 그 어둠이, 어둠 속에서 들려오는 웃음과 노랫소리가 사람의 마음을 끌었다. 다방은 지친 광부들과 시장의 사장님들, 라이온스클럽 청년들부터 땅 부자 할아버지들까지 발길이 끊이지 않았다.

손님들은 할머니를 동 마담이라고 불렀다. 동 마담, 여기 커피 한 잔! 다방에 드나드는 사람들의 인사말이었다. 마담이라고 해서 화장을 요란하게 했던 건 아니다. 국밥집 앞치마를 두르고 있어도 그땐 젊고 예뻤다고 했다. 검은 옷을 입고 금붙이를 달았다는데 아무리 상상해 보아도 옷 입을 줄 모르는 사람이 용쓰는 차림새다.

할머니는 주방 아주머니와 젊은 누나 셋을 데리고 커피 장사를 했다. 누나들이 탁자 위에 커피를 내오고 설탕을 넣을 때 할머니는 탁자와 탁자 사이를 옮겨 다녔다. 자리에 앉았을 땐 손님들의 비위를 맞추고, 일어섰을 땐 주방과 카운터를 오가며 주문 전화를 받았다. 다방을 찾는 손님들은 누나들에게 "내가 뭘 하는 사람 같아?" 물었다. 점집도 아닌데 누나들은 척척 맞혔고, 틀리더라도 손님들은 흥겨웠다. 열에 여덟은 사장님이라고 답했으니까. 나머지 둘은 교수님과 사기꾼이었다. 얌전해 보이는 손님에게는 교수님, 잘 놀게 생긴 손님에게는 사기꾼. 다방엔 정답만 있었다.

다방의 이름은 올림픽다방이었다. TV만 켜면 "꼬리아 세울"

255

외치는 흰 머리 남자가 나오던 시절 온 나라에 올림픽 바람이 일고 있었다. 할머니는 이름을 새마을로 할지 올림픽으로 할지 고민하다가 그즈음 다방을 들락거리던 박수무당의 말을 따르기로 했다. "새마을 대운은 끝났다. 이제 올림픽 대운이 시작된다." 다방 누나들은 박수무당을 사장님, 교수님, 사기꾼이라고 불렀다.

흐름에 맞서지 말고 흐름을 잘 타고 넘어갈 것, 박수무당의 말에 할머니는 솔깃했다. 큰 흐름을 거스르면 어떻게 되는지 할머니는 두 눈으로 똑똑히 보아왔기 때문이다. 경리부 사무실 높은 곳에 걸려 있던 태극기, 거기에 맞섰던 할아버지와 광부들 얘기였다. 다방 이름이 올림픽이면 경찰들이 괜히 시비를 걸거나 해코지를 하진 않겠다는 생각도 내심 했단다. 그저 인상이 좋다는 이유로 선거에서 기호 1번을 뽑았던 것도 그즈음이었다.

과연 박수 할아버지의 말대로 흐름을 잘 타고 가니 올림픽다방은 장사가 잘됐다. 홀은 손님으로 붐비고 카운터 금고에는 돈이 흘러넘쳤다. 올림픽 개막식 때 아침부터 목욕하고 나온 주민들이 토요일 아침부터 다방에 모여 TV로 굴렁쇠 굴리는 꼬마를 숨죽이고 지켜봤다. 선수들이 금메달을 딸 때마다 다방 안엔 환호성이 일었다. 손님들은 장난기 섞인 목소리로 "동 마담, 동메달은 아니 되오" 노래를 불렀다. 그때가 올림픽다방이 제일 잘나가던 시절이었다.

그 시절도 오래가진 못했다. 올림픽다방의 강력한 적수가 등장했다. 지음 반대편에 있던 약속다방이나 건너편에 있던 지음스탠드바가 아니라 다방 옆 농협 안에 설치된 올림픽 손님맞이용 커피 자판기가 올림픽다방의 강력한 적수였다. 50원이면 커피를 뽑아 마실 수 있었고 메뉴도 밀크커피, 블랙커피에서 카페오레로, 카푸치노로, 아메리카노로 다양해졌다. 지음에 다방이 아니라 커피숍과 카페가 생기면서, 탄광이 문을 닫고 광부들이 떠나면서, 무엇보다 올림픽이 옛말이 되면서 다방을 찾는 손님도 줄어들었다. 그사이 주방 아줌마도, 다방 누나들도 하나씩 줄어 이제 올림픽다방은 할머니 혼자서 커피도 끓이고 차도 내고 계산도 하는 흔한 시골 다방이 되었다.

*

올림픽이 끝나고도 십 년 넘게 올림픽다방은 그 자리를 지켰다. 다방 장부보단 시장 사람들에게 돈을 빌려주는 일수 장부를 쓰는 날이 늘어났다. 다방은 돈이 안 됐지만 돈놀이는 돈이 됐다. 올림픽다방은 지음시장 옆에 있었고, 살아남으려면 일수를 돌려야 했다. 폐광되고 랜드가 들어서기까지 몇 년 동안 시장에서 할머니에게 돈을 빌리지 않은 사람이 없었다. 할머니의 일수 장부는 시장 사람들에게도, 할머니 자신에게도 구명줄과 같았다. 변화의 파도에 휩쓸려 이리저리 떠돌지 않도록 붙들어 주었으니까.

257

손님이 하나도 없는 다방 카운터에 앉아서 할머니는 열심히 장부를 적었다.

할머니가 장부를 쓰는 사이 지음에는 변화가 생겼다. 탄광이 문을 닫고 랜드가 들어섰다. 지음과 랜드, 웨스트부다스와 이스트지저스로 나뉘고 슬립시티가 생겼다. 지음 사람들은 이제 탄광이 아니라 랜드에 올라가서 일했다. 말로는 간단해도 정말 큰 변화였다. 랜드로 한번 올라간 손님들은 지음으로 돌아오지 않았다. 랜드에서 커피를 공짜로 주는데 지음에 내려와 돈을 주고 커피를 사 먹을 리가 없었다. 랜드로 올라간 사람들은 그곳에서 모든 걸 해결하고 지친 얼굴로 슬립시티에 내려와 잠을 잤다. 돈 없는 사람들만 지음에 머물렀다. 구걸도 하고 카지노에서 맡은 자리도 팔고 그렇게 번 돈으로 슬립시티에서 묵으며 읍내를 기웃거렸다. 올림픽다방은 커피를 마시러 오는 손님보다 할머니에게 돈을 빌리러 오는 사람이 더 많아졌다.

어느 날 손님 없는 다방에서 할머니는 볼펜에 침을 묻혀 장부를 적다가 TV에 눈길이 꽂혔다. 화면에 나온 커다란 축구공을 보았을 때 할머니의 가슴속에는 무언가가 꿈틀거렸다. 광부들이 다방을 드나들 때 "꼬리아 세울"이 지겹게 나왔다면 이제 TV에는 축구공만 지겹게 나오고 있었다. 광고에서도, 뉴스에서도, 드라마에서도. 그때 보았던 광고를 할머니는 똑똑히 기억한다고 했다. 화면에선 녹색 잔디밭 위 백인과 흑인들이 섞이고 청년과 할아버지가 발 사이로 공을 흘려보낸다. 높이 차올려 하늘의 태양이 되어 빛나는 축구공. 월드컵이 시작되었다.

대한민국! 지음 사람들이 시장 앞 공터에서 커다란 TV를 놓고 축구팀을 응원했다. 그들은 발작하는 삼촌처럼 소리를 지르거나 자기 무릎을 때렸다. 붉은 옷 입은 우리 편 선수가 골을 놓치거나 상대편이 우리 편 골대에 골을 넣으면 함께 욕을 했다. 붉은 티셔츠를 맞춰 입고 이마와 볼에 태극기를 그린 사람들. 그 사이에서 삼촌도 같이 얼싸안고 펄쩍펄쩍 뛰었다. 같은 옷 입고 어깨동무하고 손뼉 치고 춤추면서 발을 구르고 야유와 탄성을 동시에 보냈다.

창문 밖에 일렁이는 붉은 물결을 내다보던 그날 이후 할머니는 올림픽다방을 정리했다. 다시 밥장사를 하시려나. 시장 사람들이 궁금해했지만 할머니는 과거로 돌아가는 사람은 아니었다. 시대가 변하고 있다고, 탄광이 있을 때 다방이 필요했다면 랜드가 있을 땐 다른 것이 필요하다고 할머니는 말했다.

"돈이 어데서 나오는지 아나? 문제에서 나오지. 사람들 문제를 해결해 줘야 돈이 나와. 그럼 목 타는 사람은 뭐이가 문제지? 바로 갈증이 아니겠나. 그냥 물 판다고 돈 생기는 게 아니라 물로 갈증이란 문제를 해결해 줘야 돈이 돼. 그럼 생각해 보라. 랜드 손님들은 뭐이가 문젠지?"

할머니의 생각이 이러했기에 일수놀이를 해서 모은 돈으로 훗

259

날 옛 은광포장마차 2층 건물을 사들였을 때도, 소파며 책상이며 의자며 낡은 가구들을 들여왔을 때도, 붉은 월드컵전당포 간판을 새롭게 올렸을 때도 지음에서 놀라는 사람은 없었다. 단 한 명 엄마를 빼고는.

"다방 할 때도 그렇게 싫었는데 이젠 전당포라니! 엄마가 본격적으로 돈놀이할 건가 봐!"

이것이 그날 내가 들은, 내가 아는, 내가 아주 오랫동안 상상한, 할머니를 통해 나에게 흘러 들어온 지음의 이야기였다.

*

할머니가 이야기를 마쳤을 땐 쏟아지던 눈이 멈춰 있었다. 창밖은 잠잠하고 병실 커튼 사이로 햇빛이 들어왔다. 지장산 송전탑에 닿을 듯 낮게 떠 있던 구름이 산등성이를 타고 흘러내려 푸른빛 하늘이 조금씩 드러났다. 눈이 쌓여 하얘진 산마루에 구름 그림자가 홀로그램 스티커처럼 반짝거렸다.

이야기를 하는 동안 시간이 할머니를 통해서 흘러갔다. 어린 시절 바닷가 이야기를 할 때 할머니는 일곱 살 아이가 되었고, 눈이 펑펑 내리던 지음 이야기를 할 때는 젊은 아가씨가 되었다. 올림픽다방 이야기를 할 때는 빨간 립스틱을 바른 동 마담이 되었으며, 월드컵전당포 이야기를 할 때는 깐깐한 동 여사가 되었다.

그 이야기를 들으며 나는 펑펑 내리는 눈 속에 서 있었다. 곡괭이를 둘러멘 할아버지를 보고 겁먹은 사무실 막내의 눈동자 속에 내가 있었다. 나는 안경다리 돌멩이 속에도 있고 어둡고 떠들썩한 다방 구석에도 있었다. 할머니가 바닷가에 가면 나도 바닷가로 갔고, 할머니가 산으로 가면 나도 산으로 갔다. 할머니와 함께 이 땅 위를 훨훨 날아다녔다.

그날 할머니는 내가 전당포에 온 이야기도 들려주었다. 많은 얘기를 해주었지만 하나의 장면만이 선명하다. 전당포 문을 연 지 십 년쯤 지나서였나. 할머니는 범상치 않은 꿈을 꾸어 그 풀이를 들어보려고 범바위골 박수 할아버지를 찾았단다. 연락도 없이 갔는데 박수 할아버지는 범바위까지 내려와 있었다. 뭘 하나 봤더니 오색 천이 달린 새끼줄로 범바위를 묶는 중이었다. "네놈이 아래로 뛰쳐 내려가면 지음이 뒤집어진다, 이놈아" 중얼대면서.

박수 할아버지는 할머니 쪽으로 고개도 돌리지 않고 말했다.

"그거 태몽 맞아. 아이가 오면 잘 받아야 돼."

왜 왔는지, 무슨 꿈인지 한마디도 안 꺼냈는데 태몽이라니, 그것도 이 늙은 나이에. 할머니의 얼굴이 붉어졌다.

"내 말은 딴생각 말고 잘 지키라고. 그게 널 살리는 길이니까."

"지켜요? 아를요? 왜서요?"

"못 알아듣는 거야, 알아듣기 싫은 거야. 지키는 거 몰라? 잃어버리지 않도록 잘 살피고 보호하는 거, 당연히 그래야 될 게 아

261

냐. 그것두 모르고 전당포는 어떻게 한대."

박수 할아버지는 새끼줄을 범바위 위쪽으로 던졌다.

"알아들었으면 저쪽 줄 좀 잡아줄래?"

엉겁결에 할머니는 범바위 반대편으로 돌아가 새끼줄을 붙들었다.

"근데 시방 뭐 하는 거래요?"

"보면 몰라? 범바위 묶는 중이잖냐. 땅이 얼마나 요동치는지 하나하나 다 묶어둬야 돼. 아니면 큰일 나겠어. 잘 잡았지?"

그날 할머니는 범바위만 묶다가 집으로 돌아왔다고 한다.

그 뒤에 벌어진 이야기는 나도 반쯤은 안다. 엄마가 랜드 호텔에서 아기를 맡았다가 쫓겨난 이야기며, 그때 같이 쫓겨난 손님들이 슬립시티로 내려온 이야기며, 그들이 아기를 모텔에 두고 번갈아 카지노로 올라간 이야기며, 할머니 전당포에 배 등록증을 맡기고 돈을 빌린 이야기며, 어느 여름밤 전당포 앞에 아이를 놔두고 사라진 이야기며, 다음 날 아침에 염 목사님과 자주색 재킷 남자가 전당포로 찾아온 이야기며, 밤새 랜드에서 사건이 벌어져 경찰과 기자들이 돌아갈 때까지 전당포에서 아이를 맡아달라고 한 이야기며……. 할머니가 다 말해주진 않아서 이제 어떤 이야기는 영원히 알 수 없게 됐지만 나는 더 묻지 않았다. 할머니가 나에게 말해주었으니까. 애들은 억만금 주고도 살 수 없는 어른들의 희망이자 미래라고. 아이들은 어른들이 만든 세상에 맞춰서 살아갈 수밖에 없으니 그 아이들이 스스로 세상을 만들도록 어른들은 잘 맡았다가 세상에 돌려주기만 하면 된다고.

왜 아이들의 미래가 어른이 아니고 어른들의 미래가 아이라는 거지? 할머니의 말이 의아하긴 했지만 그때 내가 더욱 궁금한 건 따로 있었다.

"할머니가 꾼 꿈이 뭐였는데요?"

"빗이다."

"빛이라고요?"

"빗."

"빛이요?"

"빗이라구. 머리 빗는 빗."

용이나 호랑이, 황금소가 나오는 거창한 꿈은 아니었다. 그냥 소박한 빗이 나오는 꿈이었다. 머리를 빗을 때 쓰는 플라스틱 빗 말이다. 자그맣고 평범한, 화장실 선반에 놓여 있는 빗.

꿈속에서 할머니는 화장실 거울을 보며 하얗게 센 머리칼을 빗고 있다. 문득 머리를 빗던 손을 멈추고 빗을 바라본다. 노란 불빛에 반사된 플라스틱 빗의 손잡이, 그 안에 어떤 문양이 어지럽게 빛나고 있다. 손잡이를 돌릴 때마다 문양이 달라졌다. 이렇게 돌리면 어릴 적 갖고 놀던 구슬 안의 울긋불긋한 거머리, 저렇게 돌리면 밤하늘에 가득한 은하수가 되었다. 두 눈이 침침해서 할머니는 문양을 자세히 들여다볼 순 없었다. 안방에서 돋보기안경을 가져와 쓰고 싶은데 빗을 내려놓으면 조금 전 보았던 문양이 사라질 것만 같았다. 어쩌면 좋을지 생각하다가 할머니는 수납장에서 깨끗한 수건 한 장을 꺼내어 빗을 올려놓고 천천히 감싼 뒤 갓난아기처럼 소중하게 품에 안았다.

할머니는 수건을 품에 안고 안방으로 들어와서 빛이 들지 않게 커튼을 여몄다. 그리고 돋보기안경을 찾아 쓰고는 조심스럽게 수건을 젖혔다. 플라스틱 빗을 조심스럽게 집어 다시 문양을 살펴보니 그 문양 사이에서 깔깔대는 소녀의 웃음소리가 들려왔다. 소녀가 입은 원피스의 열대 나무 무늬도 보였다. 알록달록한 팬티가 파란 하늘을 펄럭이며 날아가다 흙 마당에 툭 떨어졌다. 할머니의 고향, 바닷가 마을에 있는 집 마당이었다. 한참을 들여다본 뒤에야 할머니는 빗 손잡이 안에 무엇이 들었는지 알았다. 바로 할머니가 놓쳐버렸다고 생각한 지나간 시간과 이제부터 꽉 움켜잡아야 할 다가올 시간들이었다. 할머니는 평온한 미소를 지었다.

불지킴이

이야기를 모두 쏟아낸 할머니는 다시 잠이 들었다. 의사 선생님은 할머니가 오늘 밤을 넘기지 못할 거라고 말했다. 엄마와 나와 삼촌은 병실 불을 환하게 켜놓고 할머니를 지켰다. 밤이 오지 못하게 막으려고. 누구도 할머니를 데려가지 못하게 하려고. 그때 나는 할머니가 먼 곳으로 떠난다는 걸 이해하지 못했다. 한번 떠나면 오랫동안, 아니 어쩌면 다시는 만나지 못한다는 것도. 나는 시장 사람들이 떠들면 같이 떠들고 교회 사람들이 기도하면 같이 기도했을 뿐이었다. 어른들의 행동을 보고 따라 했을 뿐 죽음을 분위기로만 알았다. 어른들은 나에게 죽음을 알려주지 않으려고 일부러 더 크게 웃고 말도 많이 했다. 죽음이란 너도 모르고 나도

265

모르는 것이란다, 그래서 슬퍼할 필요는 없지, 그렇게.

할머니의 얼굴이 노랗게 변했다. 눈을 뜨지 않고 숨만 쉬고 있는데 살짝 열린 눈꺼풀 안으로 눈동자가 무섭게 왔다 갔다 했다. 그게 마지막으로 기억하게 될 할머니의 얼굴이라니. 할머니가 몸을 뒤틀며 으, 으, 신음을 낼 때마다 엄마는 "엄마, 무슨 말이 하고 싶어요?" 물었다. 할머니는 마른 몸을 비틀며 입술을 달싹거렸다. 무슨 말인지 잘 들리지 않았다. 뭐라고요? 뭐라고요. 뭐라고요……. 엄마의 목소리는 점점 작아졌다. 엄마는 몸을 낮추고 할머니의 입술 위로 귀를 가져다 댔다. 입술이 움직일 때마다 알겠어요…… 알겠어요. 알겠어요! 엄마의 목소리는 점점 커졌다.

할머니는 힘겹게 말을 마쳤고, 엄마가 할머니의 말을 전했다.

"나중에 가난하게 살지 않으려면 가정을 꾸리래. 혼자서는 돈 절대 못 모은다고."

그게 할머니가 우리에게 마지막으로 남긴 말이었다.

할머니는 숨을 한껏 들이마셨다가 내쉬며 "달구지, 달구지" 눈앞에 뭔가를 보면서 말한다. 할머니가 보고 있는 걸 나도 본다. 꼬마 할머니와 함께 나는 수레를 타고 있다. 어찌나 우당탕 요란스럽게 굴러 내려가던지. 할머니는 겁이 나서 눈을 꼭 감고 수레 바닥에 납작 붙는다. 곧 덜컹거림에 익숙해진 할머니가 눈을 감은 채 고개를 든다. 수레 바깥을 보고 싶어서 팔에 힘을 주고 감았던 눈을 뜬다. 주위는 온통 깜깜하고 저 앞에 검은 구멍 속에서 바람이 불어온다. 바람이 불어오는 쪽으로 수레는 계속 달려 간다. 할머니는 손을 뻗어 그 어둠을 만져 보려 했지만 손에 움켜 쥘 순 없었다. 할머니는 고삐가 풀린 수레를 타고 끝없는 어둠 속 으로, 점점 그 아래로 아래로 빨려 들어갔다.

*

할머니는 잠이 들어 다시 깨어나지 않았다. 얼굴과 팔다리는 노랗게 마르고 부풀었다. 마르면 마른 거고 부풀면 부푼 거지 마르고 부풀다니? 말이 안 되는 것 같지만 정말로 그랬다.

울지만 말고 장례 절차를 밟으라는 의사 선생님 말에 엄마는 울음을 뚝 그쳤다.

"이제부터 할 일이 많으니 정신을 단단히 차려야 합니다. 영안 실로 모시기 전에 마지막으로 어머님께 인사드리세요."

여기서 할 일이란 의료원에 돈을 내고 서류를 쓰는 거였다. 죽 은 사람을 보내는 데에도 수많은 서류가 필요하다는 사실을 그때 처음 알았다. 먼저 의료원 장례식장에서 장례를 치를지, 다른 곳 에서 장례를 치를지부터 정해야 했다. 엄마는 병원비 영수증을 받으러, 사망진단서를 떼러, 장례식장을 잡으러 바쁘게 뛰어다녔 다. 원무과에서 받아 온 서류를 적다가 엄마는 혼잣말을 했다.

"내가 엄마의 보호자였네, 난 아무것도 한 게 없는데……."

엄마는 또다시 울먹이려 했지만 서류들은 엄마에게 울 시간을 주지 않았다. 그것들은 죽음이라는 절차를 어서 끝내라고 엄마를 앞으로 밀어댔다. 돈을 내고 서류를 쓰면서 엄마는 울지 않았다. 살면서 그런 걸 해본 적이 한 번도 없으니 의사 선생님 말대로 정신을 똑바로 차려야 했다. 엄마는 여기저기 불려 다녔고, 의료원 사람들의 말을 잘 듣고 고개를 끄덕이며 그 시간을 지나가고 있었다.

엄마가 의료원에서 돌아다니는 동안 삼촌과 나는 눈 덮인 지음을 뛰어다니며 할머니의 죽음을 알렸다. 누구에게 알려야 하는지 몰랐고, 안다고 해도 전화번호도 갖고 있지 않았다. 삼촌만 가려고 했는데 혼자면 더 슬플까 봐, 실은 좀 불안하기도 해서 나도 같이 갔다. 아직 다리가 완전히 낫지 않아서 조금 절룩였지만 삼촌이 내 손을 꼭 잡고 갔다. 우리는 골목을 빠져나와 큰길까지 달려갔고, 큰길에서 다시 골목으로 들어갔다.

제일 먼저 달려간 곳은 전당포 거리였다. 거리가 시작되는 삼거리에서부터 쪽박공원까지 뛰어갔다. 쪽박공원 안에도 들어가 한 바퀴 돌았다. 전당포 사장님들도 떠나고 카지노 거지들도 사라졌지만 우리는 텅 빈 전당포 거리를 샅샅이 돌았다. 아는 사람을 만나든 모르는 사람을 만나든 우리는 멈춰 서서 할머니가 돌아가셨다는 소식을 전했다. 눈이 쌓인 바닥이 미끄러워도 서로 손을 잡고 있어서 버틸 수 있었다. 찬 바람이 몸을 스쳐 갔고, 삼촌과 나는 똑같이 숨을 헐떡였다. 삼촌은 억억억 소리치지 않았다. "내가 왜, 이씨, 그래가지고" "그게 그런 거라니까"란 말도 내뱉지 않았다. 헐떡이는 숨이 그 말들을 입 밖으로 밀어내는 동시에 막고 있었다. 삼촌의 말들은 거친 숨에 막혀 거리에 조각조각 흩뿌려지거나 목구멍 속으로 되돌아갔다.

삼촌은 시장에 뛰어 들어가서도 지음이 흔들린다느니 랜드가 무너진다느니 외치지 않았다. 숨소리가 거칠어질수록 어째 숨이 더 잘 쉬어지는 것 같았다. 좁은 등이 넓어지고 움츠린 어깨는 펴지고 키도 커졌다. 그 변화를 뭐라 설명하긴 어렵다. 실제로 키가 커지는 건 아니었을 테니까. 난 삼촌이 우는 것도 처음 봤다. 그래서 나도 같이 엉엉 울었다. 우리 둘의 울음소리만 듣고도 시장 사람들은, 백초농원 아저씨도, 시장국밥 할머니도, 종가떡집 아줌마도, 천일정육식당 사장님도 가슴을 쓸어내리며 할머니가 가셨구나 짐작했다고 한다.

*

할머니 장례식은 하루 만에 끝났다. 조용한 장례식이었다. 플라스틱 꽃들도, 검정 글씨 리본도 없었다. 우왕좌왕하는 검은 구두들도, 왁자지껄한 술판도, 화투판도 없었다. 전당포 거리의 사장님은 한 명도 찾아오지 않았다. 시장 사람들도 다를 게 없었다.

할머니가 살아 계실 때는 돈이라도 빌려보려고 뻔질나게 의료원 문턱을 드나들더니만 할머니가 떠나자 백초농원 사장님 혼자 봉투를 걷어서 온 게 다였다. 장례식장엔 할머니의 사진이 있었고, 향불과 국화가 있었고, 엄마와 삼촌과 나만 있었다. 우리는 중국집에 짜장면과 탕수육을 시켜 먹고 장례식장 바닥에 담요를 깔고 뒹굴었다.

우린 아무 대책이 없었다. 장례식을 어떻게 치르는지도 몰랐고, 앞으로 할머니 없이 어떻게 살아가야 할지도 몰랐다. 하지만 할머니는 달랐다. 아무 대책도 없이 우릴 떠난 건 아니었다. 장례식장에서 우린 할머니가 준비해 놓은 서류들을 받았다.

"거짓불쟁이들은 서류에 손꾸락 도장을 콱 찍어서 싹 조져야 돼!"

할머니에게 서류란 말로만 그런다는 게 아니라 뭔가를 확실히 해둔다는 의미였다. 정말로 그 서류들은 우리 삶을 바꿔놓았다.

첫 번째 서류는 낯선 아저씨가 가져왔다.

늦은 저녁 염 목사님과 도서관 관장님이 장례식장에 찾아왔다. 처음 보는 아저씨와 함께였다. 얼굴은 검었고 호리호리한 몸에 촌스러운 초록색 재킷을 입고 있었다. 도서관 관장님보다 젊어 보이긴 했지만 코와 입 사이의 팔자 주름 때문에 나이를 가늠할 순 없었다. 어깨에 둘러멘 갈색 서류 가방이 할머니의 오래된 장부처럼 낡아 보였다.

셋은 할머니의 빈소로 들어갔다. 아저씨는 초록색 재킷 안쪽에서 흰 봉투를 꺼내 삼촌에게 건넸다. 구두를 벗고 할머니 사진 앞에서 납죽 엎드려 두 번 절을 했다. 염 목사님과 도서관장님은 두 손을 모아 기도했다.

그 아저씨는 절을 하고 나서 날 보며 말했다.

"네가 하늘이구나."

날 아는 아저씨인가? 난 아저씨를 모르는데. 어른들은 날 보면 이름이 뭐냐, 몇 학년이냐 묻는데 아저씨는 그러지 않았다. 관심이 없어서가 아니라 이미 나를 잘 알아서 물어볼 것도 없다는 듯이. 날 보며 싱긋 웃기만 했다. 마음이 편안해지는 미소였다.

세 사람은 빈소에서 나와 텅 빈 탁자 앞에 멀뚱히 앉았다. 엄마는 가만히 있지 못하고 이리저리 왔다 갔다 했다. 대접할 음식도 없으면서 물컵만 들고 바쁘게.

"괜찮으니까 일단 다들 앉아 봐요."

관장님의 말투는 부드러웠다.

"오늘은 우리가 특별히 감사드리러 온 자리니까요."

"무슨 감사요? 여기서요?"

엄마는 엉거주춤 앉으며 이해할 수 없다는 표정을 지었다. 나와 삼촌이 엄마 옆에 앉고 나서야 관장님이 입을 열었다.

"동 여사님 아니었으면 도서관 문도 못 열어 보고 닫을 뻔했지 뭡니까. 아, 그 전에 먼저……"

도서관장님은 옆에 있던 아저씨를 엄마에게 소개했다.

"이분은 김 변호사님이에요. 두 분 초면이죠?"

엄마가 쭈뼛대며 고개를 끄덕이니 김 변호사님은 재킷 안주머니에서 네모난 명함을 꺼냈다. 엄마는 얼떨결에 두 손을 내밀어 받았는데 왜 명함을 주는지 몰라서 어리둥절했다. 김 변호사님이 천천히 굵은 목소리로 말했다.

"동 여사님의 뜻을 전하려고 왔습니다."

엄마가 눈을 커다랗게 뜨고 삼촌과 나를 보았다. 삼촌은 나도 모르겠는데 하는 눈빛이었다. 곧 김 변호사님 입에서 우리가 상상도 못 할 말이 나왔다.

"그러니까 제가 동 여사님을 모시고 지음교회엘 갔었습니다."

엄마는 깜짝 놀랐다.

"엄마가 교회를요? 왜요?"

그러자 염 목사님이 끼어들었다.

"한 사십 년 만일 겁니다. 동 여사가 교회에 오신 게."

이어지는 김 변호사님의 이야기에 우리는 더욱 놀랐다. 김 변호사님은 다른 도시에 있는 사무실에서 일하는데 할머니가 전화를 걸어왔다고 한다. 전당포에서 돈 문제가 생길 때마다 가끔 전화로 상담하고 돈을 내긴 했지만 그날 할머니가 전화한 것은 다른 문제 때문이었다. 지음으로 급히 와달라는 할머니의 말에 김 변호사님은 처음에 거절하려고 했다.

"동 여사님도 대단하신 게 매달리거나 약한 소리는 일절 하지 않으셨습니다. 그럴 양반이 아니지요. 그저 저희 사무실에서 도저히 거절할 수 없는 제안을 하실 뿐이었죠."

그때가 랜드가 무너지고 할머니가 나를 찾아 지장산을 오르내리던 때였다. 거절할 수 없는 제안이 뭔지는 몰라도 김 변호사님은 얼른 지음으로 와서는 할머니와 함께 지음교회에 찾아갔단다. 거래를 하기 위해서. 그것도 염 목사님과.

"동 여사님이 지음교회에 돈을 빌려주었습니다. 액수는 여기 적힌 것과 같고, 선이자 10프로에 연 이자율 5프로입니다. 원금과 이자는 매달 분할하여 장녀 임정희와 장남 임정식 앞으로 상환하게 되어 있습니다. 만약 한 달이라도 상환하지 못할 경우 이자율이 단계별로 높아지게 책정된 구조입니다. 한번 살펴보십시오."

김 변호사님은 한 뭉치의 종이를 꺼냈다. 맨 앞쪽 종이에는 할머니 이름인 동영진, 그 아래에는 목사님 이름인 염동원이 적혀 있었다. 그리고 아래에 한글로 된 금액이, 괄호 안에는 0이 길게 늘어진 숫자가 보였다. 군데군데 여러 개의 붉은 도장이 찍혀 있는 종이였다. 엄마는 서류와 염 목사님을 번갈아 보았다. 염 목사님은 눈을 지그시 감고 말했다.

"동 여사는 동 여사의 일을 한 것일 뿐이지요."

맞다, 염 목사님 말대로 할머니는 할머니의 일을 했다. 원래 지음 사람들에게 돈을 빌려주고 이자를 받는 게 할머니의 일이지 않

나. 시장에 일수를 놓듯이 염 목사님에게도 돈을 빌려준 거다. 김 변호사님의 말마따나 염 목사님을 "채무자"로 만들었다.

"근데 왜 엄마가 돈을 빌려줬죠?"

엄마가 묻자 도서관장님이 답했다.

"랜드가 저 지경이 되었지만 지음에서 하던 일은 마무리해야지요. 도서관은 어쨌든 문을 열어야 하니까요."

김 변호사님은 그 말의 의미를 다시 한번 풀어서 설명했다. 할머니가 염 목사님에게 돈을 빌려주었고, 그 돈이 다시 도서관으로 들어가게 되었다고. 그래서 도서관은 대금을 치르고 무사히 공사를 마무리할 수 있었단다. 김 변호사님이 잠시 말을 멈추자 도서관장님이 "이 모든 게 랜드가 갑자기……"까지 말하고는 입을 다물었다. 염 목사님이 따갑게 노려봤기 때문이다. "……뭐, 그런 일이 있어요." 관장님은 얼른 말을 얼버무렸다.

김 변호사님이 다시 말을 이어갔다. 할머니는 돈을 빌려주는 대신 염 목사님에게 두 가지를 요구했단다. 첫째는 랜드에서 막고 있는 사고 현장 안으로 지음 사람들을 들여보내 실종자를 찾게 해줄 것. 그리고 둘째는…….

"동 여사님이 하늘이를 위해 이걸 준비해 달라고 하셨습니다."

김 변호사님은 낡은 갈색 가방에서 다른 서류 뭉치를 꺼냈다.

"동 여사님이 사방팔방 뛰어다니며 준비하셨던 서류입니다. 법을 모르셔서, 치매로 정신이 온전치 않으셔서 많이 늦어지긴 했지만요. 아, 모르셨나요? 꽤 됐을 건데요. 그래도 이 정도면 시작해 볼 만합니다. 도와줄 사람만 확실하다면…….”

“무슨 서류인데요?”

엄마가 물었다. 김 변호사님은 염 목사님을 바라보며 다시 말을 이어갔다.

“하늘이가 학교 가는 데 필요한 서류입니다. 동 여사님이 그날 교회에 가서 하신 말씀이 있습니다. 만약 하늘이가 살아서 돌아온다면 신고도 하고, 학교도 보내고, 그렇게 사람답게 살아갈 수 있도록 해달라고 말이죠. 물론 그렇게 점잖게 말씀하시지는 않았습니다만.”

김 변호사님은 말을 멈추고 싱긋 웃었다. 난 할머니가 뭐라고 말했을지 짐작할 수 있었다. “그만치 힘은 있잖아요? 힘은 그런 데 쓰래요. 분명히 말하지만 이건 부탁이 아니라 거래래요. 이 돈을 빌려주는 조건이 바로 그거래요.” 고개를 숙이지도 않고, 두 눈을 똑바로 쳐다보며, 당당하게. 그래, 그렇게.

김 변호사님은 찬찬히 두 개의 서류 뭉치에 대해서 설명했다.

“여기 보시면 채무 상환 기간이 하늘이가 학교를 다 졸업해서 성인이 될 때까지입니다. 두 서류가 연결되어 있다고 할 수 있겠죠. 한번 확인해 보시죠.”

엄마와 삼촌은 놀란 표정으로 내 손을 잡았다. 난 염 목사님 얼굴과 관장님 얼굴, 팔자 주름을 슬며시 접고 웃는 김 변호사님 얼굴을 번갈아 바라봤다. 변호사님이 입은 초록색 재킷이 형광등 불빛에 번들거렸다. 엄마와 삼촌이 머리를 맞대고 서류를 들여다보는 동안 김 변호사님이 말했다.

"지금은 이 모든 걸 받아들이기 혼란스러울 겁니다. 앞으로 들려드릴 이야기가 많습니다. 또 해야 할 일도 많고요. 저와 함께 천천히 방법을 찾아보시죠."

김 변호사님의 말에 엄마는 고개를 숙였다.

"감사합니다."

김 변호사님은 손을 내저었다.

"저한테 감사할 것 없습니다. 다 동 여사님께 수임료 받고 하는 일인데요. 그저 제 일을 하는 것뿐입니다."

그저 제 일을 하는 것뿐이라니, 나는 그렇게 점잖은 말을 들어본 적이 없었다.

*

두 번째 서류는 박수 할아버지가 가져왔다.

밤늦게 박수 할아버지가 검정 치마를 입고서 사뿐사뿐 장례식장으로 걸어 들어왔다. 엄마와 박수 할아버지는 말없이 서로 고개를 끄덕였다. 박수 할아버지는 향에 불을 붙이거나 국화꽃을 꽂지 않았다. 그 대신 허리춤에서 꼬깃꼬깃한 노란 종이를 꺼냈

다. 촛불에 종이를 갖다 대니 화르르 불이 붙었다. 검게 탄 종이
가 부서져 빈소 안쪽에 흩날렸다.

박수 할아버지는 두 손을 모으고 눈을 감았다.

"지장보살님이여, 이승과 저승의 불지킴이들이여, 을유생에 나
온 동 씨를 굽어살피옵소서. 여기, 나면서부터 하나의 불씨를 품
고 생명이 다하기까지 불씨를 꺼트리지 않으려던 이가 이제 떠나
려 합니다."

엄마와 삼촌도 눈을 감았다.

"이 불은 다른 사람들에게서 온 것이라 불 지키는 것이 다른
사람들을 지키는 일이고, 그리하여 스스로 선택할 권리가 없는
삶을 살아왔으니 이제 그 슬픔을 묵묵히 들으시고 불의 진짜 주
인을 받들어 하나로 연결되게 하소서."

박수 할아버지 눈에선 눈물이 줄줄 흘러내렸다.

"천지가 생면부지여도 마음만은 알고 있나니, 세상이 불 화산
처럼 뜨겁고 열에 넘칠지라도 제 불씨만은 눈에 담고 맘에 품는
게 사람의 일이라, 죽음이 두려웁지 않으려면 스스로 영원불멸하
다고 믿으면 되나 그 방법은 있고도 없고, 쉽고도 어려우며, 가깝
고도 머니, 큰일을 해보겠다 감히 세상에 나서지 않고 삿된 혼령
들도 믿지 아니하며, 그저 내가 공들여 지은 움막에 조그만 불씨
를 피워 올려 늙거나 병들거나 쓸쓸해도 노심초사 지켜보면서 가
족이나 친구, 애인이나 아내, 자식이나 부모가 되고 때론 스승이

나 원수가 되어도 꺼져가는 불에서 새로운 불씨를 옮겨 담기를 잊지 않으니, 종이를 말고 기름을 붓고 장작을 쪼개 넣어 슬슬 피우고 활활 태우다 종국에는 꺼뜨리지 않으려 애태우며, 지금 이 마음의 창고에 타닥타닥 희미하게 타오르는 불씨를 그저 사랑하는 사람의 마음으로만 간직하여 대대손손 탈 없이 이어지게 하소서."

엄마와 삼촌이 따라 울었다. 박수 할아버지는 말을 멈추고 손에 든 노란 종이를 마저 촛불에 태웠다. 종이는 검은 나비가 되어 국화꽃 위로, 할머니 사진 위로 나풀나풀 날아갔다. 할아버지는 흔들리던 목소리를 가다듬었다.

"아무리 훌륭한 불지킴이라도 이 땅을 떠나리란 걸 알고 있나니. 그 떠나는 날에는 하늘을 바라보며 슬피 울다가 재들을 소중히 보관하고, 이제 불을 지키는 속박에서 벗어나, 자신의 나머지 운명을 살아가게 하소서."

박수 할아버지는 눈물을 닦을 새도 없이 할머니 앞에 두 번 절을 했다. 박수 할아버지는 엄마와 삼촌, 나와 마주 앉았다. 할아버지는 코를 훌쩍이며 말했다.

"니네가 어떻게 생각하는지는 몰라도 내 보기에 동 여사는 화석 같은 양반이었어. 겉으론 차가운데 안에는 뜨거운 열기를 품고 있었으니까. 이게 화(火)만 많으면 성질이 불같거나, 토(土)만 많으면 고집 세고 괴팍할 텐데 화토가 아주 조화가 잘된 원국이

278

야. 주변의 지지를 받아서 토가 화를 잘 감싸고 있거든. 문제는 평생 삼형살을 깔고 살았다는 거? 뭐 그건 어떻게 해? 지 팔자인데. 걸레로 마룻바닥 반질반질 닦듯이, 수행하듯이 살아야지. 너넨 지금 내가 무슨 말 하는지 모를 거야. 그니까 그냥 알아서 들어. 어차피 그 세월을 상상도 할 수 없을 테니."

할머니의 세월은 이제 나도 상상할 수 있다. 그리고 화석도 잘 안다. 옛날 탄광에서 나온 화석 하나쯤은 지음의 전당포마다 있었으니까. 할머니 전당포 탁자 위에도 고사리 화석 하나가 놓여 있었다. 벙거지 아저씨가 소파에 앉아서 멍하니 바라보기만 하던 화석 말이다. 그때 아저씨는 거기서 무엇을 보았던 걸까. 은색 얇은 사슬 같은 잎의 흔적들. 내가 만져봤을 때 아무런 열기도 느껴지지 않았는데 박수 할아버지는 그걸 "오랜 시간 차갑고 단단하게 타오르는 불"이라고 했다.

박수 할아버지는 장례식장을 떠나기 전에 엄마에게 종이 한 장을 내밀었다.

"이거 받아."

엄마는 종이를 받아서 이리저리 살펴봤다.

"이게 뭔데요?

"너희들 주라고 동 여사가 맡겨논 거야. 동 여사 부탁으로 땅을 봐주고 있었거든. 내가 지관은 아니지만 그쪽 일도 하긴 해. 하늘이는 알 거야, 매번 심부름을 왔으니."

아, 봉투 안에 들어 있던 게 저거구나.

박수 할아버지는 날 한 번 보더니 다시 말을 이어갔다.

"동 여사가 지음에서 안 가본 땅이 없더라. 뭐에 쓰는지 알아야 풍수를 보든 말든 하는데 무조건 명당으로 내놓으라니. 처음엔 묏자리인가 싶어서 노친네가 욕심도 참 많다 싶었는데, 뭐 결국 애들한테 물려줄 땅이었나 봐."

"애들이요?"

"너네 말이야. 너랑 정식이 아직 애잖아. 암, 하늘이가 더 어른스럽지. 암튼 지금 땅은 동 여사 이름으로 돼 있어. 이젠 니네가 물려받을 거야. 그 땅이 자리도 좋고 생기도 있거든? 근데 걸리는 게 하나가 있네. 가서 한번 봐봐. 다 이유가 있겠지, 뭐."

"땅이 어디 있는데요?"

"거기 나와 있지 않니? 그걸 보고도 못 찾아가는 멍충이들은 아닐 테지. 암튼 너희가 뭘 하든 동 여사가 지켜줄 거고, 나도 같이 기도해 줄 거니까 너무 큰 걱정은 말아라."

아이들의 땅

지음은 겨울이 길고 여름은 짧다. 10월부터 쌀쌀해져 11월부터 눈이 내리며, 겨우내 칼바람이 불고 눈이 쏟아진다. 4월이 돼도 산은 푸르지 않고 얼룩덜룩하다. 개나리도 진달래도 늦게 핀다. 올해는 5월이 지나 봄이 오는가 싶었는데 6월에 갑자기 눈이 내렸다. 랜드가 사라지자 지음은 고요해졌다. 무엇보다 할머니가 돌아가시고 전당포 거리가 텅 비어버리면서 지음의 겨울은 끝나지 않고 계속되는 것처럼 느껴졌다. 쌓였던 눈이 녹고 마른 땅이 드러나고 나서야 가려져 있던 푸른빛도 천천히 되살아났다.

7월의 어느 여름날 엄마와 삼촌과 나는 파란 용달차를 타고 할머니가 남긴 땅을 찾으러 떠났다. 금광전당포 정 사장님이 가게를 정리하며 부품값만 받고 삼촌에게 넘긴 차였다. 삼촌이 배달 일을 하며 운전했던, 카지노에 올라가느라 팔아넘겼던 용달차와 같은 종류였다. 용달차 운전석에 다시 올랐을 때 삼촌이 짓던 감격스러운 표정을 잊을 수가 없다. 엄마는 등받이에 달린 대나무 시트가 너무 구리다고 툴툴댔지만 삼촌은 말없이 핸들을 쓰다듬었다.

삼촌이 운전대를 잡고 엄마가 스마트폰을 잡았다. 내가 할 일은 길을 잘못 들 때마다 바로잡는 거였다. 엄마와 나는 머리를 맞대고 스마트폰 내비게이션을 들여다보며 여기가 맞네 저기가 맞네 티격태격했다. 길을 잘못 들었다고 삼촌 입에서 거친 말들이 튀어나오진 않았다. 할머니가 돌아가신 뒤 삼촌은 병원에 다니며 약을 먹었다. 말을 하나하나 곱씹으며 내뱉는 연습도 게을리하지 않았다. 삼촌은 이전보다 더 신중한 사람이 됐다. 운전도 딱 그렇게 했다. 60킬로미터 도로에선 딱 그만큼 속도를 냈고, 30킬로미터 도로에서도 딱 그만큼 달렸다. 신호등에 노란불이 들어오면 그냥 지나가지 않고 천천히 정지선 앞에 멈춰 섰다. 뒤차들이 바싹 따라오며 경적을 울려대도, 앞차가 느릿느릿 기어가도 삼촌은 삼촌의 방식대로 운전했다. 내비게이션에선 "경로를 이탈하여 재탐색합니다"라는 말이 계속 나왔지만 속도 경고음은 한 번도 울리지 않았다.

자꾸 길을 놓친 건 우리가 차 안에서 퀴즈 놀이를 했기 때문이다. 몇 가지 힌트를 듣고 답을 상상하여 맞히는 놀이. 내가 문제를 내면 삼촌은 천천히 생각하고 더듬거리며 답을 말했다.

"무덤 속에 종이가 있는 것은?"

"음…… 변기?"

"정답은 미라입니다!"

"왜?"

"다음 문제."

"왜냐고?"

"아침에는 다리가 다섯, 저녁에는 다리가 하나인 것은?"

"어…… 이건 진짜 모르겠다."

"정답은 주꾸미!"

"왜? 진짜 이번엔…… 이유를 말해줘."

"사람들이 점심때 먹었으니까."

삼촌은 허탈한 표정을 지었다. 엄마가 말했다.

"그걸 누가 맞혀, 엉터리."

"맞히고 안 맞히고는 중요하지 않아요. 멈추지 않고 계속 생각하는 것이 중요하지. 도서관에서 봤는데 그래야 말도 잘할 수 있대요."

"그래? 그럼 이번엔 내가 내볼게."

엄마는 차창 밖을 보며 잠시 생각하다가 문제를 냈다.

"풀과 사람을 위로 올리는 게 뭐게?"

풀과 사람을 위로 올리는 것? 나는 엄마가 내다본 창밖을 보았다. 창밖으로는 푸른 나무들이 스쳐 가고 있었다. 답이 떠올랐지만 삼촌이 먼저 말하기를 기다렸다. 이윽고 삼촌이 말했다.

"여름?"

"오, 비슷한데, 땡!"

"그럼 봄?"

"맞아! 어떻게 맞혔지? 대단하다. 이번엔 니가 내볼래?"

삼촌은 한 손으론 핸들을 붙잡고 한 손으론 머리를 긁적이며 한참을 생각했다. 용달차가 신호등 앞에 멈춰 서자 삼촌이 문제를 냈다.

"꼬리가 길고, 뚱뚱하고, 어, 또 눈이 많은 것은…… 뭘까?"

"꼬리가 길고 뚱뚱하다고?"

엄마가 고개를 갸우뚱했다.

"코끼리?"

삼촌은 가만히 웃었다.

"땡이구나? 코끼리는 눈이 두 개지. 근데 눈이 많은 동물도 있니? 다 두 개 아냐?"

엄마의 말을 듣고 내가 얼른 답했다.

"정답! 거미!"

"땡!"

삼촌은 기분 좋게 입으로 땡 소리를 냈다.

"뭐야, 되게 어렵네, 정답이 뭔데? 이상한 거기만 해봐라."

엄마가 툴툴대자 삼촌은 신중하게 말했다.

"정답은 음…… 괴물이야…… 그냥 괴물!"

엄마는 웃었다. 난 어이가 없었다. 우리 모두 게임의 규칙을 잘 못 아는 게 분명했다. 그래도 즐거우니 됐다. 삼촌 입에서 괴물이란 말이 나오다니. 마음이 짠하면서도 한편으론 놀라웠다. 우리는 웃고 떠들며 문제를 내고 답을 맞히면서 지음을 가로질러 갔다. 계 모임 회원들이 놀러 온 보리밥집을 지나고, 풀숲 사이로 흐르는 실개천을 건너서, 사람은 없고 개와 염소만 지나가는 콘크리트 길을 달려가 고물 용달차로는 더 올라갈 수 없는 오르막에 이를 때까지, 십오 분이면 가는 길을 한 시간이나 걸려서 도착했다.

*

"힘이 달려서 안 되겠어. 여기부턴 걸어가야 할 것 같아."

포장되지 않은 흙길이 앞 유리 너머로 펼쳐져 있었다. 폭은 넓어도 가파른 오르막길. 아무래도 전당포에서 부품값만 주고 받아 온 차로는 무리지 싶었다. 용달차는 올라가다가 미끄러져 헛바퀴만 돌았다. 삼촌은 시동을 껐다.

우리는 용달차에서 내려 걸어 올라갔다. 에이, 꽃길인 줄 알았더니 흙길이네, 엄마가 투덜거렸다. 길 양옆으론 나무들이 줄지어 있었다. 시원한 바람. 녹색 공기. 우리는 나무의 물결을 타고 언덕 위로 올라갔다. 한껏 들뜬 삼촌은 돌부리에 발이 걸려 비틀거리기도 했지만 길 중간쯤 지났을 때는 엄마와 나를 저만치 앞서가고 있었다.

두 갈래 길이 나오고, 삼촌이 가리킨 오른쪽 길로 접어들면서 내리막이 시작됐다. 길을 따라 내려가는데 삼촌은 고개를 갸웃거렸다.

"삼촌, 왜요? 잘못 왔어요?"

"그게 아니라……."

삼촌은 고개를 획획 돌리며 나무 사이로 아래를 살펴보았다.

"저 아랜…… 소잡는골 같은데…… 옛날에 우리가 살던 데."

엄마도 같은 곳을 보며 고개를 끄덕였다.

"맞네, 저어긴 지음 읍내 아니니?"

엄마가 손가락으로 가리킨 곳에는 품 안에 들어올 만큼 아담한 크기의 읍내가 보였다. 시장의 흰색 지붕과 초등학교의 누런 운동장은 손바닥보다 작았다. 삼촌과 엄마 말이 맞다면 지금 이곳은 말고개재고 저 아래는 소잡는골이다. 말을 닮지도 않은 말고개재, 소 잡는 꼴은 보지도 못했다던 소잡는골 말이다. 말고개재 아래에 소잡는골이 있고 소잡는골은 읍내에서 다리 하나만 건너면 된다. 그러니까 슬립시티에서 읍내를 가로질러 소잡는골로 곧장 오면 되는 길을 우리는 지음을 반 바퀴나 돌아 말고개재 반대편에서 넘어왔다.

범바위골 박수 할아버지 댁을 오갈 때 나는 말고개재와 소잡는골 사잇길을 지나다니기만 했지 고개 끝까지 오른 적은 없다. 엄마와 삼촌도 어릴 때 소잡는골을 떠난 뒤로는 이쪽과 발길을 끊었는데 지금은 집들이 다 사라지고 숲만 울창하니 어리둥절할 수밖에.

엄마는 비탈진 땅을 가리켰다.

"여기가 맞아. 예전에 저 언덕 따라 있던 블록 집들이 다 사라졌네. 근데 원래 저렇게 가팔랐었나?"

삼촌은 고개를 갸우뚱하더니 덜 비탈진 곳을 가리켰다.

"여기가 아니라…… 저긴 것 같은데……."

거기도 온통 가파른 땅이라 아무리 옛날이라도 집이 있었을 거라곤 상상하기 힘들었다. 삼촌은 고개를 획획 움직이며 손가락으로 이쪽을 가리켰다가 저쪽을 가리켰다. 엄마도 이곳에 온 이유를 잊은 채 옛날에 살던 곳을 찾느라 바빴다. 산비탈 사이로 작은 도랑이 흐르고 그 주위를 따라 광부들이 살던 블록 집들이 있었다는데 지금 그 땅엔 잡풀만 가득했다.

"어떻게 해, 여긴 인터넷이 안 되나 봐."

스마트폰을 보던 엄마가 풀 죽은 목소리로 말했다.

"이 종이만으로는 위치를 찾을 수가 없는데."

엄마는 박수 할아버지에게 받은 종이를 펼쳤다. 땅 모양이 그려져 있긴 했지만 위치는 글자로만 적혀 있었다. 예상치 못한 상황에 엄마는 당황했다. 예전처럼 숨을 후욱 들이마셨다가 파악 뱉으며 한숨을 크게 쉬었다. 삼촌도 재채기를 할 듯이 입을 달싹거렸다. 입에서 또 거친 말이 나올 것 같았다. 어떻게 하지? 거의 다 온 것 같은데 길을 잃다니. 나는 그 자리에 멈춰서 생각했다. 할머니라면 이럴 때 어떻게 했을까?

우리 셋 중에서 가장 먼저 움직인 것은 삼촌이었다. 삼촌은 들풀이 허리까지 자란 비탈을 성큼성큼 올라갔다. 말도 없이 갑자기 올라가는 바람에 풀숲으로 확 뛰어드는 줄 알았다. 삼촌은 가뿐하게 들풀을 헤치고 언덕 위로 올라갔다.

"여긴 것 같아. 어서 올라와."

삼촌이 언덕 위에서 손짓했다. 엄마가 내 손을 잡고 비탈진 풀숲으로 데려갔다. 삼촌이 지나갔던 풀숲을 둘이서 끙끙대며 올라갔다. 발밑이 탄탄해서 내려다보니 들풀 사이로 회색 시멘트 계단이 있었다. 계단을 다 올라가자 눈앞에는 널찍한 땅이 펼쳐졌다. 이 높은 말고개재에 학교 운동장보다 넓고 평평한 땅이 있다니. 커다란 비행접시가 착륙해서 땅바닥을 누르기라도 한 걸까. 그렇지 않다면 이 땅을 어떻게 설명할 수 있을까. 잡초 하나 없는 누런 흙바닥에 햇볕이 곧바로 내리쬐는데 파란 하늘을 배경 삼아 저 멀리 아래로는 지음과 슬립시티가, 위로는 지장산이 한눈에 들어왔다. 지음은 작게만 보였고 어렴풋이 보이는 지장산 너머로는 또 다른 세상이 있을 것만 같았다.

"여기가 다 할머니 땅이에요?"

내가 물었지만 엄마와 삼촌은 대답하지 않았다. 손차양을 하고 땅 한쪽에 세워진 팻말을 보는 중이었다. 삼촌이 말했다.

"그건…… 아닌 것 같아."

나도 얼른 엄마와 삼촌 뒤로 가서 팻말을 보았다. 거기엔 글자와 숫자들이 가득 쓰여 있었다. 내 눈에 들어온 것은 랜드, 부지, 그리고 제2카지노란 글자였다.

"여기다가 또 카지노를 지을 건가 봐."

엄마는 겁에 질린 듯했다. 아니, 카지노를 또? 우리 셋은 두 발로 움직이는 법을 잊어버린 사람들처럼 그 자리에 우두커니 서 있었다.

*

삼촌과 엄마는 머리를 맞대고 박수 할아버지가 준 종이를 들여다봤다.

"지금 요기가 요렇게 우리 땅이라는 거잖아, 맞아?"

"조기부터 조렇게 우리 땅인 것 같은데?"

"거기가 아니고 저기라고."

"저기가 아니라 여기라니까."

엄마와 삼촌은 두 팔을 휘적대며 땅의 위치를 가늠해 보다가 답답했던 모양인지 아예 발로 땅 위에 선을 그었다. 아이들이 운동장에 발날로 선을 긋듯이. 나도 신나서 같이 선을 그었다. 종이를 들여다보고 거리를 재면서 이리저리 휙휙. 뽀얀 흙먼지가 날렸다. 지우고 다시 그리고, 지우고 다시 그리자 삐뚤빼뚤한 선들은 한곳에서 만났다.

삼촌은 고개를 갸웃했다.

"이건 좀 이상한데?"

우리가 그린 건 작고 찌그러진 네모 모양이었다. 대강 이런 식으로.

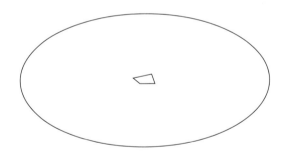

널찍한 땅 한가운데에 갇혀 있는 자그마한 땅이었다.

"땅 모양이 왜 이래? 설마?"

엄마는 삼촌을 쳐다봤다. 삼촌도 심각한 표정으로 고개를 끄덕였다.

"엄마는 당연히 그럴 사람이야."

엄마와 삼촌은 눈빛을 주고받으며 하려던 말을 삼켰다.

"뭔데요? 엄마, 나도 알려주면 안 돼요?"

"여긴 랜드 땅 같아. 근데 거기 한가운데다 니 할머니가 땅을 사신 거야."

"근데 그게 뭐가 잘못됐나요?"

말해줘도 넌 모를 거라며 엄마는 한숨만 쉬었다. 그렇다면 스스로 알아내지 뭐. 엄마와 삼촌이 쑥덕쑥덕 비밀 이야기를 나누는 동안 나는 땅에 그어진 선을 밟으며 따라가 보았다. 한 바퀴다 돌았을 때쯤 안경다리를 지나다가 할머니에게 들은 이야기가 떠올랐다. 옛날 지장산에 금탑과 은탑과 돌탑을 세웠는데 욕심많은 사람들 때문에 돌탑 위치만 알려줬다는 이야기 말이다. 혹시 이 찌그러진 땅이 할머니가 남긴 돌탑이 아닐까. 옆에 서서 고개를 뉘고 잘 들여다보면 땅 모양이 길쭉한 탑을 닮은 것 같기도 했다.

나는 엄마와 삼촌에게 달려갔다.

"할머니가 딱 요만큼만 땅을 준 이유가 있을 거 같아요."

"뭔 이유?"

"금탑과 은탑은 우리가 직접 찾으라는 얘기 아닐까요?"

"금탑? 은탑? 그거 혹시 할머니한테 들은 얘기니?"

"맞아요. 나머지 땅은 우리 힘으로 만들어가라는 거죠."

나는 찌그러진 땅에서 길이 자라나는 상상을 했다. 그렇게 조금씩 우리 땅이 넓어지고, 결국엔 금빛과 은빛으로 빛나는 상상.

"여긴 다 랜드 땅이라니까. 우리가 뭘 할 수 있는데? 농사지으려고?"

엄마가 외쳤다.

집을 짓는 거예요. 땅을 고르고 벽돌을 쌓고 지붕을 올리고 길을 내서 우리 손으로. 할머니가 돈을 벌려면 가정을 꾸리라고 했잖아요. 그 말이 목까지 차올랐지만 입 밖으로 내지는 않았다. 엄마 얼굴이 무언가를 꾹 참는 것처럼 보였기 때문이다. 눈물방울이 엄마의 볼을 타고 또르르 굴러떨어질까 무서웠다.

"어쩜, 엄마는 끝까지 이래!"

엄마는 소리를 빽 지르며 발로 땅을 탁 찼다. 삼촌과 나도 엄마를 흉내 내어 발로 땅을 찼다. 흙먼지를 맞은 엄마는 더 세게 나와 삼촌 쪽으로 흙을 찼다. 나도 삼촌도 지지 않았다. 우리가 서로 땅을 막 차대기 시작하자 흙먼지가 뽀얗게 날렸다. 운동장에서 정신없이 뛰노는 아이들처럼 우리는 먼지를 뒤집어썼다. 옷과 얼굴이 더러워졌지만 땅에 그었던 선이 지워질 때까지 우리는 신나게 흙을 찼다.

우리는 흙먼지를 뒤집어쓴 채 멍하니 지음을 내려다보다가 집에 돌아가기로 했다. 나는 차를 타지 않고 읍내 쪽으로 곧장 걸어 내려가겠다고 말했다.

"왜?"

"학교에 한번 가보고 싶어요."

"혼자 가도 괜찮겠어?"

"여긴 말고개재예요. 할머니 심부름하면서 몇 번이나 다녔는데요."

"다리는?"

"올라올 때도 멀쩡했거든요."

나는 왼 다리를 탁탁 굴러 보였다. 엄마는 희미한 웃음을 지었다. 알아서 하라는 뜻이었다.

"하나만 약속해. 밥 먹기 전엔 집에 올 거지?"

"그럼요!"

나는 크게 대답했다. 어찌나 컸는지 그 소리가 메아리처럼 말고개재를 울렸다. 오래전부터 엄마가 그렇게 물어보길 기다렸다. 그렇게 묻기만 하면 난 아주 기분 좋게 대답할 생각이었다. 어쩌면 엄마를 알기 전부터 그러고 싶었던 건지도 모르겠다. 그냥 그런 생각이 들었다.

나는 혼자서 말고개재를 따라 내려갔다. 사실 말고개재 윗길은 처음이었다. 길옆 그늘진 숲에는 구불구불한 나무들이 엉켜 있고 바닥에 깔린 울긋불긋한 나뭇잎들은 뱀이라도 스르륵 지나갈 듯 축축해 보였다. 정말로 사람들이 살긴 했었는지 잘 보면 찌그러진 장롱과 깨진 장독들이 나무에 비스듬히 기대어 있었다. 소나무 옆에 놓여 있던 캐비닛은 그 찌그러진 문을 열어보지 않고는 궁금해서 못 배길 정도였다. 고양이라도 튀어나올까 봐, 물이라도 왈칵 쏟아질까 봐, 혹시라도 생각 못 한 뭔가가 튀어나올까 봐 두려워서 발로 캐비닛 옆구리를 툭툭 차 보고는 얼른 달아났다.

십 분쯤 내려가니 익숙한 길이 나왔다. 범바위골에서 집으로 돌아오던 말고개재 아랫길이었다. 거기서부터는 발걸음이 이끄는 대로 가기만 하면 된다. 눈을 감아도 꽃들이 보이고 코를 막아도 흙냄새를 맡을 수 있다. 어디선가 맑은 물소리도 들려왔다. 왼쪽 귀로 물소리가 졸졸 흘러 들어와선 오른쪽 귀로 흘러 나갔다. 그러자 저 멀리 보이지 않던 산과 강이 나타나고, 집과 들판이, 사람과 동물이, 아름다운 풍경들이 생겨났다.

누구에게나 그런 길이 하나씩은 있을 거다. 범바위골에서 슬립시티까지 터벅터벅 돌아오던 이 길처럼 혼자 상상에 빠져 걷는 길. 이 길을 걸을 때는 무섭거나 외롭지 않았다. 길이 시작될 때마다 머릿속에서 이야기가 시작되었으니까. 길이 끝난다 해도 그 이야기들은 끝나지 않고 계속되었으니까. 집으로 돌아와 어두운

방 안에 누워 낮에 걸었던 길들을 떠올리며 내가 잃어버린 게 무엇인지, 저 길 위에 두고 온 게 무엇인지 생각하고, 그러면 거기서 또다시 새로운 이야기가 시작됐다.

이제 이런저런 이야기를 시작하려고 하면 어디선가 할머니의 목소리가 들려온다. "니는 안 본 것도 아주 본 것처럼 얘길 하네." 그건 칭찬도, 감탄도, 빈정거림도, 꾸짖음도 아니다. 그냥 그렇다는 거다. 할머니는 당부했다. 나에게 벌어진 일들을 알고 나서도 분노하지 않거나 스스로 불쌍하게 여기지 않는 사람이 되면 그 이야기를 세상에 들려주라고. 언젠가 정말로 그런 때가 되면 이 길에서 시작된 이야길 해봐야겠다. 그저 혼자 걷기 시작했을 때는 그 길이 끝날 때까지 계속 걸어가는 거라고 할머니가 그랬으니까.

고갯길 아래로 지음의 땅이 점점 가까워졌다. 읍내는 여전히 텁텁한 잿빛이고 건너편 지장산에 랜드는 보이지 않았다. 그 사이에 알록달록한 슬립시티도 고요했다. 지음의 모든 땅이 잠들어 있었다. 어른들은 땅에 불을 지른다. 땅을 깎고 파낸다. 땅을 사거나 팔고 빼앗거나 빼앗긴다. 땅 위에 뭔가를 지었다가 허물어뜨리고, 다시 또 짓고 허물어뜨린다. 왜? 무엇 때문에? 질문과 답은 언제나 제각각이고 제멋대로다. 무덤 속에 종이가 있는 건 미라다. 아침에는 다리가 다섯, 저녁에는 다리가 하나인 것은 주꾸미고, 풀과 사람을 위로 올리는 것은 봄이다. 꼬리가 길고, 뚱뚱하고, 눈이 많은 것은 코끼리도 거미도 아닌 그냥 괴물이다. 나에게, 엄마에게, 삼촌에게, 그리고 할머니에게 주어진 질문과 답은 저마다 다르겠지만 그게 무엇이든 그냥 물을 수 있는 사람은 그냥 묻고, 쉽게 답할 수 있는 사람은 쉽게 답하면 된다. 하지만 그렇게 되지 않는 사람은 온 마음으로 묻고 답해야 한다. 끈질기게 살아가면서, 두 발을 딛고 선 그곳이 넓은 땅이든 좁은 땅이든, 평평한 땅이든 가파른 땅이든, 멀쩡한 땅이든 부서진 땅이든 상관없이.

나는 지음을 향해 달려갔다.

작가의 말

　지음이란 공간은 제가 어릴 적 잠시 살았고, 성인이 되어서도 종종 머물렀던 지역을 모티브로 하였습니다. 취재를 위해 여러 번 찾았고, 탈고할 때도 그곳에 있었습니다. 그러나 소설을 완성하고 모텔 방 밖을 나왔을 때, 지음은 실제 그곳과 전혀 달랐습니다. 당연하게도 지음은 기억과 상상, 실제의 요소들이 뒤섞여 재창조된 가상의 공간입니다. 지장산, 지장천, 말고개재, 소잡는골, 도롱이못, 범바위골, 안경다리 등의 이름은 그대로 빌려왔지만 실제 모습과는 다릅니다. 나머지 공간도 마찬가지입니다. 예컨대, 그곳엔 전당포 거리라 특정할 구역도 없습니다. 왜냐하면 온통 전당사와 전당포이기 때문입니다. 이 소설은 코로나19가 유행하는 가운데 주식과 부동산, 비트코인 투자 광풍이 휘몰아치던 2019년부터 2021년까지 쓰였습니다. 지음은 탄광 위의 도박장, 그러니까 산업화 시대의 기반 산업 위에 올라탄 투기와 유흥 산업의 기이한 구조, 침체된 상황에서도 투자 활기만은 넘쳐나던 팬데믹 당시의 사회 분위기, 그리고 언제 무너질지 모르는 상승일로의 위태로움을 반영하는 동시에 환기하려고 만든 공간입니다. 다만 그러함을 비판하기보다는 그러함에도 끈질기게 제 길을 찾아 나아가는 생명력에 주목하고자 했습니다. 이 소설의 주인공은 하늘이라는 아이와 더불어 지음이라는 땅입니다.

구체적인 캐릭터와 사건을 만들기 위해 기억과 경험 말고도 많은 자료가 필요했습니다. 이 소설의 중심이 되는 아이디어를 처음 떠올렸을 때, 현실에서도 그런 일이 가능한지 알아보려고 일대의 지질 구조를 조사해보았습니다. 그러다 홍춘봉 기자님의 〈스몰카지노 붕괴위기 비화〉(뉴시스, 2014. 1. 31.)를 읽고 상상을 더 발전시킬 수 있었습니다. 홍춘봉 기자님은 20여 년간 카지노 전문 기자로 활동하며 많은 자료를 축적하였고, 그 자료들은 이 소설을 쓰는 데 가장 많은 도움을 주었습니다. 특히 〈[광부아리랑] 1인 5역 광부이야기〉(프레시안. 2016. 8. 24.)에서 보았던 광부의 생명력은 할머니 캐릭터를 만들 때 모티브가 되었고(오마주의 의미로 탄광촌에 처음 도착했을 때 눈이 펑펑 내려 우는 장면을 넣은 것 말고는 모두 지어낸 이야기입니다), 기자님이 강친닷컴 커뮤니티에 카지노홍이란 이름으로 올린 〈카지노베이비 탄생 사연〉도 중요한 모티브가 되었습니다. 그 사연을 단순히 소재로 써먹어야겠다고 생각하기보다는, 사실 우리 모두가 투기자본주의 한가운데 던져져서 어떻게 살아가야 할지 모르는 아이와 같다는, 즉 '카지노 베이비'라는 상징성과 문제의식을 발견하고 이를 구체적으로 그리려 했습니다. 그 밖에도 강친닷컴 커뮤니티에 올라온 많은 분의 글에서 게임하는 사람들의 다양한 심리, 행동 양태, 습성, 용어, 룰 등을 익혔고 이는 소설 속에 녹아 있습니다.

공간은 또한 시간을 품은 곳입니다. 지음의 역사도 공간과 캐릭터를 만드는 데 중요했습니다. 할머니가 겪은 광부들의 투쟁, 지음이 탄광촌에서 유흥 도시로 변모하는 과정 등도 자료의 도움을 얻었습니다. 〈사북사건〉(나무위키) 〈진실·화해를위한과거사정리위원회 보고서—80년 사북 사건〉 〈사북사태의 진실, 동원탄좌 시위 조사보고서〉(오픈아카이브) 〈정선군 석탄 산업사〉(정선군) 등을 참고했고, 당시 신문 기사들과 훗날의 신문 기사들을 비교 참조하였습니다. 〈삼탄아트마인〉에 재현된 광업소와 탄광 관련 전시물에서 시대의 분위기를 읽었습니다. 특히 사건이 일어난 배경, 지프차 사고, 안경다리 전투 등 역사적 사건 위에 소설 속 인물을 등장시켰는데, 허구의 인물들이 등장하거나 증언하는 내용이니 실제 역사와는 차이가 있습니다. 소설적으로 변용된 사건과 창조된 인물 중에서 혹시라도 연상되는 사람이 있다면 이는 우연이거나 제가 과문한 탓입니다.

소설 속 재난은 지난 25년간 우리나라에서 일어났던 삼풍백화점 붕괴, 태안 기름 유출, 세월호 참사 등을 참고하였습니다. 특히 태안 기름 유출 이후 현장 취재 때 느꼈던 현지인들의 슬픔과 막막함이 소설 속에 녹아 있습니다. 당시 잡지사에서 취재하며 다녔던 여러 동네와 시장의 풍경들이 지음이란 공간 속에 반영되기도 하였습니다. 아이가 보는 사전에 나오는 단어의 뜻풀이는 국립국어원 표준국어대사전의 해석을 따르되 '아름다움'의 해석만은 고(故) 서정범 교수님의 어원 연구 견해에 살을 덧붙였습니다. 염 목사가 읽거나 말할 때의 성경 말씀은 개정개역판 성경을 중심으로 여러 판본을 참고하여 풀어 썼습니다. 그 외에 여기에 언급하지 않은 자료와 모티브들이 혹시 더 남아 있다면, 그건 아직도 이 소설을 저만의 독자적인 창작물로 여기려는 오만과 과욕 탓입니다.

*

이 소설은 제가 쓰기 시작했지만 결코 혼자서 완성한 소설은 아닙니다. 다 썼다고 생각한 순간에도 흐름을 크게 바꾸는 세 차례 수정이 더 있었고, 그때마다 이 소설은 다시 쓰였습니다.

첫 번째 수정은 아내 민마루가 읽고 나서였습니다. 아내는 언제나 나의 첫 독자이고 훌륭한 조언자입니다. 사랑하는 사람의 조언이 늘 정확하다고 말하면 과장일지도 모르나, 엉뚱한 곳을 짚어내는 경우는 드뭅니다. 아내와 의견을 주고받으면서 그제야 이 이야기의 유일한 화자를 발견하고 그 목소리를 낼 수 있었습니다. 어른이 아닌 사람이 어른의 목소리를 낼 수는 없습니다. 흉내는 내지만 곧 가짜임이 탄로 나기 때문입니다. 아내는 그 자체로 존재하는 화자를 제 안에서 발견하고 이야기가 저절로 흘러가게 도와주었습니다.

두 번째 수정은 고대문학회(OB) 친구들이 읽고 나서였습니다. 비공개 밴드를 만들어 매일 아침 3개월간 연재했고, 다섯 친구들이 이 글을 읽었습니다. 시작할 때는 조회수 5였는데 끝날 때는 조회수 2였습니다(친구라고 해서 무조건 읽어주진 않습니다). 언제부터 조회수가 떨어졌는지, '좋아요'와 '재밌어요' 이모티콘의 차이는 무엇인지 고심했습니다. 조회수가 떨어진 시점부터 구성을 뒤집고, '좋아요'를 '재밌어요'로 바꾸려고 다시 썼습니다. 읽지 않은 사람에게든 읽은 사람에게든 응답을 받았습니다. 궁금증이 더해지고 갈등이 심화되고 감정이 고양되고, 결국 이야기 자체의 역동적 상승이 일어나야 이 바쁜 현실을 살아가는 이들의 눈길을

301

잠시나마 붙들 수 있다는 스토리텔링의 금언을 되새겼습니다.

세 번째 수정은 하마터면 엉뚱할 뻔했습니다. 투고한 뒤 비관(떨어질 게 분명해)과 낙관(한 번 더 수정할 기회다)이 교차했습니다. 여기에 '이런 글을 누가 읽겠어?'라는 회의까지 드니 엉뚱한 결론이 튀어나와 버렸습니다. SF나 현대 판타지로 장르를 바꿔 웹소설 사이트에 연재하고 댓글로 피드백을 받아보자! 지음을 우주 유일의 도박행성으로 바꾸고, 아이에겐 초능력을 부여하려는 공상에 빠졌습니다. 그러다 SF 혹은 웹소설은 아무나 쓸 수 없다는 걸 깨달았습니다.

그래서, 잊기로 했습니다. 갈팡질팡하여 이도 저도 못 할 바엔 차라리 잊는 게 마음이 편하겠다 싶었습니다. 그러던 중에 기쁜 소식을 들었습니다.

그렇게 저는 세 번째 수정에 들어가게 되었습니다. 여덟 분의 심사위원님들이 있어 이 소설은 세상에 빛을 볼 수 있었습니다. 심사위원님들의 귀중한 조언도 새겨들었습니다. 한겨레출판사 최해경 편집자님은 단호하고 정확한 판단으로 수정 작업을 이끌어 주었습니다. 강원도 사투리를 알려주신 강승원 님의 도움도 빼놓을 수 없습니다. 이제 우주 유일의 도박행성을 탈탈 털어버리는 초능력 소년의 이야기는 영영 볼 수 없게 됐지만, 그분들로 인해 안이했던 제 생각을 돌아보고, 숨은 이야기를 발견하고, 저도 모르게 붙어 있던 글쓰기 습관을 교정하여, 한 권의 책이 되었습니다. 수정을 잘했는지는 모르겠지만, 그 과정만큼은 저에겐 온전했습니다. 그리고 그 과정과 결과를 모두 기억하고자 여기에 적어둡니다.

　한 권의 책은, 하나의 이야기는 독자들이 완성합니다. 빤한 수사가 아니라 책을 읽는 한 명의 독자로서 또 책을 만드는 편집자로서 아는 사실입니다. 하나의 이야기는 사람과 사람을 깊게 연결합니다. 이 책은 누구나 자기만의 이야기가 있음을 믿고, 그 이야기를 발견하고 사랑하며, 끝까지 포기하지 않고 살아가는 이들의 것입니다.

2022년 7월
강성봉

추천의 말

출생의 비밀을 알아내려는 아이, 너무 많은 일을 겪어 살아온 시간에 대해 끝끝내 함구하는 할머니, 이 두 비밀 사이의 긴장에 주목한다.

소설의 무대가 되는 '지음'은 탄광촌에서 카지노 특구로 번성의 명맥을 이어온 지역이다. 할머니의 일터가 '올림픽' 다방에서 '월드컵' 전당포로 변한 것에서 알 수 있듯이 이 지역의 역사는 개발 자본에서 투기 자본으로 전화해온 자본주의를 고스란히 반영한다. 소설은 카지노 게임이 펼쳐지는 '랜드'나 도박으로 삶을 망친 사람들 같은 아마도 더 화려하고 자극적이었을 이야기 대신 '랜드'의 자본에 기대 살아가는 '전당포 거리'의 사람들에 초점을 맞

304

춘다. 아이와 할머니의 비밀을 서사의 중심축으로 삼았으므로 도박과 투기로 몰락하는 세계의 건너편에 '그럼에도 불구하고'의 세계를 예비할 수 있었다.

한 비밀이 또 한 비밀을 지키고 돌본다. 출생의 비밀을 확인하기 위해 '동하늘'이 '랜드'로 진입하자 카지노는 붕괴한다. 그 아이는 '카지노 베이비'였지만 카지노로 돌아가지도 카지노와 섞이지도 않았다. 몰락을 목격했을 뿐이다. 소설의 이런 설정이 참혹한 장면에 앞서 아이의 눈을 가려주는 배려 깊은 어른의 마음 같다고 느꼈다. 그리하여 동하늘은 설사 아버지가 나를 전당포에 맡기고 돈을 빌렸다고 하더라도 자신이 그렇게 호락호락 팔려 갈 수 없는 존재임을 믿고 살아갈 수 있을 것이다. 할머니가 탄광에서 랜드로 이어지는 시간을 회한과 연민으로 소비하지 않은 덕분이기도 하다. 몰락과 붕괴를 살아낸 사람들의 그 이후를 기대하게 된다.

　　　　　　　　　　　　　　　　　　　　　－서영인(문학평론가)

《카지노 베이비》는 동양 최대의 광업소였던 사북 지역의 흥망성쇠를 환기하는 소설이다. 지역 개발과 관광 산업 육성이라는 미명 아래 공공의 이름으로 카지노 사업을 운영하고, 돈의 논리로 지역 경제와 공동체를 망가뜨린 시간의 지층을 담은 보고서이자, 독재와 어용으로 얼룩진 부패의 역사를 놓치지 않으면서도 다방과 전당포를 운영하면서 시류에 편승해온 공모의 역사를 부정

하지 않는 비판적 리얼리즘이다. 발밑 땅이 무너져 내리는 붕괴의 예감을 살피고, 붕괴를 불러온 이들이 마련하는 몰락 이후에 대한 준비를 세심하게 포착한다. 그리하여 땅의 역사에 대한 보고와 그 땅을 살아낸 사람들에 대한 이야기인《카지노 베이비》는 한국 천민자본주의에 대한 압축판 역사 기록이 된다.《카지노 베이비》는 우리가 기다려온 문제작이다. 그러나 따지자면 천민자본주의의 상징인 할머니에게서 붕괴된 폐허로부터 기적적으로 살아난 카지노 베이비로 이어지는 계보를 통해《카지노 베이비》는 그 역사에도 편입되지 못했던 카지노 베이비에게 빛을 드리우고 땅에 발 딛게 하는 미래와 희망에 관한 소설이다.《카지노 베이비》의 매력은 한국 사회의 핵심 문제에 날카롭게 가닿아 있으면서도 시종일관 따뜻하고 온화한 이야기가 가진 힘에서 나온다. 아마도 수상자의 세상에 대한 희망적 태도가 배어 나온 것이리라. 그것이 낭만적 해결처럼 여겨지지 않는 것은, 피하고 싶은 이야기의 끝에서 자신의 비극적 역사를 응시하면서 힘차게 나아가는 그 아이를 따라가 보고 싶어지기 때문일 것이다.   −소영현(문학평론가)

소설의 배경이 되는 카지노 관광 도시 '지음'을 그곳에서 나고 자란 아이 '하늘'은 똑바로 본다. "바쁘게 돌아다니는 건 냄새뿐" 대체로 암울한 시장을, 한때 석탄을 캐기 위해 오르던 길이 이제는 도박을 하기 위해 오르는 길이 된 풍경을, 아침 9시만 되면 혼이 나간 채 전당포 앞에 줄을 선 사람들의 벌건 눈을. 이 시대착오적인 풍경이야말로 개발이 당연시되고 탐욕을 부추기는 사회의 진실한 이면이라고 말한다. 그곳에서 아이는 무엇을 보며 자라는지에 대해서 바로 그곳에서 보고 배운 바를 끝까지 기억하며 자랄 것이라고 응한다. 아이가 "스스로"를 "불쌍하게 여기지 않"고 입을 여는 날, 그곳의 진실이 제대로 쓰일 거라 말한다.

《카지노 베이비》는 예고된 끝을 향해 맥없이 망해가는 세계 한가운데서 거기에 휩쓸리지 않으려는 이들에 집중하는 작품이다. 혹은 모두가 살아 있는 일에 별다른 관심을 두지 않을 때 제대로 살아 있고자 한 아이의 손을 잡기로 한 작품이다. 우리는 모두 지금 시대가 어떤지에 대해서만큼은 너무나 잘 알고 있다. 개발과 탐욕에 취한 우리가 지금 어떤 꼴이 되어버렸는지에 대해서도. 이제 무엇을 중시해야 할까. 다음으로 넘어가려면, 이전과는 다르게 살려면. 아버지의 질서가 아닌 할머니의 방식을 따르며 '하늘'은 그것을 묻는다. 하늘이 들려주는 이야기가 한 사람의 성장담이길 바란다면 이제 우리도 다음을 물어야 한다.

－양경언(문학평론가)

《카지노 베이비》는 수십 년 새 탄광촌에서 카지노 마을이 된 고장 '지음'의 풍상을 '전당포에 맡겨진 아이'의 눈으로 조명한다. "새마을 대운"이 끝나고 "올림픽 대운"을 거쳐 "월드컵" 시대가 지나기까지 이 마을엔 무슨 일이 있었던 걸까. 개발독재시대에 광부들의 목숨 값을 착취해 '국익'을 도모하더니, 이제 석탄이 돈이 되지 않자 탄광굴 위에 대형 카지노를 세워 수많은 이들의 인생을 저당 잡는 이 보이지 않는 힘. 소설은 "지음이 흔들린다! 랜드가 무너진다!"라는 말을 꿈인 듯, 발작인 듯, 예언인 듯 은밀히 반복하며, 서로 다른 복심을 가진 지음 주민들의 동선을 세밀하게 뒤쫓는다. 노름꾼은 노름꾼처럼 생각하고, 전당포 주인은 전당포 주인의 일을 하면 된다는 할머니 '동영진 여사'의 일수 장부에는 이 모든 이야기의 음화가 소상히 기록돼 있다. 그리고 이제 아빠가 없고, 할머니의 성을 따라 쓰며, 학교를 다니지 않는 아이 '하늘'은 그 모든 일을 "안 본 것도 아주 본 것처럼" 기억하고, 말할 것이다. 물론, 그렇다고 해서 이 소설이 음울할 거라고 생각한다면 오산이다. 버림당한 아이는 새 가족을 만났고, 자기 자신을 연민하지 말라며 아이에게 신신당부하는 할머니는 끝까지 특유의 혜안과 유머를 잃지 않는다. 이 삭막하고 야멸찬 역사에서 어떻게든 '희망'을 품어보겠다는 고집, 《카지노 베이비》는 그 안간힘을 기어이 설득해 내는 소설이다.　　　　　－오혜진(문학평론가)

　나는 '척'하는 아이들이 나오는 소설을 보면 속수무책으로 마음이 끌린다. 외롭지 않은 척. 상처받지 않은 척. 이해하지 못하는 척. 그리고 세상을 사랑하면서 사랑하지 않는 척. 그런 아이들

308

은 머리 위에 말풍선을 달고 다닌다. 그런 아이들은 세상의 모든 것들에게 물음표와 느낌표를 붙여 본다. 이 소설 속 동하늘도 그렇다. 출생신고도 되어 있지 않고 학교도 다니지 않은 '그림자 아이'. 그림자라 어디든 숨어 있을 수 있다. 아무에게도 들키지 않고 구경꾼이 될 수 있다. 구경꾼은 함부로 판단하지 않아야 제대로 된 구경꾼이다. 그래서 하늘은 판단하지 않고 그냥 궁금해한다. 도대체 나를 둘러싼 이곳에 무슨 일이 벌어지는 것인지? 소설의 마지막, 하늘은 말한다. 끈질기게 살아가며, 온 마음으로 묻고 답해야 한다고. 그리고 잠들어 있는 "지음을 향해 달려간다". 소설을 읽고 이 아이를 사랑하게 되면 이제 달리기를 시작하는 아이에게 온 힘을 다해 박수를 쳐주고 싶을 것이다. —윤성희(소설가)

　탄광이 있던 곳에 카지노 '랜드'가 세워졌다. 랜드를 중심으로 사람들이 모여든 땅, 샤먼과 예수의 말이 혼재하지만 그보다는 '돈'이 절대적으로 군림하는 곳, 누군가는 돈을 따지만 누군가는 돈과 집과 가족, 결국엔 자기 자신까지 모두 잃게 되는 곳……. 이곳 어딘가에 계산에 밝으면서도 사람 사는 이치를 헤아리는 할머니의 전당포가 있다. 《카지노 베이비》는 귀중품 대신 이곳 전당포에 맡겨진(혹은 맡겨졌다고 믿는) '하늘'이 할머니를 주축으로 한 전당포 가족에 소속된 이후의 서사를 담는다. 소년은 과거와 현재, 한탕과 쪽박이 혼재하는 땅에서 잭팟을 터뜨리지 못한 채 몰락해가는 패배자(들)의 서사를 목격하는 한편, 할머니를 통해 이제는 거의 잊힌 광부들의 목숨 건 싸움을 복원한다. 역사는 흐르고 떠날 사람은 떠난다. 남은 자들, 살아 있고 살아가야 하는 이들의 끈질긴 생명력에 이 소설은 고요히, 그러나 강렬하게 헌사를 보내는 듯하다. 더불어 소설 속 인물들이 품은 저마다의 사연들을 유머러스하면서도 생생하게 구현해 냄으로써 성취한 놀라운 흡입력은《카지노 베이비》의 또 하나의 미덕이다.

─ 조해진(소설가)

《카지노 베이비》는 매력적인 캐릭터가 이야기를 얼마나 풍성하게 만드는지 여실히 보여주는 작품이다. 화자인 '나'와 산전수전 다 겪은 '할머니' 외에도 전당포를 기점으로 모여든 다수의 주변 인물을 누구 하나 허투루 지나치지 않고 생동감 있게 묘사하여 이야기에 실감을 더한다.

자본주의 욕망에 무참히 포획된 사람들은 전당포에 시계나 자동차, 가방같이 쓸 만한 물건을 저당 잡힌다. 운 좋게 맡긴 것을 되찾거나 간혹 게임에서 이기기도 하지만 대개는 전부 잃고 카지노 근방을 서성이는 처지로 전락한다. 이는 한 개인과 도시의 몰락을 넘어 삶의 허약한 기반을 건드리는 장치로 기능한다. 우리 삶이란 쓸 만한 것을 남에게 내맡기고, 대개는 속절없이 잃고, 잃은 것에 미련을 둔 채 서성이다가 결국 전부를 놓쳐가는 과정이

나 다를 바 없으니 말이다.

  소설 속에서 내내 예견된 대로 카지노는 결국 흔들려 무너져
버린다. 하지만 중요한 것은 붕괴가 아니라 붕괴 이후이다. 무너
진 이 도시를 어떻게 재건할 것인지, 누가 그 일의 주체가 될 것인
지, 남겨진 사람들의 몫은 무엇인지에 대한 작가의 질문에 공감
할 수밖에 없을 것이다. 희망을 잃지 않고 오랫동안 낙관을 도모
한 사람만이 던질 수 있는 질문이기 때문이다.   —편혜영(소설가)

  《카지노 베이비》는 안정된 호흡과 짜임새 있는 진행만으로도
오랜 시간 구체적인 소설 쓰기의 노력이 (약간의 몸서리를 치면
서) 짐작되는 작품이다. 이 정도면 소설이 되지 않을까, 에서 멈
추지 않고 자신을 더욱 밀어붙였을 것이다. 쓰고 들여다보고 고
쳐보고 다시 써보고 다시 들여다보는 그 지난한 시간들 말이다.
그렇게 완성된 이야기. 그런 이야기를 만나면 우리는 (누군가의
말처럼) 그것을 타고 인생을 항해하게 된다.
  돈 때문에 전당포에 맡겨진 아이에서 출발한 이야기는 인간 욕
망의 금자탑이 우뚝 솟는 과정과 결국은 무너지는 시기까지 각기
다른 반응들의 인물 군상이 등장하면서 이어진다. 그리고 할머
니의 유산인 요상한 알박기 땅까지. 다 읽고 나자 내 안에서 이런
말이 나왔다. "이번 항해 괜찮았어."   —한창훈(소설가)

카지노 베이비

제27회 한겨레문학상 수상작
ⓒ 강성봉 2022

초판 1쇄 인쇄 2022년 7월 11일
초판 1쇄 발행 2022년 7월 22일

지은이 강성봉
펴낸이 이상훈
편집인 김수영
본부장 정진항
문학팀 최해경 김다인 하상민
마케팅 김한성 조재성 박신영 김효진 김애린 임은비
사업지원 정혜진 엄세영

펴낸곳 (주)한겨레엔 www.hanibook.co.kr
등록 2006년 1월 4일 제313-2006-00003호
주소 서울시 마포구 창전로 70(신수동) 화수목빌딩 5층
전화 02)6383-1602~3   **팩스** 02)6383-1610
대표메일 munhak@hanien.co.kr

ISBN 979-11-6040-842-3 03810